감성지

감성Z
어서 와, 중딩 갬성은 처음이지?

1판 2쇄 발행일 2022년 4월 23일

지은이 | 사공말선 외 유가중학교 예비작가반 지음
펴낸이 | 한향희
펴낸곳 | 도서출판 빨강머리 앤
디자인 | 한향희
출판등록 | 제25100-2005-28호
주소 | 대구광역시 달서구 문화회관길 165, 대구출판산업지원센터 503호
전화 | (053) 257-6754
팩스 | (053) 257-6754
이메일 | sjsj6754@naver.com

ISBN | 979-11-92136-26-7 (03810)
정가 17,500원

감성지

어서 와, 중딩 갬성은 처음이지?

유가중학교 예비작가반 지음 | 사공말선 엮음

빨강머리앤

책을 엮으며

2021학년도 유가중학교 1학년 1학기 주제선택 프로그램 '예비작가반' 때 썼던 글을 책으로 엮었습니다.

작년 선배들의 책 《감성20》을 보여 주며 도전할 친구들 오라 했더니, 정말 생기발랄한 친구들이 왔더군요.

코로나19 때문에 2기부터는 학급마다 같은 프로그램을 진행해야 하는 상황에서 포기하지 않은 우리 친구들! 다른 프로그램 활동을 하는 친구들 틈에게 예비작가들은 끝까지 책을 완성하기 위해 정말 애썼죠. 학급에서 과학실에서 컴퓨터실에서. 휴대폰으로 무선 키보드로 노트북으로 컴퓨터 자판으로. 포기하지 않고 도전하는 모습이 참 예뻤습니다. 자신들의 글도 교정을 보았지만, 친구들의 글까지 읽고 자연스럽게 고쳐주는 모습도 참 아름다웠습니다.

처음 완성작은 소설 열여섯 편, 수필 세 편. 욕심내어 끈기있게 쓴 열아홉 편이라 어느 하나 빼 놓을 수 없어서 《감성21(상)》, 《감성21(하)》 소장용 책으로 엮었습니다. 하지만 두 권을 합쳐서 한

권으로 만들기엔 역부족이어서, 편집위원의 도움을 받아 일곱 편만 이 책 《감성21》에 실었습니다. 실리지 못한 글들도 주옥같은 작품이었음을, 그리고 그 한 편 한 편에는 자신의 작품을 끝까지 완성하기 위한 우리 친구들의 놀라운 의지가 들어있었음을 함께 밝힙니다.

애쓴 우리 중 1 예비작가 친구들에게 박수를 보냅니다. 힘들었지만 의미 있는 시간이 되었기를, 돌아보았을 때 행복한 시간이었기를, 다음에는 내 책 한 권을 써 보고 싶다는 생각이 들기를 바랍니다. 친구들을 응원합니다.

2021. 12.

예비작가반 지도 교사 사공말선

차례

***이 소설은 주인공 두 명이 함께 조금은 이상한 동거생활을 하는 이야기다. 두 사람은 각기 다른 성향과 다른 배경을 가지고 있지만 서로에게 의지해서 열심히 삶을 지속해 간다. 인물들의 감정과 서서히 변화하는 그들의 시점에 주목해서 이 이야기를 봐 주었으면 한다. 그리고 재미있게 봐 주시길.

MEMORY

석혜빈

ep.1 우연? 인연?

조금은 더운 듯한 6월 초여름 어느 날, 평화로운 시골 그 어딘가. 부드럽게 흩날리는 싱그러운 여름빛을 머금은 나무 아래 고양이 한 마리가 미소를 띠고 기분 좋은 얼굴로 편안히 앉아 있었다. 나무도 고양이가 곁에 있는 게 좋은 듯 커다란 나뭇잎들을 살랑살랑 움직이며 고양이를 햇빛으로부터 가려 주었다.

"어라? 고양이네."

어디선가 밝은 목소리가 들려왔다. 마치 여름처럼 통통 튀는 목소리였다. 고양이가 귀를 쫑긋 세우고 자신을 바라보자 목소리의 주인은 그런 고양이의 행동이 귀여웠는지 작게 웃고는 고양이에게 조심스레 다가가 곁에 살포시 자리를 잡았다.

"안녕? 여기가 마음에 들었나 보네."

고양이는 소녀가 좋은 듯 다가가 얼굴을 비비적거렸다. 소녀는 기분 좋은 듯 웃으며 고양이를 쓰다듬어 주었다. 소녀의 손에는 이름 모를 풀꽃 다발이 들려 있었다. 조금 다른 점이라면 모두 밝은 노란색이라는 점? 따뜻하지만 조금은 건조한 바람에 소녀의 부스스해 보이는 갈색 머리카락이 흩날렸다.

소녀는 고양이를 쓰다듬어 주다 해가 저만치 져 갈 무렵, 이제는 집에 가야 한다며 아쉬운 말투로 인사를 하고는 발걸음을 옮겼다. 그러나 고양이는 소녀와 헤어질 마음이 없었는지 소녀의 뒤를 조용히, 사뿐사뿐 따라갔다.

"어라? 너 여기까지 온 거야?"

집 문 앞에 도착한 소녀는 익숙한 듯 단조로운 모양의 열쇠를 돌리다 말고는 자신의 뒤에서 태연하게 손을 핥고 있는 고양이를 보고 놀란 듯한 표정을 지으며 말했다.

고양이는 마치 들여보내 달라는 듯 야옹거리며 소녀의 다리에 연신 얼굴을 비비적거렸다. 소녀는 살짝 난처한 표정을 짓더니 이내 어쩔 수 없다는 듯 어깨를 으쓱이며 문을 열어 주었다. 그러자 고양이는 기다렸다는 듯 집 안으로 쏙 들어가 버렸다. 살짝 당황한 듯 했지만 소녀의 표정은 웃고 있었다.

집은 복층이었다. 군데군데 덧발라져 있는 여러 가지 색의 페인트들과 나무로 만들어진 가구들이 눈에 띄었다. 어찌 보면 시골의 평범하고 조금 낡은 집이었지만 잘 가꾸어져 있어 돌본 이의 정성이 느껴지는 집이었다.

고양이는 곧바로 사뿐히 뛰어 햇볕이 가장 잘 내리쬐는 창가에 자리를 잡았다. 집 안에는 창문이 여럿 있어 햇볕이 잘 들어왔고 바닥에 푹신한 러그, 인형, 이불이 깔려 있었다. 딱 보기에도 고양이들이 좋아할 만한 환경이었다.

이어 들어온 소녀는 자연스레 주방 쪽으로 향해 줄곧 들고 있었던 풀꽃들을 올려 두었다. 옆에는 투명한 꽃병과 조금 시든 노란색의 풀꽃들이 보였다. 소녀는 꽃병에 들어있던 꽃과 물들을 처리한 뒤 오늘 가져온 파릇파릇한 새 꽃들을 꽂았다.

"고양이는 뭘 먹으려나?"

소녀는 냉장고를 활짝 열어둔 채 무언가를 고민하다 곧 우유를 꺼내 고양이에게 건네준 뒤 2층으로 올라갔다. 조용한 걸 보니 아마 무언가를 하는 듯 보였다.

고양이는 여유롭게 우유를 먹고는 집 안을 둘러보았다. 모든 물건이 그리 많지 않은 것으로 보아 아마 혼자 사는 것 같았다. 그런데 이상하다. 이 온기들은 혼자의 힘으로 만들어 낼 수 있는 게 아닌데. 마치 누군가 왔다 가기라도 한 듯 말이다. 그래도 너무나 희미해서 아마 보통 사람들은 알아채기 어렵겠지?

고양이는 가팔라 보이는 계단을 손쉽게 사뿐사뿐 올라갔다. 2층에 올라가 보니 소녀는 검은 안경을 코 위에 위태롭게 걸친 채 앞에 놓인 노트북을 뚫어져라 쳐다보고 있었다. 아주 집중하는 게 느껴져 고양이는 방해하지 않으려는 듯 조심조심 뒤에 있던 하얀 침대 위에 올라갔다. 옆에 있었던 책장에는 여러 책들이 꽂혀 있었는데 다들 많이 본 것을 증명하기라도 하듯 조금씩 낡아 있었다. 그리고 책상 위에 놓여 있던, 하얀 바탕과 대비되는 검은색 글씨가 눈에 띄었다. '이하운'. 아마도 소녀의 이름이리라. 검은 글씨로 쓰인 정갈하면서도 어쩐지 흐트러진 이름이 소녀와 잘 어울리는 듯했다.

고양이는 졸린 듯 하품을 하고는 재빠르게 하얀 이불 속에 얼굴을 파묻었다.

"후우. 어라? 벌써 다 먹은 거야?"

하운은 줄곧 쳐다보던 노트북을 대충 덮어 두고는 고양이에게 다가갔다.

"넌 이름이 뭐야? 음... 내가 지어줄까?"

하운은 가만히 누워 고양이를 쓰다듬으며 마치 고양이가 대답이라도 하기를 기대하는 듯 혼자 말들을 늘어놓았다. 누가 보면 웃기도 할, 어쩌면 이상한 사람이라 생각하며 지나쳤을 상황이지만 하운은 진지하게 고민하는 듯 깊은 생각에 잠겨 있었다. 고양이는 이미 자세를 바꾸었지만 알아채지 못한 듯 하운의 손은 여전히 허공을 쓰다듬고 있었다.

그때 좋은 생각이 떠올랐는지 하운의 얼굴이 밝아졌다.

"랑이! 네 이름은 이제부터 랑이야. 어때?"

하운의 물음에 이제는 랑이라는 이름을 가지게 된 고양이가 만족한다는 듯 '야옹' 하고 울어 보였다. 하운은 다행이라는 듯이 웃고는 이내 랑이를 쓰다듬다 스르르 잠에 빠져들었다.

집 안의 불빛이 모두 사라지고 새카만 밤 하늘 위, 달빛만이 은은하게 빛나고 있었다. 하늘은 구름 한 점 없이 맑고 별들은 높게, 더 높게 떠올라 아름답게 빛나고 있었다. 그렇게 바람에 풀들이 사락사락 나부끼는 소리만이 들릴 무렵 조금은 커 보이는 그림자가 하운에게 다가왔다.

“참 불편하게도 잔다.”

그림자는 조금 툴툴대면서도 살짝 어색하지만 다정한 손길로 하운을 제대로 침대에 올려 주고는 안경을 벗긴 뒤 이불을 다정하게 덮어 주었다. 그러고는 이내 졸음이 몰려왔는지 하품을 하고는 하운의 옆에 누워 스르르 잠에 들었다. 어째 아까보다 조금 작아진 것 같기도?

ep.2 그저 평범한

하운은 졸림이 가득한 눈을 비비며 자리에서 일어났다. 창밖을 보니 여름 햇살이 집을 환하게 비춰주고 있었다. 이렇게 깊게, 편하게 잠을 잔 게 얼마만인지. 팔을 통해 전해지는 약간의 무게감에 무심코 옆을 돌아보니 두 발을 다소곳이 모은 채 자고 있는 랑이가 보였다. 랑이는 특유의 편안해 보이는 미소를 짓고 있었다. 보기만 해도 기분이 몽실몽실해지는 부드럽고 폭신한 미소.

하운은 그 모습에 웃음이 나오는 것을 꾹 참고는 랑이의 잠을 깨울 순 없으니 조심조심 아래층으로 내려갔다.

냉장고에서 며칠 전에 사온 우유를 꺼내 단숨에 들이켰다. 아침에 먹는 시원한 우유는 언제나 맛이 좋았다.

식구가 하나 더 늘었으니 준비를 해야겠다고 생각하며 메모지에 목록을 끄적거렸다.

"사료. 그릇. 화장실도 필요한 건가?"

꽤 심각한 표정으로 필요한 것들을 읊조리며 목록을 정리하고 있을 무렵, 울음소리와 함께 언제 일어났는지 랑이가 그녀의 곁으로 다가와 쓰다듬어 달라는 듯 다리에 얼굴을 비벼댔다. 하운은 웃으며 곧바로 들고 있던 메모지와 펜을 내려놓고는 막 일어난 듯 부스스하게 털이 떠 있는 랑이를 안아 들었다. 품속에서 오랜만에 느껴보는 따뜻한 온기에 하운은 부스스 미소를 지었다.

그렇게 햇빛이 가장 잘 드는 자리에 앉아 아무 생각도 하지 않은 채 랑이를 쓰다듬어 주다 보니 어느새 점심시간이 다 되어 있었다.

냉장고에서 계란과 파를 꺼내 프라이팬에 식용유를 두르고 프라이팬이 달궈질 동안 계란을 깨뜨려 소금을 넣은 뒤 익숙하고도 조심스러운 손놀림으로 섞어 주었다. 오늘은 간단하게 오믈렛을 만들어 먹을 생각이다.

하운이 랑이에게 줄 마땅한 음식이 집에 없다는 것을 깨닫는 데는 그리 오래 걸리지 않았다. 심각한 표정으로 선반을 뒤지던 하운은 마침 남아 있던 참치 캔을 발견하고는 다행이라는 듯 서둘러 캔을 따서 랑이에게 건넸다.

"으으."

너무 서둘러 캔을 여느라 뚜껑에 손을 베여 버렸다. 따가운 듯 살짝 얼굴을 찡그리면서도 능숙하게 연고를 바른 뒤 밴드를 붙이는 하운이었다.

랑이는 그런 하운의 노고를 아는지 모르는지 맛있게 참치 캔을 먹고 있었다. 그 모습에 하운은 아픈 것도 잊은 채 뿌듯해하며 랑이를 바라보았다.

주방 쪽에서 타는 냄새가 나고 나서야 하운은 프라이팬에 계란을 그대로 올려 두었던 것이 생각났다. 그 생각이 머릿속에 떠오르자마자 다급히 달려가 불을 껐지만 이미 계란은 돌이킬 수 없이 타 버린 후다.

"오늘 아침은 탄 계란과 주스인가?"

아침을 먹는 것을 꽤 좋아하는 하운이었지만 절망적인 한숨을 내쉬며 탄 오믈렛을 접시에 옮겨 담았다. 그래도 안쪽은 먹을 수 있을 것이라 희망하며.

"짜."

탄 계란을 한 입 먹은 하운은 곧바로 밀려오는 커다란 씁쓸함과, 그보다 더 강한 소금의 맛에 컵에 있던 주스를 단숨에 들이켰다. 아마도 아까 소금을 넣을 때 양 조절에 실패한 모양이었다.

자신의 요리 실력이 좋지 않다는 것을 알고는 있었지만 이렇게까지 심각할 줄은 몰랐다. 요리 공부를 더 해야겠다는 생각을 하며 조용히 컵에 주스를 더 따르는 하운이었다.

마지막 주스를 한 모금까지 깔끔하게 들이키니 눈앞에 어지럽게 널려 있는 설거지 거리들이 보였다. 오늘 일정을 생각해 보니 얼른 설거지를 끝내야 할 것 같아 서둘러 싱크대로 향했다.

주방에 가득 쌓여 있던 설거지들은 생각보다 금방 끝났다. 하운은 깔끔해진 싱크대를 보고는 만족스러운 미소를 지으며 묶었던 머리를 가볍게 풀었다. 그리고는 오늘의 일정을 다시 한번 머릿속에 상기하며 옷을 갈아입었다.

옷을 갈아입으니 랑이가 곁으로 다가와 야옹야옹 울어댔다. 그 모습이 마치 가지 말라고 붙잡는 것 같아서 잠시 멈칫했지만, 오늘이 아니면 정말 시간이 없었기에 무거운 마음을 이끌고 랑이를 한 번 쓰다듬어 준 뒤 밖으로 나갔다.

필요한 것들을 사러 나가려면 여기서 한 시간 정도는 걸어가야 했기에 비교적 빠른 이동 수단인 자전거를 선택했다. 꽤 오랫동안 쓰지 않은 것처럼 보이는 낡은 하늘색의 자전거를 꺼내 페달을 한 번 밟아보니 삐걱대기는 했지만 제법 잘 굴러가는 것 같았다.

평소에는 밖에 나가는 날이면 늘 천천히, 오랫동안 걸어가며 시간을 끌었었다. 그리 좋은 기억들만 있는 공간은 아니었기에 더욱 그렇게 피하고만 다녔는지도 모른다. 하지만 이제는 아니다. 보고 싶은 사람이 있고, 날 기다리는 사람이 있으니까.

하운은 잡생각을 버리고는 조금은 설레는 마음으로 힘차게 페달을 밟았다.

바퀴가 사락사락 풀을 밟는 소리가 완전히 사라질 때까지 랑이는 그저 평범한 고양이처럼 창가 위에 엎드려 햇볕을 만끽하고 있었다.

그리고 몇 분이 지났을까. 랑이가 갑자기 의자에서 사뿐히 내려오더니 이상하게 조금 열려있는 현관문 사이로 유연히 빠져나갔다. 귀여운 발 아래로 밟히는 풀들이 사락사락 소리를 내었다. 랑이는 햇빛 아래 기지개를 한번 켜고는 다시 집으로 들어가는 듯했으나. 랑이의 모습은 어느 순간 완전히 달라져 있었다. 귀여운 고양이의 모습은 어디 가고 하운과 비슷한, 어쩌면 조금 더 커 보이는 소녀의 모습이 되어 있었다. 허리까지 내려오는 주황색의 곱슬거리는 머리카락에 햇빛을 받으면 더욱 반짝이는 연녹색의 눈동자를 가진, 귀여운 소녀의 모습이었다.

랑이는 사람으로 변해도 여전히 바뀌지 않는 특유의 편안한 미소를 지으며 기지개를 켠 뒤 기분이 좋은 듯 신나는 발걸음으로 집 안으로 다시 들어갔다.

얼마나 시간이 지났을까. 아마 분침이 몇 번 돌아가고 그에 비해 시침은 힘이 조금 덜 들었으려나? 이렇든 저렇든 시간이 많이 지나지는 않은 것 같았다. 그림자의 위치가 조금 바뀌었고 밖은 여전히 평화롭고 조용했으니 말이다. 그때 풀을 밟는 소리와 함께 하운이 문을 열었다.

"랑아, 나 왔어."

분명 문이 열려 있었음에도 하운은 양손 가득 짐을 들고 있어 눈치 채지 못한 것인지 익숙한 듯 문을 잠그고는 신발을 대충 던져 벗은 뒤 집 안으로 발걸음을 옮겼다. 어느새 다시 고양이가 된 랑이가 잘 왔다는 듯 2층에서 사뿐사뿐 뛰어 내려왔다.

"랑아, 내가 너 주려고 이거 사 왔다?"

하운이 랑이를 보자마자 꺼내든 것은 부드러운 공이 달려 있는 막대기 모양의 고양이 장난감이었다. 하운은 어설픈 솜씨이지만 장난감을 랑이의 앞에다 살짝 흔들어 보였다. 랑이는 흥미가 생겼는지 반짝이는 눈빛으로 하운이 흔드는 공을 따라 잽싸게 이리저리 움직였다. 그에 하운도 준비한 보람이 있었는지 뿌듯한 미소를 지으며 열심히 장난감을 흔들었다.

하운은 한참 동안을 장난감을 흔들다 지쳤는지 소파 위에 풀썩 주저앉으며 작게 한숨을 쉬었다. 랑이는 그런 하운의 품에 쏙 들어와 몸을 비벼댔다. 그 행동에 하운은 지친 마음이 사르르 녹으며 기분 좋은 따뜻함을 느꼈다.

"으음, 오늘 저녁은 뭘 해 먹나?"

하루 중 가장 고민되는 메뉴 결정 시간이 찾아왔다. 저녁을 먹기에는 조금 애매한 시간이었지만 한창 뛰어논 탓에 배가 고팠기에 얼른 저녁을 준비하기로 했다.

"랑아, 이 중에서 골라 봐."

딱히 별 대답을 기대하진 않은 채 하운은 랑이 앞에 카레 가루와 라면을 내밀었다. 둘 다 즉석식품인 이유는 그저 하운이 저녁을 하기 귀찮아서라고.

랑이는 정말 고민하는 듯 고개를 갸웃거리더니 이내 둘 다 좋다는 듯 야옹 소리를 내었다. 또 그 모습이 진짜 사람처럼 보여 웃는 하운이었다.

하운은 잠시 고민하다 그냥 카레에 라면을 섞어 먹기로 했다. 뭔가 꽤 이상한 레시피 같았지만 '인생이 이런 거지.'라고 비장한 표정을 지으며 하운은 속으로 이상한 다짐을 외쳤다.

물을 끓여 카레 가루를 넣고 젓다가 조금 뒤 라면을 함께 넣었다. 냄새와 비주얼은 그럴싸했기에 하운은 아무 의심 없이 한 입을 떠

그대로 입으로 가져갔다.

“억! 쿨럭! 컥, 으으.”

음식을 한 입 먹자마자 그대로 뱉어 냈다. 그러고는 지금까지 본 것 중에 제일 빠른 속도로 냉장고로 돌진해 투명한 페트병의 1/3 정도 들어 있었던 물을 그대로 깔끔하게 원샷 했다.

사실 아까도 봤겠지만 계란을 태우고 소금을 많이 넣는 등 하운이 요리를 할 때면 꼭 이런 크고 작은 참사들이 벌어지고는 했다. 그래서 최대한 조심조심 요리를 하지만 태생적인 요리 실력은 어찌할 수 없나 보다.

“후우.”

하운은 그대로 냄비를 들어 괴상한 노란색의 음식물을 싱크대에 던져놓고는 터덜터덜 냉장고로 걸어가 요구르트 하나를 집어 들었다.

오물오물. 요구르트를 먹고 있는 도중 무심코 시계를 보니 검은색의 시곗바늘은 어느새 8시를 가리키고 있었다. 분명 라면 물을 끓일 때까지만 해도 6시 전이었던 것 같은데 말이다.

시간이 참 빠르다고 생각하며 하운은 다시 멍하니 요구르트를 오물거렸다.

요구르트 한 통을 다 비우고 나서야 하운의 머릿속에 랑이에게 저녁을 주지 않았다는 생각이 불현듯 떠올랐다.

하운은 비명을 지르며 주방으로 달려가 재빨리 아까 사 왔던 사료를 뜯었다. 그러고는 그릇에 사료를 붓고 물과 함께 랑이에게 건네자 랑이는 기다렸다는 듯 빠른 속도로 다가와 사료를 먹었다.

"미안해. 나도 주인은 처음이라."

사람은 뭐든 처음 하는 일에는 미숙한 법이고 실수는 얼마든지 할 수 있다. 그것을 이겨내고 더욱 성장하면 되는 것, 그뿐. 성공한 사람의 뒤에는 언제나 실패가 있었고 실패한 사람의 미래에는 성공이 가득할 것이다. 그 둘은 떼려야 뗄 수 없는 필연적인 관계가 아닐까? 둘이 함께 있어야만 비로소 둘의 가치를 인정받고 이 세상에 당당히 존재할 수 있는 그 무언가 말이다.

하운은 미안한 듯 랑이를 천천히 쓰다듬었다. 랑이는 그저 행복한 듯 맛있게 먹는 것 같지만 말이다.

하운은 달그락거리는 소리가 들리자 쓰고 있던 안경을 내려놓고는 아래층으로 향했다. 밥을 다 먹었는지 랑이는 발을 핥으며 여유롭게 소파에 앉아 있었다.

하운은 싱긋 웃으며 깨끗하게 비워진 그릇을 들고는 싱크대로 향했다. 오늘은 여러 일들이 있어서 그런지 그다지 설거지를 할 마음이 생기지 않았다. 벌써 싱크대의 반이 설거지들로 가득 찼지만 말이다. 내일의 내가 해줄 거라는 꽤 나태한 생각을 하는 하운이었다.

시계를 보니 밤 10시가 조금 넘은 시점이었다. 평소 같으면 한창 책을 읽고 있을 시간이었지만 그냥 침대로 달려가 풀썩 누웠다. 눕자마자 말아지는 기분 좋은 햇빛 냄새와 푸근한 감촉이 잠을 가득 불러왔다. 노곤한 몸을 이끌고 이불 속으로 꾸물꾸물 들어가자 언제 올라왔는지 랑이가 몸 위에 앉아 있었다. 적당한 무게감이 마음을 더 편안히 만들어 주는 것 같았다.

"잘 자."

하운은 랑이에게 인사를 하고 얼마 지나지 않아 잠에 들었다. 규칙적인 숨소리와 입가에 걸린 은은한 미소는 편안해 보였다. 랑이도 하운이 잠든 지 얼마 지나지 않아 잠에 든 것처럼 보여.

"흐아암. 더워."

아니었나?

ep.3 별꽃

어느덧 랑이와 만난 지도 두 달이 넘어가는 시점이었다. 이제는 조금, 아주 조금 선선해진 바람이 느껴졌다. 이제 내일이면 가을의 시작인 9월이다. 그렇지만 하운의 표정은 그리 좋지 않아 보였다. 달력을 붙들고 심각한 표정을 짓고 있는 하운에게서는 언뜻 살기가 뿜어져 나오는 것 같기도 했다.

이내 붙들고 있던 달력을 절망스러운 한숨 소리와 함께 내려놓은 하운은 여느 때처럼 창가 위에서 햇살을 만끽하고 있던 랑이에게 다가갔다.

"랑아."

야옹. 익숙하고 또 다정한 하운의 목소리에 랑이는 귀를 쫑긋 하고 내세우며 그녀를 쳐다보았다. 그 행동이 자신의 말을 듣고 있다는 행동인 것을 잘 아는 하운은 살짝 웃으며 말을 이어갔다.

"내일부터 내가 집에 좀 없을 거야."

랑이는 하운의 말에도 아무것도 모르는 건지 알면서도 모른 척을 하는 것인지, 이상한 표정으로 하운을 바라보았다.

랑이의 투명한 연녹색의 눈동자에 하운의 얼굴이 담겨 있었다.

조금은 일그러져 있는 아픈 얼굴. 하운은 살짝 웃어주며 안심시키듯 랑이를 쓰다듬어 주었다.

"내가 랑이에게 친구인 것처럼 나한테도 친구가 있어. 그 친구를 만나러 가야 해."

'별로 만나고 싶지는 않지만.'

하운은 씁쓸한 뒷말을 삼키며 자신을 반짝이는 눈으로 쳐다보고 있는 랑이를 바라보았다. 정말 자신의 말을 알아듣는 것인지 랑이의 눈은 살짝 슬픈 것 같기도 했다.

"괜찮아, 정말이야. 그저 잠시 없는 것뿐이야. 너무 걱정하지는 마. 나 꼭 올 거야, 꼭."

아니, 걱정은 네가 하는 것 같은데. 랑이는 그런 말을 하려는 듯한 눈빛으로 상당히 비장한 눈빛을 하고 있는 하운을 쳐다보았다.

실제로 요 며칠 하운은 일어나자마자 달력을 확인하고 한숨을 쉬고는 랑이를 멍하니 쓰다듬어 주기만 했다. 그렇지만 집에 혼자 있어야 한다는 소식을 듣고 난 뒤에도 랑이의 표정과 행동에는 변화가 없었다. 그저 하운의 감정이 만들어 낸 착각일까?

"후우."

하운은 이내 몇 번째인지 모를 한숨을 내쉬고는 2층으로 올라갔다. 처음 보는 꽤나 큰 가방에 옷들과 물건 몇 개를 담았다.

짐을 싸는 중에도 하운의 표정은 내내 풀릴 줄 몰랐다. 원래도 달갑지 않은 장소였지만 이번에는 유독 더 가기 싫은 마음이었다.

다음 날, 하운은 거의 밤을 새운 듯한 퀭한 얼굴로 짐을 고쳐 메고는 집을 나섰다. 물론 랑이의 밥을 챙겨주는 것과 쓰다듬는 것을 잊지 않았지만 말이다.

하운은 랑이를 계속 쓰다듬느라 하마터면 기차 시간을 놓칠 뻔했다.

하운이 나가고 얼마 지나지 않아 다시금 랑이가 사람으로 변했다.

"흐아암. 으 피곤해."

사람으로 변한 랑이는 부스스한 주황색의 머리를 한 손으로 쓸어 넘기고는 이내 소파에 풀썩 누웠다. 아침이라 그런지 밝은 햇살은 따사롭기만 했다.

"그나저나 주인은 어딜 간다는 거야?"

랑이는 불만이 가득한 목소리로 중얼거렸다.

하운은 자신이 어딜 간다는 말만 할 뿐, 그게 어디인지는 얘기해주지 않았다. 그 때문에 랑이의 궁금증은 더욱 커져만 갔다.

"으음. 그럼 찾아볼까?"

랑이는 고양이식 기지개를 켠 뒤 느긋한 발걸음을 옮겨 2층으로 향했다. 2층에 도착한 랑이는 주위를 쭉 둘러본 뒤 비장한 표정으로 방을 뒤지기 시작했다.

"찾은 건 이게 단가?"

처음과 다르게 어지럽혀진 방 사이 힘든 듯 거친 숨을 몰아쉬고 있는 랑이의 앞에 놓여 있는 것들은 낡은 두 권의 책과 한 장의 사진이었다.

랑이는 이내 조금은 즐거워 보이는 표정으로 손을 뻗었다.

"콜록콜록! 으으."

물론 가득 날리는 하얀 먼지들 때문에 환기를 시켜야 했지만 말이다.

랑이는 아예 본격적으로 읽으려는 듯 그 어지러운 방 사이에 자리를 잡고 앉았다. 낡은 사진 같아 보이는 빛바랜 사진 한 장을 집어 드니 검은 문구가 조그맣게 쓰여 있었는데

'우리 집!'

어린아이가 쓴 것 같은 삐뚤빼뚤한 글씨에선 행복함이 가득 묻어 나오는 것 같았다.

"이것은 이상한 나라의 앨리스?'

낡고 색이 바랜 동화는 아주 오래된 듯 보였다. 그렇지만 왠지 손을 많이 탄 듯 다정함이 보이는 것 같았다. 그럼에도 책장에 오래 있었던 듯 책장을 한 장씩 넘길 때마다 하얀 먼지가 폴폴 일었다.

그렇게 계속 책장을 넘겨보던 중 책에서 한 장의 사진이 떨어졌다. 아무런 문구도 적혀 있지 않은 깨끗한 사진에는 네 명의 사람이 그저 행복하게만 웃고 있는 장면이 찍혀 있었다. 아무 아픔도 슬픔도 모르는 듯, 그 무해하고 행복한 웃음은 사진을 보는 사람까지 미소 짓게 하였다.

그리고 마지막 두 번째 책 두꺼운 와인색의 커버에 두꺼워 보이

는 그 책은 일기장 같았다. 한 열 장 정도까지 꼼꼼하게 쓰여 있던 일기는 중간부터 아예 손도 대지 않은 듯 깨끗하기만 했다.

2008년 5월 4일

엄마가 나한테 이 일기장을 사 주셨다. 열심히 써야지!

2008년 5월 5일

오늘 엄마가 나한테 어린이날 선물로 꽃을 주셨다. 너무 예뻤지만 난 책이 더 좋은데.

2009년 9월 1일

나도 내년이면 초등학생이다. 언니가 학교는 조금 힘들어도 재미있다고 했다.

2010년 5월 5일

오늘은 어린이날이다. 엄마는 역시나 또 꽃을 주셨다. 언제나 같은 꽃을 주신다. 그래도 난 좋다. 엄마가 주는 거니까! 이 꽃은 별꽃이라고 하는 꽃이라고 한다. 꽃말은 슬픈 기억이라나?

2010년 7월

왜.

왜? 일기의 마지막 장은 고작 '왜' 한마디가 전부였다. 랑이는 의아함을 느끼며 일기장을 계속해서 쭉 넘겨보았지만 그 뒤로 더 나오는 내용은 없었다.

"으어."

랑이는 일기를 거칠게 덮고는 그대로 뒤로 풀썩 누웠다. 비록 뒤에 있던 다른 책들에 머리를 부딪치긴 했지만 말이다. 랑이는 지금 이 방처럼 뒤죽박죽한 머리를 놔두고 자고 싶다는 본능에 몸을 맡긴 채 그대로 잠에 빠져들었다.

눈을 뜨니 다음 날 아침이었다. 아마 꽤 피곤했던 모양이었다. 정신을 차리고 보니 문뜩 몰려오는 배고픔에 냉장고를 뒤져 참치 캔 하나를 꺼내 그대로 입에 털어 넣었다. 우물우물 참치 캔 하나를 금세 비우고는 다시 2층으로 올라가는 랑이였다.

어제 만들어 놓은 참혹한 광경을 보며 옅게 한숨을 쉬고는 다시 책들을 정리했다. 누가 건드리지 않은 것처럼, 처음처럼 말이다.

그 뒤에도 랑이는 계속해서 집 안을 청소했다. 너무 많이, 그렇다고 너무 적지도 않게 적당히. 랑이는 하운이 이렇게 집에 없을 때마다 조금씩 집안을 청소해 놓고는 했다. 언제나 자신을 돌봐 주는 주인에 대한 배려랄까?

"안녕하세요."

"안녕하세요. 오랜만에 뵙네요, 104호 환자분 보호자 되시죠?

"보호자라. 네."

하운은 간호사에게 어색한 인사를 건네고는 다시 발걸음을 옮겼다.

문을 여니 무서울 정도로 하얀 방이 보였다. 문을 열자마자 코끝을 찌르는 약품 냄새에 하운은 얼굴을 찡그렸지만 금세 익숙한 듯 소파에 짐을 내려놓고 줄 곳 들고 있었던 하얀 꽃을 침대 옆 책상 위에 올려놓았다.

"잘 있었어, 엄마?"

며칠 뒤

"랑아!"

하운이 랑이를 부르며 집 안으로 들어왔다. 랑이는 이제 왔냐며 소파에서 사뿐히 뛰어내려 하운에게로 다가갔다. 하운은 짐을 내려놓고는 곧장 랑이를 안아 들었다. 보들보들 따뜻한 온기에 차가운 얼음이 사르르 녹아내리듯 기분이 풀렸다. 며칠 동안 많이 걱정했었지만 다행히 랑이는 잘 지낸 듯 보여 마음이 놓였다.

"하아."

하운은 그제야 집에 돌아온 듯 편안한 한숨을 내쉬었다. 힘들고 피곤해서 내는 게 아닌 편안함과 안도감에서 밀려오는 그런 한숨이었다.

잠시 동안 멍하니 눈을 감고 랑이를 쓰다듬던 하운은 이내 자리에서 일어나 짐들을 정리하기 시작했다.

"집이 왜 이렇게 깨끗하지?"

그러던 중 무심코 뱉은 하운의 의문 가득한 말에 랑이가 살짝 움찔했다. 물론 하운은 그 모습을 보지 못했지만 말이다.

의문도 잠시, 몰려오는 커다란 피로감에 의문을 지우고는 그저 좋다고만 생각하며 짐 정리를 마저 했다. 힘들었지만 어찌 보면 그저 평범한 것 같았던 하루는 오늘도 그렇게 흘러갔다.

ep.4 온통 회색뿐이야

"으음…"

분명히 얼마 전에 장을 봐 온 냉장고의 상태가 말이 아니었다. 두 손 가득 장을 봐 온 걸로 기억하는데 이상하게도 냉장고가 텅텅 비어있었다.

"어휴. 장 봐 와야지."

하운은 이내 한숨을 쉬며 냉장고 문을 힘없이 닫고는 터덜터덜 위층으로 올라갔다. 분명 시간은 오전 11시를 가리키고 있었지만 회색빛의 날씨 때문인지 꼭 늦은 오후처럼 보였다. 안 그래도 밖에 비까지 내리는 데다가 입맛까지 없었던 탓에 기분이 우중충했는데 오늘 장을 보지 않으면 정말로 오늘 저녁을 굶어야 했으므로 빗방울이 더 굵어지기 전에 서둘러 옷을 챙겨 입었다. 자전거를 탈 예정이었기에 우산 대신 반투명한 흰색의 우비도 함께 챙겨 입었다.

"랑아, 나 다녀올게."

하운은 그리 기분이 좋지 않았지만 애써 랑이에게 웃어 주고는 이내 집을 나섰다.

고양이가 물을 싫어하는 것처럼 랑이도 물이라면 질색이었다.

그래서 랑이는 오늘 기분이 썩 좋지 않았다. 랑이는 하운이 나갈 때마다 푸른 하늘 아래 하운과 처음 만났던 그 나무 위에서 쉬는 것을 가장 좋아했다. 따뜻한 햇살과 살랑살랑 불어오는 시원한 바람이 참 좋았는데 오늘은 그것도 하지 못하니 랑이의 기분은 우울 그 자체였다. 오늘은 그냥 집에서 뒹굴자 생각하며 평소에도 늘 그랬지만 푹신한 소파에 몸을 맡겼다.

"어디 보자. 양파랑 우유."

하운은 장을 볼 때마다 늘 가던 마트에 와 있었다. 장 볼 거리를 곰곰이 생각하며 카트를 밀고 다니며 이리저리를 누비던 중 익숙한 울림과 함께 벨 소리가 들려왔다.

"병원."

화면에 뜬 지금 가장 보고 싶지 않은 하얀 두 글자에, 잠시 받을까 고민했지만 이내 마음을 다잡고는 초록색의 수락 버튼을 눌렀다.

"네, 여보세요?"

"네, 안녕하세요, 여기 00병원인데 104호 환자분 보호자님 맞으시죠?"

"네, 그런데요."

"아, 그게..."

간호사의 목소리가 굵어진 빗줄기에 묻혀 잘 들리지 않았다. 하운은 대충 알겠다는 대답만을 남기고는 서둘러 통화를 끊었다. 하운의 표정은 지금의 날씨처럼 좋지 않아 보였다.

"후."

이내 숨을 몰아쉬며 안정을 취하고는 다시금 장보기에 집중하는 하운이었다. 하지만 좀처럼 날뛰는 감정을 주체하기 어려웠다. 감정이 조금 잠잠해졌을 무렵에 남아있는 거라곤 너덜너덜 지쳐버린 마음뿐이었다.

머릿속에 마치 청소기가 있는 느낌이었다. 이 청소기는 너무나도 강력해서 머릿속에 있는 기억들을 모조리 빨아들이고 그 안에 우울한 감정들을 꾹꾹 채워 넣었다.

밖에서는 비가 세차게 내렸다. 아, 너무 우울하다. 온통 회색뿐이야.

"랑아, 나 왔어."

하운이 질척거리는 신발을 이끌고 집 안으로 들어왔다. 빗물이 잔뜩 묻은 우비를 대충 집어던져 놓고 손도 씻지 않은 채 그대로 소파에 풀썩 드러눕다시피 주저앉았다. 안 그래도 기분이 좋지 않은 마당에 전화까지 왔으니, 그야말로 최악이었다.

랑이는 그런 하운의 마음을 아는지 모르는지 장난감을 가져와 놀아 달라 야옹거렸다.

"미안해 랑아, 좀 있다 놀아줄게."

하운은 애써 미소를 지어 보이며 랑이에게 말했지만 랑이는 계속해서 울어대었다. 결국 쌓이고 쌓인 감정들이 폭발한 하운은 그만 자리에서 일어나며 소리쳤다.

"이랑! 내가 나중에 해 준다고 했지? 어쩌면 그렇게 말귀를 못 알아들어? 계속 그렇게 귀찮게 할 거면 그냥 나가!"

처음 보는 하운의 화난 목소리에 랑이는 무척 놀란 듯 보였다.

그러다 랑이는 이내 귀를 축 늘어뜨리며 어째서인지 열려 있던 창문으로 폴짝 뛰어 그대로 집을 나가 버렸다.

"하아."

실수였다. 명백한 실수다. 자신의 기분에만 휘둘려 그런 말을 한 것은 분명한 잘못이었다. 과거로 돌아간다면 자신의 얼굴에 주먹을 날리고 싶은 심정이었다. 랑이는 그저 심심했던 것뿐인데 말이다. 랑이의 그 축 처져 있던 귀를 떠올리자 머릿속으로 후회가 가득 밀려들어왔다.

하운은 절망 가득한 한숨을 계속해서 내쉬며 시계를 보았다. 저녁 7시, 하늘은 아까보다 더욱 진한 회색빛이 되었고 먹으면 왠지 진흙 맛이 날 것만 같은 먹구름들에선 굵은 비가 쏟아져 내리고 있었다. 아까보다 훨씬 굵어진 빗줄기와 흘러가는 시간에 하운은 점점 걱정이 되기 시작했다.

"안 되겠다."

하운은 이내 결심한 듯 비장한 표정으로 자리를 박차고 일어섰다. 급하게 신발장에서 아무 우산이나 꺼내들고 아까 신었던 진흙과 젖은 풀이 한가득 묻은 장화를 신고는 이내 빗속으로 사라졌다.

"랑아~, 랑아~ 어딨어?"

하운은 랑이의 이름을 애타게 부르며 빗속을 헤매었다. 체력은 진즉에 바닥났고 우산은 비바람에 꺾여 몸을 거의 막아주지 못했다. 하운은 반쯤 젖은 옷을 동여매고 계속해서 랑이의 이름을 불렀다.

"랑아, 랑아, 으…"

정말 힘들었다. 그냥 고양이고 뭐고 다 포기하고 싶었다. 그깟 고양이 한 마리가 뭐라고… 라고 생각하면서도 입과 몸은 지칠 줄 모르는지 계속해서 움직였다.

"윽… 흐읍… 으…"

애써 눈물을 꾹 참고 대충 손으로 눈물인지 빗물인지 구분이 가지 않는 액체를 닦은 채 다시 소리치며 랑이를 불렀다.

"어디 있어? 대답해 줘, 제발."

"하… 하아…"

거의 반 포기 상태로 터덜터덜 빗물을 맞으며 걸었다. 분명 들고 나왔던 것 같은 우산은 이제 어디에도 보이지 않았다. 몸이 너무 차가웠고 덜덜 떨리고 있었다. 내일 감기는 확정된 것이나 다름없었다.

멍하니 걸어가는데 저 멀리 랑이와 처음 만났던 나무가 눈에 띄었다. 그 생각에 또 눈물이 왈칵 쏟아져 나올 것 같았지만 애써 힘을 내서 그쪽으로 발걸음을 옮겼다.

"?! 랑아!"

처음에는 하도 비를 맞아서 이제 헛것까지 보이나 싶었다. 하지만 다시 보니 그것은 확실한 랑이였다.

"랑아!"

하운은 놀라며 달려가 나무 밑에 앉아 있었던 랑이를 꼭 껴안았다.

"내가… 내가 미안해… 흑… 으윽…"

랑이를 보자마자 안도감과 미안함이 동시에 파도처럼 몰려왔다. 하운은 이제껏 참아 왔던 눈물을 터뜨렸다. 랑이는 이해한다는 듯 하운의 품에 가만히 몸을 맡겼다. 서로의 온기가 너무 따뜻해서, 그게 또 좋아서 하운은 행복한 미소를 지어 보였다. 눈물에 가득 젖었지만 이제까지 봤던 것 중 가장 행복한 미소를.

"으음…"

예상대로 열이 38도가 넘어가고 있었다. 이상하게 무거운 몸을 일으키려니 자신의 배 위에서 자고 있는 랑이가 보였다. 너무 곤히 자고 있는 것 같아 깨우기 미안해져 하운은 살며시 미소 지으며 다시 눈을 감았다. 하운의 입에는 편안한 미소가 걸려 있었다.

어느새 무지개가 뜬 하늘은 밝게 빛났다. 집 앞에 핀 개망초가 아침 이슬을 받아 기분 좋은 듯 살랑살랑 웃는 것 같았다.

'개망초'의 꽃말 : 화해

ep.5 예상하지 못한

"랑아, 우리 여행 갈까?"

여행? 감기 나은지 얼마나 됐다고?

랑이의 표정은 꼭 그렇게 말하고 있는 것 같았다. 아마 꽤나 어이없는 표정이려나?

"으음. 어디가 좋을까?"

바닥에는 여러 장의 여행 팸플릿이 여기저기 어지럽게 널브러져 있었다. 하운은 상당히 심각한 얼굴로 팸플릿들을 뚫어져라 보고 있었다. 그런 하운을 약간은 이상한 표정으로 바라보고 있던 랑이가 갑자기 책상 위로 사뿐히 올라와 부드러워 보이는 하얀 발로 한 팸플릿을 가리켰다. 햇살을 받아 반짝이는 푸른 바다와 하얀 모래사장이 그려져 있는 예쁜 팸플릿이었다.

"응? 여기 가고 싶다고?"

하운은 랑이의 선택에 아무 의심 없이 그 팸플릿을 집어 들었다가 기겁을 하며 팸플릿을 집어던지듯 책상 위에 올려놓았다. 그러고는 역시나 밀려오는 두통에 머리를 살짝 매만졌다.

"하… 하하… 랑아, 미안하지만 바…다는 다음에 가…자?"

하운은 어떻게든 고통을 숨기려는 듯 어색한 미소를 지으며 랑이를 쓰다듬었다. 랑이는 사람이 아니니 그런 것을 신경 쓰지 않아도 됐지만 예전부터 있었던 하운만의 안 좋은 버릇이었다. 랑이는 쓰다듬을 받느라 그것을 눈치 채지 못한 듯 보였지만 말이다.

"그럼, 이걸로 결정!"

하운이 그 뒤로도 몇십 분 정도 고심한 끝에 고른 장소는 숲이었다. 짙은 색의 침엽수림 그림이 팸플릿에 그려져 있었다.

그래도 나름 엄청난 고민 끝에 고른 거라 하운의 표정은 후련한 듯 보였다.

"그럼 짐을 싸 볼까?"

하운은 정말 신난 듯 콧노래까지 부르며 2층으로 올라갔다. 부스럭 소리가 나는 것을 보니 정말로 짐을 싸는 모양이었다.

랑이는 한숨인지 모를 숨을 내뱉고는 그대로 소파에 뛰어들어 잠이 들었다. 부드러운 크림색의 소파 위에 노란색의 랑이가 있어 더 돋보이는 느낌이었다.

"좋아! 그럼 출발해 볼까?"

이번 여행은 랑이도 함께 가는 여행이었다. 어떻게 하면 랑이가 편하게 여행을 갈 수 있을까라는 문제에 직면한 하운이 해답을 내놓는 데는 그리 오랜 시간이 걸리지 않았다.

자전거 앞에 달려 있는 하얀 바구니에 폭신한 이불을 여러 장 깔고 그 위에 랑이를 올려 두었다. 하운이 페달을 밟는 동안 랑이가 튀어나갈 가능성이 있었지만 우리 랑이가 그럴 리 없어라는 마인드로 생각하는 하운이었다. (큰일 날 소리 하고 있구만.)

하운은 짐이 가득 담긴 커다란 배낭을 메고는 힘차게 페달을 밟았다.

오늘의 목적지인 숲은 하운의 집에서 그리 멀지 않은 곳이었다. 자전거를 타고 1시간 정도만 가면 나오는 꽤 가까운 여행지였다.

하운은 신나는지 콧노래를 부르며 열심히 페달을 밟았다. 랑이도 불어오는 시원한 바람이 좋은지 가만히 앉아 이 여유를 만끽했다.

조금 더 가다 보니 저 멀리 높게 솟은 나무들이 보였다. 숲 입구에 다다르니 벌써부터 시원한 풀냄새가 풍기는 것 같았다. 안쪽으로 더 들어가니 다양한 초록빛의 나무들이 제각기 다른 모양으로 서 있었다.

살랑살랑 불어오는 바람과 기분 좋은 풀 냄새에 하운은 천천히 페달을 밟으며 이 순간을 만끽했다. 안 좋았던 기억은 모두 잊고, 좋은 기억들로만 채워지길 바라며.

"여기 어디야아아아!!!"

하운의 절망 가득한 비명이 온 숲에 메아리처럼 울려 퍼졌다.

4시간 전.

"어라, 벌써 저녁이네?"

주황빛 노을빛이 나뭇잎 사이를 뚫고 하운의 눈에 비쳤다.

하운은 혹시나 몰라 챙겨온 손목시계를 힐끔거렸다. 시간이 많이 지났지만 아직 목적지에 오지 못한 듯했다.

저녁 6시, 꽤 지난 시각에 가방을 뒤적거리던 하운은 이내 한 물건을 꺼냈다.

"이것만 있으면 괜찮지, 어디 보자."

"전원이 방전되었습니다."

"어라?"

하늘이 검게 물들었다. 주황색 물감에 검은 잉크를 한 방울 섞은 듯 아까와는 전혀 다른 하늘이 하운과 랑이의 머리 위에 높게 떠올라 있었다.

"하아."

그리고 여기, 그 아래에서 절망적인 한숨을 쉬는 하운과 태연하게 손을 핥고 있는 랑이가 보였다. 아니, 제일 중요한 휴대폰이 방전이라니. 하운의 머릿속은 마구 엉킨 실타래처럼 가득 꼬여 있었다.

"랑아, 우리 어떡하니?"

흐어엉. 하운은 완전히 정신줄을 놓은 듯 계속 이상한 소리를 냈었다. 그에 비해 랑이는 완전히 태연한 얼굴이었다. 왜냐하면 여기는 숲 입구와 그리 멀지 않은 곳이기 때문이었다. 왔던 길을 그대로 되돌아 달리면 10분 정도밖에 걸리지 않는 가까운 거리였지만 랑이가 본 바로는 자신의 주인은 심각한 길치였다. 그랬기에 랑이도 기대 따윈 버리고 '될 대로 돼라.'는 심정으로 그저 가만히 앉아 있었다.

"그래, 이대로 죽을 순 없어!"

하운은 갑자기 정신이 번쩍 들기라도 한 듯 힘차게 외치며 자리에서 일어나더니 이내 주차해 둔 자전거 쪽으로 성큼성큼 걸어가 커다란 보따리 하나를 꺼냈다. 사실 하운은 야영을 할 생각이었기 때문에 캠핑 용품들은 충분했다. 이 정도면 며칠은 먹고 살 수 있겠지? 하운은 조금, 아니 많이 불안했지만 그래도 노력해 보자는 마음으로 텐트를 풀기 시작했다.

하운도 캠핑은 처음이라 많이 버벅댔지만 텐트는 멋지게 완성되었다.

"오, 나 좀 잘하는 듯! 랑아, 어때?"

하운은 새삼 뿌듯한 미소를 지으며 랑이에게 크게 손을 흔들었다. 랑이도 그에 잘 했다는 듯 칭찬처럼 들리는 야옹 소리를 내었다.

그 뒤로 하운은 짐들을 찬찬히 텐트 안에 푼 뒤 저녁을 준비하기 시작했다. 비록 밤 10시라는 저녁을 먹기에는 조금 늦은 시간이었지만 말이다.

"일단 완성은 했지만…"

하운은 자신의 어느새 완성되어 자신의 앞에 자랑스럽게 놓여 있는 오늘의 저녁을 보았다. 색깔과 냄새는 그럴 듯 했으나 자신의 절망적인 요리 실력을 아는 하운의 표정은 그리 좋지 않아 보였다.

"살긴 해야 하니까."

하운은 비장한 표정으로 그 음식을 한 숟갈 떠 바로 입에 넣고는 빠른 속도로 우물거린 뒤 단숨에 삼켰다.

"맛있는데?"

하운은 정말 놀란 것 같은 표정을 지었다. 음식은 어째서인지 꽤 맛있었고 하운은 그 뒤로 맛있게 음식을 먹어 치워 마지막에는 깨끗하게 비워진 냄비 한 개만이 남게 되었다.

옆에선 어느새 밥을 다 먹고 누워 있는 랑이가 보였다. 하운은 랑이를 조금 쓰다듬어 주고는 냄비를 대충 옆으로 밀고 랑이 옆 바닥에 하늘을 보고 드러누웠다. 잔디와 흙이 가득한 바닥에 누웠으니 옷이 더러워질게 뻔했지만 꽤 폭신하고 부드러운 감촉 덕인지, 오늘 하루가 힘들었는지 하운은 그저 편하다고 느껴졌다.

"와, 별 예쁘네."

하운은 멍하니 자신의 위에, 이 세상 어딘가에 있을 그 별들을 쳐다보았다. 새까만 듯한, 어쩌면 푸른빛 같아 보이는 높은 밤하늘과 그 사이 함께 있는 반짝이는 별들을 보니 예전에 누군가 어렴풋이 해 준 한 이야기가 떠올랐다.

"랑아."

'하운아.'

자신의 이름은 아는 것인지 하운이 부르는 소리에 랑이가 하운을 쳐다보았다. 반짝이는 연두색 같기도, 노란색 같기도 한 그 눈동자는 이채를 띄고 있었다.

"사람은 죽으면 저 멀리 하늘의 별이 된대."

'사람은 죽으면 저... 멀리 하늘의 별이 된대.'

하운은 여전히 멍하니 누워 밤하늘을 쳐다보며 말했다.

"하늘에 반짝이는 별이 부족해서 도와주러 간 거래, 그래서 우리 위에서 저렇게 높이, 아름답게 빛날 수 있는 거라나?"

'그러니까 우리 하운이도 누군가가 떠나면 별 보고 인사해 줘. 가장 빛나고, 예쁜 별이 되어 있을 거야. 알았지?'

랑이가 대답을 할 수 있을 리 없었지만 하운은 그저 계속해서 말을 이어나갔다.

"그래서 오랜 시간이 지나도 많이 슬프고, 생생하게 기억난다고 말이야. 그래도 도와주러 착한 일 하러 간 거니까 그러니까..."

'그러면 나는 정말...'

하운의 말은 조금씩 떨리는 것 같았다. 어쩌면 우는 것 같기도 했다. 그녀의 입에서 말이 한 글자 한 글자씩 튀어나올 때마다 그 감정들이 하나씩 튀어나오는 것만 같았다. 아주 오래 된, 그마저도 다

낡아 너덜너덜해져 버린 어린 시절의 어느 감정. 어두워서 잘 보이진 않았지만 하운의 표정이 과연 어떨지 상상이 되었다.

"행복하겠지?"

'행복할 거야.'

정체 모를 밝은 빛이 눈을 찔러 댔다. 조심스레 눈을 뜨니 파란 하늘과 높이 솟은 나무들이 보였다. 여기가 어딜까?라고 고민하던 중 어제의 일이 서서히 머릿속에 떠올랐다. 아무래도 피곤했는지 그대로 밖에서 그냥 잠든 모양이었다.

기지개를 켜고 일어나 주위를 둘러보니 조용하고 평화로웠다. 그리고 옆에선 랑이가 새근새근 잠들어 있었다.

"이 모습을 사진으로 남겨야 하는데."

하운은 그런 랑이를 보며 미소 짓던 것도 잠시, 아쉬운 목소리로 중얼거렸다. 아쉽게도 어제 휴대폰 전원이 방전되는 바람에 사진을 찍을 수 없게 되었다. 그 생각이 떠오르자 하운은 살짝 우울한 한숨을 쉬고는 이내 자리에서 일어나 아침을 만들었다. 아마 어젯밤의 일은 까맣게 잊어버린 듯했다.

"이제 어떡할까."

예상대로 새카맣게 타버린 계란 프라이를 우물거리던 하운이 중얼거렸다. 정작 마음만 앞섰지 그 뒤에 일은 하나도 생각하지 않았던 무책임한 감정이 마음을 쿡쿡 쑤셔댔다.

"일단 떠나 보지 뭐. 찾다 보면 나오겠지?"

하운은 그래도 포기하지 않기로 마음먹고는 이내 다시 짐을 가방 속에 꾹꾹 눌러 담았다.

"어? 어!"

멍하니 기계적으로 자전거 페달만을 밟던 하운의 눈에 무언가 들어왔다. 그것은 바로 본인들이 어제 타고 왔었던 자전거의 흔적이었다. 바퀴가 굴러간 흔적이 흙 위에 고스란히 남겨져 있었다. 하운은 설레는 마음을 가지고 다시 힘차게 페달을 밟았다.

"드디어 왔다아아!"

하운은 기쁨의 환호성을 질렀다. 앞에서 야옹 하고 우는 랑이도 기분이 좋은 건 마찬가지인 듯 보였다. 그 뒤로 바큇자국을 따라온 결과 하운과 랑이는 마침내 숲 입구로 다시 나올 수 있었다.

"랑이야, 우리가 해냈어!"

하운은 기쁜 듯 후련한 목소리로 랑이를 부르며 쓰다듬었다. 그렇게 그들은 무사히 집까지 돌아올 수 있었다. 익숙하다 못해 질릴 것 같은 집이 이리도 반가울 수가 없었다.

그렇게 그들의 험난하고 조금은 재미있었던 여행이 막을 내렸다. 비록 그 다음 날 하운이 극심한 근육통에 시달린 것만 빼면 말이다.

ep.6 Who are you?

여행에서 돌아오고 며칠이 지났을까. 하운과 랑이의 일상은 여전히 평화로웠다. 그래, 최소한 오늘까지는 말이다.

"으음. 사료가 다 떨어졌네. 랑아, 나 마트 좀 다녀올게."

랑이의 사료를 챙겨주러 선반을 연 하운의 눈에 보인 것은 텅텅 빈 사료 봉지뿐이었다.

하운은 서둘러 랑이에게 참치 캔 하나를 주고는 옷을 갈아입은 뒤 문을 열었다. 날씨는 어느새 가을에 물들어 가고 있었다. 따뜻하면서도 조금은 쌀쌀한 것 같은 날씨에 하운은 옷을 단단히 동여매고는 자전거의 페달을 밟았다.

자전거가 풀을 밟으며 내는 소리가 어느 샌가 멀어질 무렵, 랑이는 여느 때처럼 사람의 모습으로 변했다.

"으어어, 찌뿌둥해 죽겠네."

랑이는 계속해서 스트레칭을 하다 곧장 밖으로 나왔다. 따뜻한 햇살이 온몸을 감싸는 기분은 정말로 좋았다.

"으음."

랑이는 처음 왔을 때보다 조금 더 자란 연둣빛 풀밭에 풀썩 드러

누웠다. 겉보기엔 뾰족뾰족한 풀들이었지만 막상 누우니 폭신폭신하고 시원한 게 기분이 좋았다. 랑이는 하운이 없는 동안 자유로운 아침의 여유를 만끽했다.

이상하게도 오늘은 하운이 조금 늦는 것 같다. 평소라면 벌써 집에 오고도 남았을 시간이지만 이상하게도 주위는 이상하리만치 고요했다. 하지만 랑이는 오랜만에 찾아온 혼자만의 시간에 신나게 온 집안과 밖을 뛰놀고 다니며 이 자유를 만끽했다. 그래, 너무 신나게 놀아서 아무 소리도 듣지 못할 만큼.

'툭.'

어디선가 무언가 떨어졌다. 아니, 소리만 났다고 봐야 하나? 고요한 그 공간 속 들려온 작은 소리 하나에 랑이는 귀를 쫑긋 세우며 소리가 난 쪽을 바라보았다.

"어라?"

현관에 하운이 서 있었다. 그것도 아주 무서운 표정으로.

"어, 언제, 왔어?"

하운이는 조금, 아니 많이 당황한 표정을 짓고 있었다. 이건 예상에 전혀 없던 일이었다.

랑이에 비해 하운의 표정은 점점 더 험악해져 갔다. 그리고 하운은 천천히 현관 옆에 놓여 있던 우산을 집더니 갑자기 소리를 지르며 랑이의 쪽으로 무섭게 뛰어갔다.

"이 도둑놈아아아!"

"으아아악! 잠깐 잠깐, 나 랑이야, 이랑!"

랑이의 그 말 한 마디에 하운의 움직임이 순간 우뚝, 멈췄다. 그리고 뭔가 이상하다는 걸 느낀 건지 서서히 팔이 내려갔다.

"랑이?"

'수인!'

간단히 말하자면 인간과 동물이 섞인 또 다른 종족이랄까? 그 개체 수가 현저히 적고 과거 인간들에게 박해 당해 숲 깊숙이 숨은 것이라면 우리의 눈에 띄지 않는 것도 조금은 이해가 되었다. 인간들은 자신들이 눈으로 직접 보지 않는 이상 그 허상 같은 존재들을 믿지 않으니깐.

"그러니까 네가 그 수인이라고?"

하운의 말에 랑이는 조심스레 고개를 끄덕였다. 하운은 그저 조금 멍한 표정이었다. 랑이의 정체를 알고도 딱히 놀라지 않는 표정이랄까? 하운은 아마도 랑이를 도둑 정도로 생각했던 모양이다. 다행히도 랑이의 정체를 알고 겨우겨우 진정이 되었지만 말이다.

"으음 그러니까 말도 하고? 사람도 될 수 있고?"

"응, 원래는 다 같이 살았는데 지금은 몰라. 다 어디로 가버렸거든."

수인은 어느 순간 인간으로 변하는 능력을 가지게 되는데 그 능력을 잘만 조절한다면 언제든지 모습을 변화시킬 수 있었다. 물론 이건 다 랑이가 해준 이야기였다. 하운은 아직도 뭐가 뭔지 하나도 모르는 듯했다.

"흐어엉."

"에? 아, 아니, 왜 울어?"

그런데 랑이의 말을 들은 하운이 갑자기 이상한 비명 아닌 비명을 지르며 두 손에 얼굴을 파묻었다.

그 괴상한 소리에 하운이 우는 줄 알았던 랑이가 기겁을 하며 후다닥 하운의 곁으로 달려왔다.

"왜? 왜 그래, 어? 내가 잘못했어. 주인, 그니까 울지 마, 응?"

아니, 자기가 뭘 잘못했다고 사과를 하는 걸까?

사실 하운의 표정이 겉으로 잘 드러나지 않아서 그렇지 지금 하운의 머릿속은 어지러움 그 자체였다. 엄청난 진실과 기억들의 파도에 이미 머리는 자기의 기능을 상실한 지 오래였다. 머리가 아팠다. 세상이 어지럽게 빙글빙글 돌아갔다. 그럼에도 그 속에서 랑이의 목소리 하나만큼은 또렷이 들리는 것 같았다. 왜일까? 이상하게 처음 보는 사람인데도, 처음 듣는 목소리인데도 아주 익숙했고, 그리운 느낌이 들었다. 그래, 생각해 보면 랑이를 만났을 때부터 알 수 없는 기시감과 머릿속 어딘가 꽁꽁 숨겨놨던 기억들을 하나씩 끄집어내는 느낌이었다. 고양이 하나가 뭐라고.

"…"

하운의 고개가 힘없이 아래로 떨어졌다. 랑이가 받아 내서 망정이지 그대로 두었다면 하운은 지금쯤 차가운 바닥을 뒹굴고 있었으리라.

랑이는 살짝 당황한 것도 잠시, 익숙한 듯 하운의 몸을 조심히 안아 들고는 침대로 향했다. 이상하게도 하운의 몸이 전보다 가벼워졌다. 안 그래도 요즘 밥을 잘 먹지 않는 것 같았는데. 랑이는 온갖 걱정을 다하며 침대 위에 하운을 조심스레 눕혔다. 무슨 꿈을 꾸는 걸까? 그녀의 주인은 악몽이라도 꾸는 듯 슬픈 듯 아픈 듯. 이상한 표정을 짓고 있었다.

'좋은 꿈 꿔.'

"딸랑."

고요한 집안에 청량한 종소리가 울려 퍼졌다. 마치 아무런 때도 묻지 않은, 아직 세상을 모르는 아이처럼 순수한 소리였다.

그 종소리는 하운이 귓가에도 들렸을 것이다. 하운의 표정이 편안해진 것을 보면 말이다.

무슨 소리인지는 모르겠지만 뭔가 마음이 진정되는 느낌이었다. 그 소리를 듣자마자 기분이 좋아졌다 온갖 슬픔도, 아픔도 몰아내는 그런 소리. 그저 편하게, 행복하게만 있으라는 소리. 그 소리를 들은 사람이라면 누구나 미소를 지을 것이라고 하운은 잠결 중에 생각했다. 그 소리를 생각하니 괜스레 다시 미소가 지어졌다.

"하암... 랑이?"

익숙한 무게에 옆을 돌아보니 랑이가 살랑살랑 꼬리를 흔들며 하운을 쳐다보고 있었다. 무심코 습관처럼 랑이를 쓰다듬어 주자 랑이는 좋은 듯 하운의 손에 얼굴을 비볐다.

"그래. 내가 아는 랑이는 이 모습이지."

하운은 왠지 뿌듯한 미소를 지으며 랑이를 바라보았다. 하지만 그 자리에는 언제 변했는지 사람의 모습이 된 랑이가 앉아 있었다. 연녹색의 반짝이는 눈동자를 가진 랑이는 하운을 똘망똘망한 눈으로 쳐다보고 있었다.

"꿈이 아니구나. 꿈이 아니야?!"

그렇다. 하운은 지금까지 그 모든 상황들이 꿈인 줄 알고 있었다. 왜냐하면 자신의 꿈은 항상 악몽으로 끝났기 때문이었다. 아무리 즐겁고 행복한 꿈이라고 언제나 끝은 악몽이었다. 그래서 이번에도 당연히 꿈인 줄 알았건만.

"주인, 무슨 일 있어?"

"하아."

그래, 자신의 앞에서 저렇게 해맑게 앉아있는 랑이를 본 하운은 이내 한숨을 쉬더니 자리에서 일어났다.

"어? 주인 어디 가?"

"아침, 안 먹어?"

평소와 같은 아침이었다. 그래, 조금 다른 점이라면 하운의 앞에 한 사람, 아니 고양이가 앉아있다는 점? 꽤 오랫동안 혼자 생활해 왔던 하운은 누군가 자신과 함께 밥을 먹는다는 것이 조금 어색했다. 그에 반대로 랑이는 입가에 미소를 띠고는 맛있게 아침을 먹고 있었다. 고양이도 계란을 먹는다는 게 하운으로서는 조금 신기했다.

"주인, 안 먹고 뭐 해?"

"그 주인이란 표현 좀 어떻게 하면 안 되겠니?"

하운은 체념한 듯 말했다.

"음? 주인은 주인이잖아. 그럼 뭐라고 불러?"

하아…

당장 이 고양인지 사람인지 모를 친구의 이상한 생각부터 고쳐야겠다는 생각에 하운의 입에서 저절로 한숨과 함께 말들이 튀어나왔다.

"우선, 나는 네 주인이 아니고 친구야. 친. 구. 알아들었어?"

하운의 단호한 말투에 랑이는 고개를 끄덕였다.

"그리고 주인보다는 이름으로 불러줘. 내 이름은 이하운이거든, 그냥 하운이라고 불러."

"알겠어, 하운!"

그래도 호칭을 바꾸는 건 역시 어렵다. 랑이는 속으로 그리 생각하며 머릿속에 '이하운'이라는 세 글자를 집어넣었다. 하운과 아주 잘 어울리는 이름이라고 생각하며 말이다.

"근데 너는 수인이면서, 이런 나한테 온 거야? 왜?"

어느새 하운과 랑이는 사람이 된 채로 소파에 앉아 멍하니 아이스크림을 오물거리고 있었다. 하운은 체념한 듯, 적응한 듯 평소와 같은 표정이었다. 하운은 아이스크림을 먹다 말고 랑이에게 의문을 던졌다. 합리적인 궁금증이었다.

"음…"

랑이는 조금 남아 있던 아이스크림을 입에 모두 털어놓은 뒤 잠시 고민하다 입을 열었다.

"그냥, 옛날이나 지금이나 하운은 좋은 인간이었거든."

"옛날?"

우리가 예전에 만난 적이 있었나?

하운은 기억을 떠올리며 생각에 잠겼다. 얼굴 위에 짜증인지 모를 표정이 언뜻 스쳤다. 그래도 만약 만났었다면 그녀가 기억하지 못할 이유는 없었다. 랑이의 외모는 워낙 특이하니 말이다.

"그게 언제였더라? 하운이 이만 했었을 때."

랑이는 손에 들고 있었던 막대기를 입에 물고는 대충 손으로 높이를 가늠해 보았다. 높이를 보니 아마 한 여덟 살 정도였던가?

여덟 살? 생각해 보니 그리 좋은 기억만 있었던 것은 아니기에 고개를 흔들어 머릿속에서 기억을 지우고는 다시 랑이의 말에 집중했다.

"엄청 서럽게 울고 있어서 불쌍해서 가 봤는데, 상황을 보니 누가 죽었었나 봐. 이름이 서... 하진이었나?"

멈칫, 하운의 움직임이 일순간 멈췄다. 그리고 흔들리는 눈동자로 랑이를 쳐다보았다. 눈동자에 담긴 감정들이 표정에 다 드러나지 않고 어느 순간 사라졌지만 랑이는 그 감정들을 똑똑히 보았다. 언젠가, 오래전 저 구석 어딘가에 꽁꽁 숨겨 놨던 그런 감정.

ep.7 옛날이야기

하운에게는 언니가 있었다. 그녀보다 세 살 많은 언니가.

언니는 늘 웃고 있었고 행복해 보였다. 밝은 웃음은 곁에 있는 사람들마저 함께 미소 짓게 만들었다. 뭐든 잘해서 부모님께 칭찬도 많이 받았다. 뭐든 평범했던 그녀와는 달리 말이다. 그리고 그녀를 무엇보다 잘 챙겨주었다 부모님보다 더.

하운의 기억 속의 언니는 반짝반짝 빛나는 사람이었다. 그래, 저 별처럼 말이다. 높디높은 하늘 위에서 밝게 빛나는 가장 아름다운 별. 그 무엇과도 바꿀 수 없는 세상에서 가장 사랑하는 언니, 이제 다시는 볼 수 없는 사랑하는 우리 언니.

"하진아 하운아, 너무 깊이 들어가지는 말아라."

그날은 바다에 갔었다. 유난히도 물을 좋아했던 언니는 바다도 정말 좋아했다.

"하운아, 우리 얼른 들어가자!"

하진은 신난 듯 목소리를 높이며 풍덩, 물속으로 뛰어들었다. 햇빛에 반짝이는 푸른 여름 바다는 아름다웠고, 무서웠다. 끝을 알 수 없는 저 넓은 바다가, 깊이를 알 수 없을 만큼 짙은 푸른색의 바다가 금방이라도 자신을 꿀꺽하고 삼켜버릴 것만 같았다.

어렸고 여렸던 하운은 무서운 마음에 울상을 지으며 뒷걸음질을 쳤다.

"으으 언니, 난, 난, 안 들어갈래."

물만 보면 물고기가 되던 하진과 반대로 하운은 물을 싫어했다. 그래서 바다에 오기만 하면 항상 모래성을 쌓고 놀았다. 착한 그녀의 언니는 그런 그녀와 함께 항상 바다에서 나와 놀아주었지만 말이다. 하지만 그날은 달랐다.

"괜찮아, 언니가 잡아 줄게. 언니 믿지?"

하진의 말에 하운은 고개를 끄덕였다. 세상에서 누구보다 믿는 사람을 말하라면 당연히 언니를 꼽을 것이다.

하진은 하운의 손을 꼭 잡고 천천히 바다로 들어갔다. 그녀의 키보다 조금 깊은 바다는 푸르고 시원했다.

생각보다 좋은 느낌에 웃고 있을 때 하진은 조금 더 깊이 가보자고 말했다. 그에 하운은 살짝 무서운 마음이 들었지만 이내 고개를 끄덕였다.

하진은 수영도 잘 했다. 그녀 덕에 금방 물에 뜨는 법을 배운 하운은 조금 더 깊은 물에서도 곧잘 떠 있을 수 있었다. 생각보다 재미있는 바다가 점점 좋아졌다. 하운은 자신과 언니를 웃게 만드는 바다가 좋았다. 그러나 바다는 그 둘을 싫어하는 것 같았다. 아니, 싫어했다.

그때 파도가 몰려왔다. 전보다 더 크고, 높은 파도가 그들을 덮쳤다. 높디높은 바다가 차가운 시선으로 그들을 내려다보았다. 파도는 하운과 하진을 매정하게 갈라놓았다. 그녀는 언니의 손을 놓쳤고 그대로 더 멀리, 더 깊이 빠져들었다.

"하운아!"

하진은 하운이 없어진 걸 알자마자 곧장 수영을 해 하운의 쪽으로 헤엄쳐 왔다.

"하운아, 이하운! 괜찮아? 언니 말 들려?"

물이 쉴 새 없이 하운의 눈과 코를 찔러댔다. 누군가가 일부러 그녀의 몸에 있는 온 구멍에 소금물을 쏟아 붓는 느낌이었다. 그런 어지러운 상황인데도 이상하게 하진의 목소리만큼은 또렷하게 들렸다.

"언니 믿지?"

믿었다. 당연하지, 믿지 않을 수가 없잖아?

"음...?"

눈을 뜨니 새하얀 공간이 보였다. 그리고 이질적인 두 개의 검은 인영도 보였다.

"엄... 마...?"

분명 목소리를 내었는데 내 것이 아닌 것 같은 이상한 소리만이 흘러나왔다. 하운의 목소리에 그 두 명의 시선이 내게로 향했다.

그녀의 흐릿한 갈색 눈 안에 부모님의 얼굴이 담겼다. 왜 그토록 흐릿했던 눈 안에 오직 부모님의 얼굴만은 또렷이 담겼는지. 어렸고 순진했던 하운은 그 순간 깨달았다. 더 이상 행복은 존재하지 않을 거라는 것을. 지금 이 순간에도, 앞으로 언제까지나, 영원히.

"허억…!"

번쩍, 하운의 눈이 뜨였다. 하운은 불규칙적인 숨과 미친 듯이 쿵쾅거리는 심장을 애써 안정시키려 노력하며 시계를 쳐다보았다. 새벽 5시 34분, 원래라면 한창 잠에 빠져 있을 시간이었다.

"허… 하아… 윽…"

아마 다시 잠들긴 틀린 것 같다. 온몸이 땀으로 축축했다. 몰려오는 찝찝함에도 하운은 미동조차 없었다. 그녀의 눈에서는 어느새 눈물이 떨어지고 있었다. 언제나 날 슬프게 하는 꿈이 미웠다. 내 행복을, 기쁨을, 언제나 새드엔딩으로 끝내버리는 꿈이 미웠다. 그렇지만, 그렇지만, 그런 꿈 따위, 그런 악몽 따위 평생 나와도 좋으니. 한 번만 단 한 번만이라도 내 꿈속에서 웃어 줘.

ep.8 좋은 꿈 꿔

꿈에서 깨어나면 모두 없던 일이 되어 버린다. 그 속에서 광활한 우주 어딘가에 있기도, 재미있는 친구들을 만나기도 하던 나는 어딘가에 존재했는데, 내가 꿈에서 깨어나면 그 모든 것은 그저 하룻밤의 꿈으로 남아 잊혀진다. 흥미진진했던 모험도, 가슴 아팠던 이별도 그저 꿈의 한 자락일 뿐, 꿈은 결국 꿈이고 결말은 언제나 현실에서 깨어나는 아주 진부한 이야기다.

그래서 꿈이 싫다. 언제나 내게 상처만을 주고 도망가다 결국 지루할 정도로 같은 결말만을 보여준다. 꿈은 결국 꿈일 뿐이다. 현실이 아니다. 그럼에도 그 꿈속에서 느꼈던 감정 하나하나가 너무 생생해서, 그 상처가 너무 아려서, 나는 더 꿈에 매달릴 수밖에 없어진다.

하운이 가장 좋아하는 동화는 앨리스이다. 왜냐고? '앨리스'라는 작지만 당찬 주인공은 시계 토끼를 따라 가다 이상한 나라에 도착한다. 거기서 신기한 모험을 하고, 이상한 일들을 겪고, 멋진 사람들을 만나지만 결말은 그저 앨리스의 꿈이었다는 세상 재미없는 결말이다. 하지만 하운은 그 동화가 좋았다. 그 주인공이 그녀랑 너무나도 비슷해서.

"무슨 일 있어?"

어느새 사람으로 변한 랑이가 과자를 먹으며 하운에게 걱정스러운 표정을 지어 보였다. 하운은 그리 좋지 않은 상태이지만 애써 미소를 지어 보였다. 물론 랑이에게는 통하지 않는 것 같지만 말이다.

"하운은 너무 참지 않을 필요가 있어."

랑이의 단순한 한 마디였지만 하운의 손은 잘게 떨리고 있었다.

"진짜 괜찮다니깐. 그저, 그저 악몽일 뿐이야. 깨어나면 아무것도 아닌 그저 꿈."

하운의 말에 랑이는 그래도 걱정된다는 표정을 지었지만 하운의 미묘한 표정에 그냥 조용히 과자를 오물거렸다.

하운은 속으로 티를 내지 않으려 애쓰며 어색하게 웃어 보였다. 괜찮다, 괜찮을 거야, 괜찮아야만 해. 늘 그랬으니까. 어차피 내일이면 다 사라질 감정이야.

"흐어어어."

하지만 다음 날에도 하운의 상황은 마찬가지였다. 뭔가 넋이 나간 사람처럼 멍하니 천장만 쳐다보다가도, 어느 샌가 엄청나게 우울한 표정으로 구석에 처박혀 있다가 갑자기 밖으로 나가 소리를 지르기도 했다. 그런 하운의 행동이 계속될수록 랑이의 걱정과 근심 어린 표정은 점점 깊어져만 갔다.

"야옹."

하운이 다시금 우울한 표정으로 소파에 멍하니 앉아 있을 때쯤 고양이로 변한 랑이가 하운의 품을 파고들며 만져달라는 듯 손을 톡톡 건드렸다. 그 행동에 하운은 힘없이 하하 웃으며 랑이의 부드러운 머리를 쓰다듬어 주었다. 요즘 항상 우울하고 기운이 없는 하운이지만 랑이가 이렇게 위로를 해 줄 때면 언제나 행복한 미소로 랑이를 쓰다듬고는 했다.

사실 처음에 랑이가 수인인 것을 알았을 때 하운은 살짝 랑이를 피했지만 곧 랑이를 예전처럼 대해주었다. 사실 랑이가 엄청 우울해했던 것도 한몫을 했다.

둘은 결국 언젠간 밝혀졌을 진실을 조금 빨리 알아버렸지만 예전처럼 그저 평화롭게, 행복하게 지내고 있었다.

"다시 병원이라도 다녀야 하나?"

하운의 거의 의미 없는 중얼거림이었지만 이미 랑이는 그 말을 똑똑히 들은 뒤였다.

"하운! 왜, 어디 아파?"

그 말에 어느샌가 사람으로 변한 랑이가 후다닥 하운의 곁으로 다가왔다.

랑이의 행동에 하운은 살짝 당황한 듯 이내 어색한 웃음을 지으며 랑이에게 손을 내저어 보였다.

"하운 진짜 거짓말 못하는 거 알지?"

"하하."

곧이어 쏟아지는 랑이의 잔소리에 하운은 살짝 얼굴을 찡그리며 그저 귀를 막고 랑이의 화가 풀릴 때까지 얌전히 기다리고 있었다. 이럴 때는 조용히 있는 게 제일 좋다는 것이 하운의 결론이었다. 이런 상황이 꽤 많이 있었던 모양이다.

"알았어, 알았어. 옛날에 불면증이 살짝 있어서 병원을 다녔었거든. 너랑 같이 살고 그나마 좋아져서 그만 뒀었는데 요즘 다시 생겼나 봐. 그래서 그런 거야."

"불면증?"

조금 화가 누그러진 듯한 랑이의 표정에 하운은 이때다 싶었는지 얼른 고개를 끄덕였다.

"그거라면 내가 도와줄 수 있는데."

"니가?"

하운이 눈을 동그랗게 뜨고 랑이를 쳐다보았다. 랑이는 하운의 반짝이는 시선에 주머니에서 무언가를 꺼내어 하운의 앞에서 살짝 흔들어 보였다.

"어, 드림캐처잖아?"

"맞아. 예전에 내가 살던 마을은 꿈을 중요시해서 새로운 아이가 태어나면 이렇게 털을 조금 잘라서 드림캐처를 만들어."

랑이의 말대로 드림캐처는 주황빛에 랑이의 눈을 닮은 노란색과 초록색의 보석이 달려 있었다. 촉감도 부드러웠다. 그리고 중간에 신기한 금색의 물체가 달려 있었다. 작은 방울? 종처럼 보이기도 했다.

랑이의 말로는 그 드림캐처는 악몽을 몰아내고, 자각몽을 꾸게 해주는 심히 판타지스럽고 조금은 신기한 힘을 가지고 있다고 했다.

"참 신기하네."

이미 이 험난한 현실을 뼈저리게 맛본 하운은 그런 동화에서나 나올 법한 이야기를 믿지 않는 눈치였지만 랑이의 자랑스러운 표정에 이내 살짝 어색한 미소를 지어 보였다.

"그래서 그걸로 뭘 하려고?"

"……?"

그날 밤, 작은 불이 켜진 침대 위에 하운과 랑이가 함께 마주 보고 앉아 있었다. 그리고 지금 랑이는 드림캐처를 입에 문 채로 하운을 닦달 중이었다.

"이대로 자면 돼? 그냥?"

하운은 믿기지 않는다는 표정으로 랑이에게 물었다. 벌써 열네 번째 같은 물음이었다. 랑이는 이제 지겹다는 듯 한숨을 쉬며 하운의 배 위로 폴짝 뛰어올랐다.

"으헉!"

그에 하운은 갑자기 확 들어온 무게감에 그대로 뒤로 풀썩 쓰러졌다. 다행히 뒤가 푹신한 베개와 이불로 이루어져 있어 머리가 다치는 것은 막았지만 말이다.

랑이는 강제로 하운의 머리 위에 드림캐처를 올려놓은 뒤 드림캐처를 살짝 건드렸다. 그러자 뭔가 익숙한 종소리와 함께 잠이 커다란 파도처럼 한순간에 몰려왔다. 너무 많은 양의 피로감에 이상하다는 생각을 할 순간도 없이 눈앞이 암전되었다.

"잘 자, 좋은 꿈 꿔."

랑이의 목소리가 고요한 공간 안에 조용히 울렸다. 하운은 편안하게 누워 가만히 눈을 감고 있었다. 전과는 다르게 편안히 잠든 모습이었다.

"... 바다."

바다다. 언니를 죽인 미운 바다.

"안녕, 하운아?"

무서울 정도로 익숙하고 그립던 목소리에 흠칫 고개를 돌리니 예전의 모습 그대로인 언니가 서 있었다.

"어 언니? 진...짜 언니야?"

그녀의 언니는 꿈에서 항상 같은 결말을 맞이하곤 했다. 언제나 자신을 구하다 저 깊은 바다 속으로 끌려가는 무서운 결말. 하지만 오늘은 바다도 잠잠했고 언니는 웃고 있었다. 언제나 흐릿하던 표정도 오늘은 선명히 보였다. 어쩌면 이게 꿈이 아닐 거라는 말도 안 되는 상상도 해 보았다.

"잘 지냈어? 많이 컸네."

하진은 한결같은 미소와 한결같은 목소리로 하운에게 팔을 뻗었다. 홀린 듯 다가가자 하진이 그녀를 부드럽게 안았다.

“우리 동생, 엄청 보고 싶었는데.”

언니다, 진짜 언니야. 분명 꿈인데도 전해져 오는 이 온기는 무엇일까, 이 감정은 무엇일까. 파도가 치듯 밀려오는 감정들에 생각을 할 수가 없었다. 언니는 웃고 있었다. 그녀가 그토록 바라던 그 웃음을 지니고 그녀를 만나러 와 주었다.

“언…니…”

그저 우는 것밖엔 답이 없었다. 과연 이 감정을 어떻게 표현해야 할지 모르겠다. 단지 엄청 슬프다는 것과 엄청 기쁘다는 것밖에는 알 수 없었다. 마치 마음 어딘가 깊숙이 닫혀있던 낡은 자물쇠가 한 순간에 열린 느낌이었다. 그 안에 들어있던 것이 너무 커서 너무 슬퍼서, 하운의 눈물은 멈출 줄 몰랐다. 하진은 그런 하운을 가만히 안아주었다. 다 이해한다는 듯 다 안다는 듯. 전해져 오는 그리운 온기에 하운은 더욱 하진을 꼭 끌어안았다.

“언…니… 미안…해…”

미안해, 그 말을 꺼내기까지 얼마나 오랜 시간이 걸렸는지. 이 말을 꺼내기 위해서 얼마나 크나큰 용기가 필요했는지 자신의 언니는 모를 것이다.

하진은 한결같은 밝은 미소를 짓고 있었다. 하운은 평생 가져보지 못할 그 미소를 지닌 언니를 그녀는 정말 좋아했다.

“괜찮아, 괜찮아. 살아 줘서 고마워.”

고맙다고? 이런 내게?

언니의 말에 하운은 저절로 실소가 흘러나왔다. 커다란 죄책감이 그녀의 마음을 짓눌렀다. 이런 자신에게 그런 말을 하다니. 차라리 욕을 하고 때렸으면 마음이 조금이라도 편했을 것을.

"네 잘못이 아닌 걸?"

네 잘못이 아니야. 어릴 때 그렇게 듣고 싶었던 말이 사랑하는 사람의 입에서 흘러나왔다. 어떤 말보다도 위안이 되는 그 한마디는 정말 따뜻했다.

"미안해... 미안...해."

그저 하운이 할 수 있는 거라고는 용서를 비는 것밖에 없었다. 끝없는 용서. 계속해서 미안하다는 말만 되뇌었다. 하운이 그녀 자신을 전부 다 용서할 수 있을 때까지.

하운이 진정하자 하진은 왠지 신난 얼굴로 얼른 이야기를 들려달라 말했다. 어렸을 때부터 엄마가 책을 읽어줄 때면 언니는 항상 웃으며 들었던 언젠가의 기억이 하운에게는 아직도 선명했다.

하운은 그동안 있었던 모든 일들을 언니에게 말했다. 기쁨과 슬픔, 만남과 이별까지 전부. 언니는 미소를 지으며 하운의 말을 끝까지 들어주었다.

얼마나 오랜 시간이 지났는지 모르겠다. 날씨는 화창했고, 바닷바람은 시원했다.

"잘 견뎠네, 기특해라."

하진은 하운의 머리를 천천히, 부드럽게 쓰다듬었다. 마치 이 순간을 놓치기 싫은 듯 말이다. 하운과 닮은 하진의 갈색 눈동자에는 그녀가 온전히 담겨 있었다. 언니의 앞에만 서면 여덟 살 그때로 돌아간 기분이었다. 차가웠던 파란색의 어느 기억이 따뜻한 노란색으로 바뀌는 느낌이 들었다.

"잘 잤어?"

눈을 뜨자 보이는 또 다른 익숙한 얼굴에 기분 좋은 느낌을 받으며 웃음을 지었다. 연녹색의 일렁이는 눈동자 속에는 조금의 걱정과 따뜻함이 담겨 있었다. 정말 따뜻한 색이야. 앞으로 초록색이 좋아질 것 같다. 아, 물론 주황색도.

ep.9 이기적인 감정

랑이의 특별한 치료를 받은 뒤로 하운의 표정은 눈에 띄게 좋아졌다. 마치 조금 찝찝했던 감정이 완전히 깨끗하게 없어진 느낌이었다. 생기가 도는 얼굴 위에는 언제나 행복한 듯한 밝은 미소가 자리하고 있었다.

"랑아, 너 괜찮아?"

그에 비해 이상하게도 랑이의 표정은 날이 갈수록 점점 이상해져가고 있었다. 랑이가 제일 좋아하던 참치 캔을 주어도 항상 남기는 모습이었다.

랑이의 안색이 점점 나빠져 가는 것을 내내 지켜만 보던 하운이 이내 걱정스러운 표정으로 랑이에게 다가가자 랑이는 소파에 이상한 자세로 누워 조용히 손을 내저었다. 내심 랑이가 심히 걱정되었던 하운은 랑이의 기분을 어떻게 좋게 만들 수 있을까 생각하며 랑이의 앞에 주스를 놓아 주고는 2층으로 올라갔다.

아무리 생각해도 이상했다. 어떤 일이 닥쳐와도 항상 평온하고 자신감이 넘치던 랑이였다. 그런데 고작 며칠 사이에 이렇게나 표정이 나빠졌다. 원래도 하얗던 피부가 더 창백해지니 꼭 아픈 사람처럼 보였다. 잠깐, 아파?

"랑아, 너 어디 아파?"

하운은 이대로는 안 되겠다 싶었는지 걱정이 가득한 얼굴로 랑이의 앞에 앉았다. 현재 랑이는 소파에 누워 있었기에 바닥에 앉은 하운과 눈높이가 맞았다. 하운의 맑은 갈색의 눈동자가 랑이의 흐릿한 연녹색의 눈동자를 쳐다보았다. 하운의 말을 듣자마자 랑이는 살짝 눈을 크게 뜨며 소파에서 벌떡 일어났다.

"랑아?"

"어, 아, 아무것도 아니야."

랑이는 애써 태연한 척을 하며 피곤하다는 듯 2층으로 올라가 버렸다. 하운은 그런 랑이를 보고는 살짝 고개를 갸웃했지만 이미 알고 있었다. 그때, 랑이의 눈동자가 작게 흔들리는 것을 보았으니 말이다.

직감적으로 알 수 있었다. 아무리 이 세상에 존재하는 그 어떤 것이라도 이별을 피할 수는 없다는 것을 말이다. 아무리 그게 신비한 종족인 수인일지라도 말이다. 세상은 동화가 아니다. 그 점은 하운이 가장 잘 알고 있었다.

랑이는 그 뒤에도 점점, 티는 나지 않았지만 아주 조금씩 세상에서 사라져 가고 있었다. 하운은 불안했다. 자신이 사랑하는 사람이 이렇게 또 떠나가고 있다는 게 소름 돋도록 무서웠다. 그 엄청난 슬픔을 다시는 겪고 싶지 않았고, 겪을 자신이 없었다. 하운은 일렁이는 마음을 다잡아 보고는 서랍을 열어 무언가를 꺼낸 뒤 아마 마당에 있을 랑이에게로 향했다.

"랑아."

"으응."

랑이는 자고 있었는지 몽롱한 듯 잠이 덜 깬 표정을 지으며 하운을 올려다보았다.

랑이는 요새 고양이로 있는 일이 잦아졌다. 지금은 연녹색의 눈을 가진 사람의 모습이었지만 말이다.

"짠~"

"바다잖아?"

하운이 들고 있었던 것은 예전, 우여 곡절이 많았었던 여행을 떠나기 전에 랑이가 골랐었던 푸른 바다가 그려진 여행 팸플릿이었다.

"우리, 바다 가자!"

하운은 활짝 웃으며 말했다. 반짝반짝 햇살이 하운의 뒤를 비추었다. 랑이는 알 수 있었다. 하운의 세상은 이제 반짝이는 하늘빛이라는 것을.

그렇게 약간의 기시감이 느껴지는 여행이 시작되었다.

하운은 랑이에게 통보 아닌 통보를 하고는 신난 발걸음으로 바로 달려가 짐을 싸기 시작했다. 왠지 예전보다 더 즐거워 보이는 모습에 랑이는 살짝 당황하면서도 웃어 보이고는 어느새 고양이로 변한 채 창가에 앉아 따사로운 노을 햇볕을 쬐었다. 붉은 노을빛이 랑이의 노란 털에 겹쳐 랑이의 털이 예쁜 노을빛으로 물들었다.

"출발!"

하운은 전처럼 커다란 가방을 멘 채로 발걸음을 옮겼다. 조금 다른 것이 있다면 이번에는 기차를 탄다는 것이었다. 바다는 하운과 랑이가 살고 있는 곳보다는 조금 멀기 때문에 기차를 타고 가려는 것이었다.

"랑이야, 춥지는 않겠어?"

하운의 말에 랑이는 바구니 속에서 고개를 끄덕였다.

일단 자전거를 타고 기차역까지 간 다음 자전거를 맡겨두고는 기차를 타고 바다까지 갈 생각이었다. 현재 날씨는 가을이 끝나가는 11월. 아직 가을이라고는 하지만 겨울이나 다름없을 정도로 날씨가 쌀쌀했다. 그렇기에 저번과는 다르게 담요를 더욱 두껍게 깔고 랑이 위에도 보들보들한 담요를 가득 얹어 두었다. 아마 랑이가 추워할 일은 없을 거다. 랑이는 털도 부들부들 두꺼우니 말이다.

둘은 어찌어찌해서 기차역에 도착했다. 비록 중간에 길을 잘못 드는 바람에 길을 빙 돌아 왔지만 말이다. 다행히 조금 일찍 나온 덕분인지 기차 시간에는 늦지 않게 올 수 있었다. 멀리서 기차가 출발한다는 경적 소리가 들리고 주변에서는 재잘거리는 사람들의 말소리와 분주한 발걸음 소리로 가득했다. 무채색들의 옷들 사이에서 화사한 노란색의 고양이는 꽤나 튀는 느낌이었다.

"으음. 아무래도 성인 한 명으로 해야겠지..."

하운이 자전거를 맡긴 뒤 매표소 직원에게 말하려 할 때 뒤에서 누군가 하운의 옷깃을 잡아끌었다. 뒤를 돌아보니 어느새 사람으로 변한 랑이가 보였다

"성인 두 명이요."

아, 하운은 사실 랑이를 고양이인 상태로 데려가려 했다. 랑이에게는 그것이 더 편해 보였기 때문이었다. 하지만 랑이는 자신을 위해서 사람으로 변해 주었다. 그 조그만 배려가 기분 좋은 따뜻함으로 번졌다.

초록색 선들이 그려진 표를 지나 기차역에 도착했다. 역무원에게 표를 내고는 기차에 올라섰다. 단정한 남색의 옷을 입은 역무원은 친구끼리 여행을 간다고 생각했는지 싱긋 웃으며 잘 다녀오라는 인사를 보내 주었다. 뭐, 딱히 틀린 말은 아니니 말이다.

자리는 기차의 중간쯤, 창가 자리에 마주 보고 앉아 짐을 놓았다. 가방 안에 물건을 많이 넣었는지 어깨가 다 욱신거렸다.

"이제 한 시간 정도만 가면 될 거야."

하운은 반대편에 앉아있는 랑이를 보며 말했다. 그리고는 랑이에게 간식거리와 담요를 건네준 뒤 눈을 감았다. 랑이에게 자신을 깨워달라는 부탁을 하며 말이다. 랑이는 오랜만에 평소와 같은 활기찬 미소를 지으며 고개를 끄덕였다. 랑이도 이 여행이 좋은 모양이었다. 저렇게도 환히 웃는 걸 보면 말이다.

피로감에 서서히 눈이 감겼다. 눈앞에는 검은색만이 보였다. 마음을 편안히 해주는 완전한 어둠.

부스럭거리는 소리에 잠에서 깼다. 그림자는 위치를 조금 바꾸었고 덜컹덜컹 철로를 달리는 기차소리가 귀에 들렸다.

머릿속에는 다시 자고 싶다는 생각이 가득했지만 앞에서 들려오는 이상한 소리에 흐릿한 눈을 애써 뜨려 노력하며 앞을 쳐다 보았다. 그마저도 다른 사람의 눈에는 아직 자고 있는 것처럼 보일 테지만 말이다. 아마 랑이에게도 그렇게 보일 것이다. 지금 하운이 깨어있는 줄도 모른 채로 랑이는 열심히 무언가를 하고 있었다. 비록 눈앞이 너무 흐릿해서 잘 보이지는 않았지만 말이다.

하운의 마음에 조금의 호기심이 마음에 생겨났지만 이내 더 큰 졸음에 의해 그 감정은 묻혀버렸다. 하운은 다시 깊은 잠에 빠져들었다.

"...하... 하운아!"

점점 가까워지는 랑이의 외침에 하운은 눈을 떴다.

창밖을 바라보니 예쁜 모래사장이 보였다. 오후 햇살에 비쳐 반짝이는 황금색의 모래들이 둘을 반겨주었다.

"갈까?"

랑이는 웃으며 신나는 발걸음으로 기차를 나섰다. 얼마나 신났는지 하운의 몫인 짐까지 모두 들고나갈 정도로 말이다. 물론 엄청난 무게감에 곧이어 충격을 먹은 얼굴로 하운에게 짐을 다시 돌려주기는 했지만 말이다. 하운은 그런 랑이를 보며 재미있다는 듯 작게 미소 지었다.

"와아~"

기차에서 내리자마자 느껴지는 것은 익숙하지 않은 바다 냄새였다. 어쩌면 그 그리운 기억 속에 있었던 어느 바다 냄새였는지도 모르겠지만 말이다. 랑이도 확실히 기분이 좋아진 것처럼 보였다.

하운은 폴짝폴짝 신나게 뛰며 바다를 향해 달려가는 랑이의 뒤를 따라 천천히 걸어갔다. 이 기억을 조금도 놓칠 수 없었으니까.

반짝반짝. 만약 바다가 소리를 낸다면 이런 느낌일까, 말 그대로 반짝반짝 빛나는 예쁜 바다가 그들의 시야 가득히 채워졌다. 이제 여기에는 어릴 때 무서워했던 바다도, 죄책감의 파도가 치던 바다도 존재하지 않았다. 그저 소중한 친구와 왔던 좋은 추억이자 기억일 뿐이었다. 앞으로 둘의 기억 속에 바다는 그런 존재로 남을 것이다.

"근데 고양이는 물을 싫어한다고 하지 않았나?"

하운은 멍하니 바다를 감상하다가 랑이를 처음 데려온 뒤 며칠이 지나지 않아서 보았던 고양이 백과사전을 떠올리며 물었다.

"대부분. 근데 보는 건 좋아해."

별로 좋지 않은 표정을 하며 저런 말을 하는 것을 보니 랑이도 그리 물을 좋아하지는 않는 모양이었다. 그럼에도 랑이의 눈에서는 반짝이는 푸른 바다가 담겨 있었다.

겨울의 바닷바람은 소름 돋을 정도로 차가웠지만 이 온기 때문인지 전혀 느끼지 못할 정도로 따뜻했다.

바다는 이제 날 미워하지 않는다. 어쩌면 그동안은 바다 아닌 내가 바다를 미워하고 있었는지도 모른다. 이제는 아니다. 바다도, 나도 그 모든 일들도 이제는 바다가 따스하게 날 위해준다는 것을 아니까.

"괜찮아?"

"뭐가?"

랑이의 알 수 없는 물음에 하운은 고개를 갸웃거리며 바다에서 눈을 돌려 랑이를 눈에 담았다. 언제나 생각하고 또 생각했지만 주황색은 참 따뜻한 색이다. 저 노을처럼 보기만 해도 기분이 저절로 좋아지는 그런 예쁜 색.

"그냥, 다."

이 세상에 그냥이라는 것은 없었다. 무엇이든 어떤 것이든 그것이 있고 존재하고, 사라지는 데에는 다 이유가 있는 법이었다. 그건 하운이 가장 잘 알았다. 하지만 어째서인지 오늘은 그저 그냥이라는 한마디 정도는 있어도 될 것 같았다. 그냥 그랬다. 그냥.

"다, 괜찮지, 그럼."

하운은 웃으며 말했다. 언제나처럼 무거운 무언가가 자신의 마음을 짓누르고 있는 것이 아닌 모든 것이 한순간의 파도에 씻겨 나간 듯 개운한 느낌이었다. 이제야 이 세상을 당당히 마주 볼 수 있을 용기가 아주 조금은 생긴 것 같았다.

"행복해?"

"그럼."

하운은 그저 머릿속에 떠오른 대답을 말할 뿐이었다. 너무나도 당연한 대답이었다.

"그거 알아? 하루하루가 너무 행복하면 그게 어느 순간 행복으로 느껴지지 않는다는 걸. 그런 행복마저 평범한 하루의 일상이 되어버려. 하지만 난 그 평범한 일상이 너무 좋았어. 하루하루가 너무 행복해서 그걸 행복이라고 느끼지 못할 만큼 너무너무 행복했어."

하운은 어딘가 후련한 듯 어쩌면 미련이 남은 듯, 여러 가지의 감정이 일렁이는 눈으로 랑이를 바라보았다.

"너와 함께한 날들을 둘러보면 내 마음 속엔 따듯한 감정만이 남아 있어. 예전과 다른 아주아주 따뜻하고 기분 좋은 감정이. 그 추억을 생각하면 어느 순간엔 미소가 지어지고 마음속은 간질간질한 설렘으로 가득 차. 그걸 바로 사랑한다고 말하는 걸까?"

노을의 아름다운 온기를 담은 바닷바람이 그들 사이에 부드럽게 불어왔다.

"사랑을 한다는 건, 그 사람 생각만 해도 기분이 좋아지고 그 사람이 언제든지 보고 싶고, 그 사람을 보면 저절로 미소가 지어진다는 거야. 그 사람을 생각하면 너무나 눈부시고 찬란한 추억으로 가득 차 있어. 너무 눈이 부셔서 눈을 뜰 수 없을 정도로 행복으로 가득 찬 추억 말이야."

둘의 눈시울이 붉어져 있었다. 하운은 애써 그 슬픈 감정들을 참는 것 같았다. 그때 머리 위로 부드러운 온기가 툭 내려앉았다.

"울고 싶으면 울어도 돼. 펑펑 울어야 그 마음도 사라질 거 아니야? 하고 싶은 말 다 하고, 웃고 싶으면 웃고, 울고 싶으면 울고, 그렇게 살아."

그 말에 애써 눌러 왔던 감정들이 미친 듯이 머릿속으로 터져 나왔다. 너무나도 큰 감정들이 머릿속을 마구마구 어지럽혔다. 슬프다. 너무너무 슬퍼서 눈물조차 나오지 않을 정도로 말이다. 그렇지만 하운의 눈에선 이미 눈물이 방울방울 떨어지고 있었다.

"……."

가슴이 너무 아팠다. 세상 처음 느껴보는 이상한 고통이었다. 하고 싶은 말이 정말 많았지만 그 반대로 말이 나오지 않았다. 이 커다란 감정을 표현하는 방법이라고는 그저 눈물들을 쏟아내며 랑이를 안고 있는 것뿐이었다.

랑이는 어느새 고양이의 모습이었다. 부드럽고 따뜻한 온기가 하운의 품을 파고들었다.

이별은 내가 밀어낸다고 해서 오지 않는 것이 아니다. 어느 한쪽의 이기심으로 붙잡을 수 있는 것도 아니다. 누구나, 한 번쯤, 언젠가는 만나게 되는 게 이별이다. 죽을힘을 다해서 필사적으로 부정하고 밀어 봤지만 어쨌든 이기적인 이별은 나를 그 어둡고 끝이 없는 구덩이 속으로 밀어 넣으려 한다. 너무나도 슬프고 아프다. 생전 느껴보지 못했던 고통들이 나를 괴롭혔다. 어쩌면 평생 잊지 못하게 되더라도, 그 커다란 파도 같은 감정들이 나를 덮칠지라도, 이별은 온다, 반드시.

사랑이란 어쩌면 참 불필요한 감정이지 않을까? 그 사랑 하나로 인해 어떤 사람들은 스스로 자신을 희생하고, 목숨을 바쳐 그들을 위하니 말이다. 사랑은 고통을 준다. 어떻게 해도 피할 수 없는 아주 큰 고통을.

그럼에도 우리가 사랑을 하는 이유는 무엇일까? 만남이 있으면 이별도 있고, 이별이 있다면 또 다른 새로운 시작도 있겠지. 행복은 슬픔이 있어야만 찾아오고, 그렇게 인생은 생각해 보면 꽤나 단순한 규칙으로 흘러간다. 그 세상 속에서 사람들은 살아간다. 그 불필요하고, 자신에게 고통을 주는 그 감정을 가지고 살아간다. 세상에 그냥이라는 것은 없다. 하지만, 하지만 말이야, 지금쯤은 그 그냥이라는 말이 조금은 이해가 되는 것도 같다. 왜 사랑하냐고? 그냥, 그냥, 사랑해. 지금도, 내일도, 언제까지나.

ep. 외전 - 새드 엔딩의 결말

그렇게 흐릿하지도, 또렷하지도 않은 그런 기억.

이상하게 엄청 중요한 기억임은 분명한데도 중간 중간 끊어져 있는 기억들이 야속하기만 했다. 그 와중에도 엄청 슬펐던 것 같고, 울었던 것 같다. 그런데도 나를 따뜻하게 위로해 주는 사람 하나 없었던 것만은 똑똑히 기억났다. 찬 바닥과 더 차가운 시선들, 부모님의 울음소리와 매캐한 향냄새.

이내 꾹꾹 참던 감정들이 서서히 고개를 내밀었다. 나는 참지 못하고 밖으로 뛰쳐나갔다. 그리고 건물 앞 계단에서 엄청 울었던 기억이 있다. 물론, 잘 기억나진 않지만 말이다.

그러던 중 한 고양이가 다가왔다. 내 몸통만한 고양이는 그저 내 앞에 가만히 앉아 내가 우는 걸 지켜보았다. 그렇지만 그게 그리 기분이 나쁘진 않았다. 뭐랄까, 울어도 된다는 느낌이었을까? 더 울어도 된다고, 나는 너를 기다려 주겠다고. 그런 고양이의 목소리가 들리는 것 같았다. 들리지 않는다는 것을 알면서도 말이다.

"으으..."

얼마나 울었던지 목이 다 메었다. 그때 고양이가 내 품속을 파고 들었다. 그때의 그 따뜻한 온기가 좋았다. 그래서 한동안 고양이를 꼭 안고 있었다.

이상하게도 고양이는 답답할 텐데도 얌전히 내 품 안에 자리를 잡았다. 그게 왠지 위로 같고 또 이상하게 사람 같아서 무심코 웃음이 났다.

언니를 보내고 언젠가 부모님은 날 두고 떠났다. 저 멀리, 비행기를 타야만 갈 수 있는 저 멀리 어딘가. 아직 어렸고, 한창 보살핌이 필요했던 나이에 부모의 존재가 그렇게 클 줄은 상상도 못했다. 항상 옆에 있던 따뜻함이 어느 순간 차게 식는 것은 그리 오래 걸리지 않았다. 같은 하늘 아래, 같은 햇빛 아래 살아가고 있다는 것이 그나마 아주 조금의 위안이 될 뿐, 크게 달라지는 것은 없었다.

커다란 죄책감이 나를 덮쳤다. 내가 언니를 죽였다는 죄책감, 부모님이 떠났다는 죄책감, 모든 일이 나 때문인 것 같았다.

부모님은 간간이 많은 양의 돈과 사람들을 보냈다. 그렇게 많은 물건들과 호의들이 나에게로 찾아왔지만 끔찍했다. 돈만 많으면 뭐해? 온기가 없는 걸.

그리고 그럴 때마다 그 작은 고양이가 찾아왔다. 언니 외의 다른 존재가 처음으로 준 작지만 따뜻한 온기, 항상 내가 힘들 때마다 찾아와준 온기는 정말 좋았다. 너무 따뜻해서 울음이 나올 정도로 말이다.

왜 이런 기억이 진즉 떠오르지 않았을까?

여전히 나의 이 기억이 원망스러우면서도 고마웠다. 당신에 대한 감정과 추억들이 똑똑히 남아있다. 그 작은 감정 하나하나까지도 고스란히 담겨 있다. 그러니, 많이 기다리고 있으니, 오랜 시간이 걸리더라도 언젠간 만날 수 있길.

만약 듣고 있으면 전해주고 싶다. 아주아주 많이 보고 싶다고. 너무 어린 나이에 슬픔을 알아버렸다.

언젠가 누군가 나에게 한 말이 있었다. 너무 일찍이 감정을 알아버린 아이들은 너무 빨리 커버린다고. 인생은 동화가 아니다. '공주님과 왕자님은 행복하게 살았습니다.'라는 뻔한 해피엔딩 따위는 이 세상에 존재하지 않는다.

단지 나는 이 세상의 진실을 조금 더 빨리 알아버린 것뿐이다.

후기

안녕하세요. 저는 이 소설을 쓴 '석혜빈'입니다.

저는 소설 쓰기라는 조금은 신기한 취미를 갖고 있었는데요. 왜냐고 물으면 '그냥'이라고 답하겠습니다. 하하, 왠지 제가 소설 속 주인공이 된 느낌이네요.

저는 어렸을 때부터 책을 정말 좋아했습니다. 지금도 여전히 책은 저의 가장 친한 친구이죠. 그래서 책과 관련된 모든 일, 모든 행동들을 좋아하죠.

이 소설에는 저의 모든 것을 담았습니다. 제가 좋아하는 설정, 배경, 세세한 부분 하나하나까지 전부 다.

저는 작은 단어 하나하나에도 뜻을 넣는 것을 좋아해요. 그리고 그 뜻들을 또 하나하나 풀어 가며 읽는 것을 좋아하죠. 다른 사람들이 보면 조금 이상한 사람이라 생각할 수 있는 부분들도 있지만, 저는 그저 책 읽기를 아주 사랑하는 평범한 중학생이랍니다.

책을 쓰면서 느낀 게 굉장히 많아요. '이런 게 정말 작가의 마음이구나.' 하는 느낌을 많이 받았죠. 마감 전까지 열심히 쓰고, 수정하고, 보고. 그래도 제 글을 읽고 좋아해 준 사람들이 생각나서 그 또한 기쁜 것 같네요.

어디서 들은 말인데 취미가 일이 되면 정말 질린다고 하더라구요. 그 말뜻을 이해하게 되는 계기가 되었답니다.

힘들기도 했지만 더욱 큰 보람을 저에게 준 이 예비작가반이 정말 좋습니다! 이렇게 글쓰기를 수업처럼 할 수 있다는 거에 더할 나위 없는 행복을 느끼고 있어요.

아무튼 제가 하고 싶은 말은 그저 재미있게 봐 주셨으면 하는 바람입니다. 제 글을 읽고, 또 조언해 준 모든 분들에게 감사한 마음을 전합니다.

***이 글은 주인공인 '서린이'가 피아노 대회에 나가기로 결정하면서 대회에 출전하기까지 서린이의 준비 과정에 관한 이야기이다. 재미있을지 자신은 없지만 열심히 노력하여 쓴, 나의 중학교 첫 작품이다.

나의 세상 Piano

이채민

프롤로그

처음엔 그저 너의 청아한 목소리가 좋았다. 그 다음엔 잘 쳐서 좋았고, 이제는 너와 정이 들어서 좋다.

1년, 2년, 3년... 그렇게 도-레-미- 우리는 점점 서로의 버팀목이 되어 이젠 떼려야 뗄 수 없는 친구가 되었다. 가락을 여리고 세게 연주하며 내 일상에 스며든,

피아노(piano)

1. 평범한 하루 f

"여긴 어디지?"

깨어난 곳은 새하얀 세상이었다. 아무것도 없었다. 심지어 형형색색의 구름, 태양, 식물 모든 것들이 남겨져 있지 않고 오로지 검은색 그랜드 피아노만 존재했다. 여기에 유일하게 남아있는 존재, 그리고 내가 가장 좋아하는 존재이기에 겁도 없이 성큼성큼 피아노를 향해 다가갔다. 다가가니 폭신폭신해 보이는 피아노 의자가 있었다.

그런데 갑자기 다리가 지끈지끈해져서 일단 보이는 의자에 폭 내려 앉았다. 여태껏 앉은 피아노 의자 중에 가장 폭신한 의자였다. 여유롭게 피아노를 구경하는데, 건반도 새 것같이 반짝 반짝거렸다. 그래서 쳐 보고 싶었지만 막상 치려 하니 비싸 보이기도 하고 주인이 알면 혼날 것 같았다. 이 피아노를 치고 싶었지만 쳐도 될지 몰라 우물쭈물 망설일 때, 하얀 세상에 바람이 크게 불어왔다. 센 바람은 나의 긴 머리칼을 휘날리고는 급하게 잠적했다. 센 바람이 지나가고 슬쩍 눈을 뜨니 리그렛(regret) 꽃다발이 건반 위에 놓여있었다. 그리고 옆에는 또 다른 꽃다발이 있었다.

'어, 이건?'

"일어나!"

눈이 번쩍 뜨였다. 엄마의 크고 쩌렁쩌렁한 목소리가 마치 동굴처럼 울리는 듯해 나를 깊은 잠에서 끌어올렸다. 아, 하필 나머지를 보려고 하는 순간!

괜스레 엄마한테 짜증이 났다. 못 본 게 엄마 탓이라고 굳게 생각하며 엄마에게 화풀이를 했다.

"아 조금만 더 잤으면 이어볼 수 있었단 말이야!"

"뭘?"

"나머지 꽃다발."

"그래서? 그래도 학교는 가야 될 거 아냐?"

엄마의 '그게 뭐 대수야?'는 식의 말에 왠지 모르게 말문이 턱 막혔다. 야속하게도 맞는 말이라 반박할 수 있는 적절한 말을 찾지 못했으니 사실상 진 셈이지.

깨작깨작. 한바탕 하고 나니 기분도 우울해지고 덩달아 입맛도 없어졌다. 아침밥을 먹는 둥 마는 둥 먹고 오늘따라 더 처져 보이는 가방을 메고 학교로 향했다. '쿵' 하며 나의 기분을 대신 말해 주는 듯한 문소리에 고마움을 느꼈다.

엘리베이터가 올 때까지 풀려 있는 신발끈을 묶었다. 조금씩 움직여도 움직임의 소리는 더 크게 들렸다. 혹여나 시끄러울까, 걷는 것도 살금살금 도둑인 마냥 걸었다. 엘리베이터를 타고 1층으로 내려갔다. 역시 엘리베이터! 1분 채 안 되어서 초고속으로 도착했다.

엘리베이터에서 내린 후 밖에 나오니 하늘은 맑고 공기는 상쾌해서 기분이 금세 좋아졌다. 그리고 오늘은 어제와는 다르게 더 활짝 핀 민들레, 겨울잠을 자고 피어나려는 꽃잎, 살랑살랑 봄의 기운을 싣고 오는 약간의 따스한 바람. 모든 일들이 봄을 가리키고 있었다. 그 덕에 개학을 맞이한 학교 교문은 학생들로 북적북적했다. 너무 북적거려서 학생들 사이사이로 비집고 들어가야 했으며, 어느 때는 이쪽으로 쏠리고 어느 때는 저쪽으로 쏠려야 했다.

"너무 힘들다."

그 말은 간신히 사물함에 도착한 후 했던 첫 말이었다. 아이들의 시끄러운 소리에 내 소리가 묻혀버리고 말았지만.

실내화로 갈아 신고 나면 계단이 있다. 우리 학교에서 2학년은 5층에 위치해서 올라갈 때마다 늘 숨이 가빠진다. 계단은 별 거 아닌 것 같은데도 숨이 가빠져 멀리 하고 싶고, 학교 덕에 거의 매일 오르는 중인데도 익숙해지지 않고 계속 숨이 가쁜 게 의문이었다.

'드르륵.'

조심스럽게 교실 문을 열어 보니 안은 미리 온 친구들로 복작복작했다. 오랜만에 보는 친구들이었지만 조그마한 목소리로 인사를 했다.

"안녕."

"응, 안녕."

친구들이 각기 다른 반가움으로 화답해 주었다. 그 중 나는 나의 없어서는 절대 안 되는 친구, '은아'에게 활짝 웃으며 다가갔다.

"은아야."

"서린아."

은아는 차분하고도 따스한 온정이 듬뿍 담겨 있는 노란색 파스텔 톤 같은 빛을 지녔다. 은은하면서도 밝은 그런 은아가 너무 좋았다.

"서린아."

"왜?"

"나 오늘은 셈여림 도시락 싸 왔어."

"오~ 기대할게."

은아의 꿈은 도시락집을 운영하는 것이다. 그래서 매일매일 학교 점심으로 여러 콘셉트의 도시락을 싸 와서 기대가 되기도 하고, 또 부럽기도 하다. 은아는 도시락집의 꿈을 가지고 있고, 또 이루려고 저렇게 노력을 하는데, 나는 아직 정한 꿈이 없어 마음이 조급해진다. 이제 중학교 2학년이 되는데, 사람들은 아직은 괜찮다고 하지만 나는 빨리 찾고 싶다.

"린이야!"

"으...응!"

은아의 큰소리에 정신이 번쩍 들었다. 뿌옇던 시야가 맑아지고 은아가 눈에 들어왔다. 약간 미묘하게 뾰로통해 보이는 은아의 모습에 조금의 장난을 치고 싶어졌다. 그래서 장난을 치는 상상을 하니 뭔가 픽 웃음이 나왔다.

"무슨 생각해?"

"그냥 생각 좀 하느라."

"무슨 생각?"

"몰라도 돼."

은아를 놀려 주려는 생각이 들어서 능청스레 말을 했다. 은아의 반응이 궁금해졌다.

"치."

"에고, 삐졌네."

작게 혼잣말을 했다.

반응이 의외로 재밌다니까.

시간은 빨리 흘러 종 칠 시간이 되어 나는 자리로 돌아갔다. 이윽고 수업 시작 종소리가 울리고 수학 선생님이 들어오셨다.

"안녕하세요?"

"그래."

선생님은 차근차근 수업 준비를 하시고 수업을 시작하셨다.

"유리수는····"

지루했다. 선생님의 말은 이미 귀를 타고 밖으로 빠져나가기 십상이었다. 문자와 숫자들을 보면 머리가 너무 복잡했다. 시간도 많이 빨리 안 가고. 하...

"21번, 김서린."

"네, 네?"

"나와서 이 문제 좀 풀어 봐."

"네..."

솔직히 자신이 없다. 문자와 수들이 이리저리 있는 걸 보니 머리가 새하얘졌다. 그래도 학원에서 배운 기억이 나 탁탁 분필로 풀이하기 시작했다. 하얀 가루가 살짝 날아 제자리마냥 바닥에 살포시 앉았다. 분필 가루가 다 가라앉을 때쯤, 문제를 다 풀었다.

"다 했어요."

"그래, 보자."

긴장감이 내 주위에만 맴도는 듯했다. 마른침이 꿀꺽 넘어가고 선생님께서는 그런 나에게 정답을 알려 주셨다.

"정답이다. 자리로 돌아가 봐."

휴, 마음속으로 가슴을 쓸어내리고는 다시 자리로 돌아갔다. 늘 발표를 하고 돌아갈 때는 아이들이 다 보이는데, 그때는 가끔 선생님의 말을 잘 듣는 아이들이 많아 가르치는 게 뿌듯할 것 같아서 선생님이 되고 싶다고 생각한 적도 있다. 그렇지만 할 일도 많고, 시험 채점도 해야 하고, 수행평가도 해야 하기에 일찌감치 포기했다.

자리에 앉고 다른 친구가 발표하는 모습을 보며 신기해했다. 자신감이 어느 정도 있는지 발표를 하면 보이는데, 발표를 씩씩하게 하는 친구, 우물쭈물하는 친구. 그 중 나는 우물쭈물하는 친구여서 씩씩하게 발표하는 친구를 보면 희망이 생긴다. 나도 저렇게 할 수 있을 것 같기에, 해 보고 싶다.

그러나 작은 자신감은 발표를 해 보라는 선생님의 말에 물이 증발되듯 날아가 버린다. 기회는 언제나 공평한가 보다.

그러나 기회는 잡는 사람이 임자다.

지루하였던 수학 시간이 끝나고 점심시간이 왔다. 우리 학교는 다른 학교와는 달리 매주 수요일마다 도시락을 먹는다. 원래는 매일 도시락을 싸오는 것으로 정하였으나, 당연히 학부모님들이 반대하여 어쩔 수 없이 매주 수요일에만 실행하기로 하였다.

은아와 나는 서로의 책상을 합체하여 하나의 테이블을 만들어 그 위에 도시락을 놓았다. 은아가 도시락을 연습 겸 만들기에 내 것도 같이 만들어 주어 난 내 도시락을 싸 가진 않는다. 그 때마다 은아에게 고마워진다. 은아가 약간의 긴장을 한 눈빛으로 도시락을 건네주었다. 난 그런 은아의 눈빛에도 아랑곳하지 않고 몹시 궁금한 도시락의 뚜껑을 빨리 열어보니, 아기자기한 음표 모양의 김들이 여기저기에 놓여 있었다.

"우와!"

분홍색과 파란색 그리고 파스텔 톤의 따스한 색감이 도시락에 스며들어 보였다. 간장계란밥과 위에 놓인 8분음표의 김 가루, 예쁜 분홍색의 옛날 소시지, 피아노 건반 모양을 낸 단무지까지. 돈 주고 먹어야 할 정도의 퀄리티였다.

은아에게 이런 호평을 하자 그저 덤덤히 아직은 멀었다고 말했을 뿐 아무 표현도 없었다. 그렇지만 나는 보았다. 은아가 만족스레 웃는 모습을.

그날 오후, 집에서 휴대폰을 만지작거리는데 갑자기 '딩동' 초인종 소리가 집 전체를 시끄럽게 울렸다. 안락한 침대를 박차고 서둘러 누가 왔는지 본 후 난 환한 미소를 지었다.

화색이 감도는 얼굴로 현관에서 문에 살짝 기대어, 갔는지 판단하여 발소리가 들리지 않을 때쯤 문을 열었다. 찬 공기가 맨살에 닿아 서늘한 느낌을 주어 좋았다. 문 앞에는 택배 상자 하나가 놓여 있었다. 택배를 얼른 받아들고 문을 쾅 닫고 뛰어서 방으로 빠르게 들어갔다.

날카로운 커터 칼로 쓱 택배 상자 가운데를 가르자, 창문같이 만들어진 두 개의 박스 사이로 가죽 팔찌가 보였다. 하나는 붉은 루비 보석을 박은 팔찌, 다른 하나는 하늘색에 파란색을 약간 섞은 듯한 터키석을 박은 팔찌였다. 이것은 탄생석이다. 탄생석은 태어난 달에 맞는 보석인데 내 것은 7월 루비, 사랑과 평화를 나타내고 은아는 12월 터키석, 성공 승리를 나타낸다. 은아한테 매번 도시락을 받은 것이 미안하여 유명한 배송 앱으로 시켜서 산 우정 팔찌다. 터키석이 박힌 팔찌는 은아에게 선물할 것이라서, 조심조심 들고 가서 연분홍색의 바탕인 포장지로 감싸고 가위로 잘라 재단한 후 마지막으로 미숙한 손길로 포장을 했다. 그런 다음 진한 핑크색 리본으로 예쁘게 장식하여 완성하였다. 혹여나 포장지가 구겨지거나 물건이 훼손되지는 않을까 조심조심 들고 가서 책상 위에 올려놓았다. 밝은 햇빛의 채광을 받은 선물은 반짝반짝한 핑크빛으로 반사 되었다.

어느덧 해가 뉘엿뉘엿 저물어 간다. 나갈 채비를 하고 나오니 주황색 그라데이션이 된 노을이 나무와 어우러져 한 폭의 그림을 자아냈다.

감탄을 하는 사이 학원까지 걸리는 시간이 아슬아슬해지고 있어, 감탄을 접어두고 헐레벌떡 숨이 가빠 오를 때까지 뛰고 뛰었다. 그런데 초록빛이던 신호등이 깜빡 깜빡거리더니 내가 도착할 즈음 아예 빨간 빛으로 바뀌어 버렸다. 학원까지 가는 시간은 5분. 뛰어가도 최소 3분은 걸린다. 신호등은 3분마다 바뀌는데, 혹시 빨리 바뀔 수도 있지 않을까 하는 초조한 생각에 신호등만 뚫어져라 보고 있었다. 역시나 신호등은 딱 3분이 되어서야 초록빛의 색깔로 바뀌었다. 희망을 잃지 않고 다시 숨이 가빠라 뛰어 도착했다.

지각이기에 눈치를 보며 살금살금 걸어 학원 교실까지 들어갔다. 선생님은 아이들에게 영어를 가르치시느라 바쁘신지 교실문은 쳐다도 보지 않으셔서 의자에 간신히 앉았다. 숨을 돌리고 수업을 듣기 위해 책을 펼쳐 원래 여기에 있었던 것처럼 만들었다. 그러고 나서 왼편에 있던 은아에게 비밀 쪽지를 건네주었다.

"은아야. 오늘 마치고 같이 가자."

쪽지를 본 은아는 사각사각 연필로 답을 적어주었다.

"그래."

은아는 시원하게 알았다고 답해 주었다.

'가는 길에는 반드시 팔찌를 줘야지.'

수업은 내 마음을 읽는 듯 빠르게 흘러 마칠 시간이 되었다. 아이들은 마칠 시간만 되면 언제 졌냐는 듯 눈이 동그래져 선생님의 "오늘 수업은 이걸로 끝!"이라는 말만 기다리며 슬금슬금 나갈 준비를 하고 있었다. 나 역시 선생님의 그 말만을 기다리며 보라색 필통과 각종 교재들을 에코백에 조심스레 넣고 있었다.

"수업 끝."

"안녕히 계세요."

아이들은 기쁨에 찬 눈빛으로 선생님께 무엇보다 밝은 목소리로 인사했다. 그러고 난 후 아이들은 누가 먼저랄 것도 없이 교실 앞뒤 문으로 쏠려 분주했다. 나는 혹여나 은아에게 줄 선물이 구겨져 버릴 거 같아 아이들 위로 에코백을 들어 올려 선물을 사수했다.

폭풍의 시간이 지나고 학원 밖의 상쾌한 공기를 쐬며 은아를 기다렸다. 은아는 아이들 속에서 아직도 헤매고 있는지 시간이 조금 더 흐른 뒤에야 만날 수 있었다.

"서린아, 오래 기다렸지?"

은아는 숨이 찬 목소리로 물었다.

"응, 좀 늦었어."

오래 걸리긴 했으나 조금밖에지만.

"쏠."

"오키."

나는 은아에게 언제 선물을 줄까 틈을 엿보면서 은아와 이야기를 이어갔다.

"은아야."

"왜?"

"자, 선물!"

에코백에 고이 놓아두었던 분홍빛 포장에 싸여있는 선물을 건네주었다. 은아는 정말 생각지도 못했는지 얼떨떨한 표정을 짓더니 이내 화사하게 웃으며 선물을 뜯어보았다. 터키석 보석이 달빛에 반사되어 은은한 하늘색이 보였다. 은아는 팔찌를 손에 차보더니 나에게 팔찌를 내밀며 몹시 마음에 드는 티를 내주었다.

"예쁘지?"

"응, 예쁘네."

"너도 있네? 그럼 우정템이구나."

은아는 내 팔찌를 보더니 예리한 탐정처럼 우정템인지를 알아맞혔다.

"응, 어떻게 알았대?"

"같은 가죽 팔찌에, 탄생석이 박혀 있잖아."

은아는 이러한 이유로 알아봤다는데, 폭이 넓은 힌트에도 알아맞힌 건 은아의 촉이 좋아서라고 생각하기로 했다. 은아와 밤공기를 맞으며 걷다 보니 어느새 집까지 다 와 버렸다.

"내일 봐."

"응, 너도."

작별 인사를 하고 현관문을 열고 들어갔다.

집에서 제일 먼저 나를 반겨주는 것은 피아노였다. 피아노는 가장 내 곁에 오래 머물러 준 친구다. 내가 태어나서 부모님이 사 준 것이 지금 이 피아노다. 손을 깨끗이 씻고 피아노를 쳐보았다. '도~, 레~' 피아노는 몇 년이 지나도 여전히 예쁜 소리를 지녔다. 피아노는 나의 지친 일상 속 휴식처가 되어 언제든 자리를 내주었다.

피아노를 치며 휴식을 취했다. 저녁 먹을 시간이 되어 엄마는 분주히 주방을 왔다갔다 움직이며 따끈따끈한 음식을 식탁 위에 놓고 있었다. 오늘 저녁은 조각조각 낸 김치와 굴 소스, 밥, 햄을 볶은 김치볶음밥이었다. 김이 모락모락 나는 김치볶음밥을 한 입 두 입 맛있게 먹다 보니 어느새 없어져 버렸다. 더 먹을까, 하는 생각도 잠시 이 정도가 적당하다고 생각해 그릇들을 싱크대에 올려놓았다. 오래 방치했는지 그릇들이 위태롭게 겹겹이 쌓여 있었다.

그릇들을 놓고 몸을 빙글 돌려 방으로 들어가 문을 탁 닫았다. 고요한 느낌이 방안을 휘감았다. 그대로 침대에 몸을 뉜 채로 휴대폰을 만지작거렸다. 밖에서 들리는 가족들의 말이 선명히 들렸다.

"요새 너무 방에만 있던데... 사춘기인가?"

"그런가 봐요. 내버려 둡시다."

잠시 휴대폰 만지는 것을 멈추고 엄마 아빠의 말에 생각에 잠겼다.

엄마 아빠는 내가 사춘기라서 혼자 있고 싶은 줄 아는 것 같았다. 사춘기라... 생각도 안 해 보았다. 그런 건 나중의 일이라 생각하고 넘겼는데 그 시기가 이렇게 빨리 올 줄이야. 그럼 빨리 어른이 되려나? 하며 나의 생각은 미래를 그리고 있었다.

'나는 나중에 크면 넓은 집에 고양이 키우고, 인형도 많이 사고,

덕질도 하고. 그런데 그거 하려면 직업을 가지고 돈을 벌어야 하지 않나?'

생각이 뚝, 테이프가 끊어지듯 끊겼다. 그때 갑자기 은아에게 카톡이 왔다.

– 서린아.

– 왜?

– 나 프사 바꿨다!

은아는 자랑하는 메시지를 보내었다. 은아는 평소 자랑을 잘 안 하는데 은아가 웬일로 자랑을 하여 프사에 들어가 보니 뿌듯해서 웃음이 나왔다. 은아는 내가 준 우정 팔찌를 착용한 사진을 프사에 자랑스럽다는 듯 올라와 있었다.

– 뭐야 ㅋㅋㅋ

– 첫 우정템인데. 감동이잖아. 그래서 올렸지!

– 나도 바꿀까?

– 응응. 프사 바꾸면 나도 봐야지 ㅋㅋㅋ

벌떡.

침대에서 일어나 휴대폰으로 톡톡 검색하기 시작했다.

"이거다."

얼굴빛이 환해지며 곧장 카톡을 쓰기 시작했다.

– 은아야.

– 왜?

– 우리 리그렛(regret) 공원 가자.

리그렛(regret) 공원. 리그렛이 많이 피었다 하여 붙여진 이름이다. 꿈에서 나온 리그렛 한 송이가 나의 생각에서 떠나가질 않고 아른아른하는데 그 모습도 예뻐 실제로도 보고 싶었다. 보랏빛을 내는 리그렛을. 또 다른 좋은 점은 피아노 대회장이 있어서였다.

어느덧 9시가 다 되어 갔다. 은아는 흔쾌히 대답을 해 주었다.

– 응, 된대.

– 잘 됐다.

– 언제 만나?

– 토요일 오전에 만나자.

– 신호등에서 만나자.

– 응.

"여긴 그때 그 꿈이네."

어제 꾸었던 꿈을 이어 꾸고 있었다. 다만 달라진 점이라면 바닥에 아름다운 선율을 연주할 것 같은 악보들이 생겨났다. 그 중 가장 눈에 띄는 것이 보여 사르르 웃음이 나왔다. 오늘도 하루가 힘차다는 걸 보여주는 것 같아서.

"포르테네."

2. 소심하지만 열정적으로 pf

그 꿈을 꾸고 있는 지 며칠 정도 지났다. 꿈에는 현재 악보와 세게 연주하라는 포르테만이 있었다.

"왜 하필 포르테일까? 그리고 이 꿈은 뭘까?"하는 의문으로 마음은 응어리지듯 답답하기만 했다. 그래도 월요일이니 기분을 가다듬고 다시 학교로 향했다. 여름이 벌써 오려는 듯 벚꽃 잎은 떨어지고 나뭇잎들이 그 자리를 차지하며 여름을 준비한다.

햇빛은 쨍쨍해지고, 잡초들은 무성하고, 풍경은 봄과는 다른 느낌으로 싱그러워졌다.

"은아야."

은아가 앞에서 걸어가고 있었다. 오늘따라 유난히 슬퍼 보이는 미소와 함께.

"어디 안 좋아?"

"아냐, 괜찮아."

은아가 애써 밝은 표정으로 괜찮다고 해서 더 이상은 물어볼 수 없었다. 학교로 들어서니 에어컨을 튼 듯 시원한 바람이 팔을 휘감아서 더웠던 팔이 시원해졌다. 덩달아 고민거리도 한결 가벼워지면서 기분이 좋아졌다.

교실로 들어가니 아이들이 수군수군 말이 많았다. 그중 유독 아이들이 몰리는 곳이 있었다. 학교 게시판이었다. 이벤트나 공지가 올라올 때만 쏠렸기에 아이들 틈을 비집고 들어가 게시판에 있는 공지를 보았다.

"피아노 대회?"

"전국 피아노 대회 하나 봐."

우와 재밌겠다! 대회는 힘들어도 상을 타면 보람은 되게 클 것이다. 그 보람으로 여태껏 대회에 나갔는데... 이번에는 전국 대회이니 나보다 잘하는 친구들이 많을 것이다. 떨어지면...

그렇지만 기회는 잡아야 하는데, 잡지 못하고 흘려보내면 그 뒤에는 후회감만 남을 텐데. '이거 할 걸.', '그때 하겠다고 할 걸.'이라는 후회만 남고 기회는 다시는 돌아오지 않는다. 그러기에 고민이 되었다. 또 다시 후회하기는 싫은데 상을 못 받으면 생기는 슬픈 감정은 받기 싫고 어떡할지 고민이 되었다. 일단 내일까지이기에 조금만 더 생각해 보기로 하였다.

학교를 마치고 피아노 학원에 가는 날이었다. 학원을 마치면 카페에서 음료를 사가야지라는 생각을 하며 기분 좋게 학원에 도착했다.

"끼이익."

"안녕하세요."

"그래."

"선생님, 있잖아요."

선생님께 대회 이야기부터 지금의 상황까지를 설명했다.

"고민되겠네. 잘 생각해 봐. 못하면 어떨지. 근데 못해도 도전만으로도 좋아. 그리고 넌 지금까지 아주 잘 해냈어."

"네."

많은 생각이 들었다. 지금 이 기회를 놓치면 후회할 것 같았다. 그렇지만 용기가 도저히 안 났다. 옛날에는 뭐든지 쉽게 생각하고 도전했는데 이제는 두렵다. 내가 이걸 잘할 수 있을까? 이걸 틀리지 않을까? 다 칠 수 있을까? 결국 대답은 '못할 것 같아.'였다. 어두운 낯빛을 보신 선생님은 연습실로 들어가 보라고 하셨다.

드르륵 쾅. 문이 쾅 닫혔다. 피아노는 쳐야 하니까, 악보를 펼치고 치기 시작했다. 피아노를 치는 내내 대회 생각으로 피아노 선율을 듣지 못했다. 솔직히 어떻게 쳤는지 모르겠다. 잘 쳤는지도 모르겠고 무엇을 쳤는지도 모르겠다. 다만 확실한 것은 피아노가 내 마음처럼 왔다 갔다 한다는 것이었다.

피아노 학원 마치고 나니 해는 뉘엿뉘엿 지고 있었다. 지는 해는 여러 빛으로 자신이 간다는 걸 알리며 사람들을 집으로 돌려보냈다.

집에 오니 여전히 나를 반기는 것은 피아노였다. 가방을 툭 내려놓고 피아노로 가요를 치기 시작했다. 가요는 소리가 좋아서 기분이 좋아지고 싶을 때마다 친다. 주로 고민이 많을 때 가요를 치면서 기분을 띄우기도 한다. 아무도 없는 집 안에서 나와 피아노만 있으니 너무 좋았다. 가족들도 모르는 비밀을 맘껏 털어놓을 수 있는 피아노! 언제나 나의 곁에 묵묵히 있어주어서 애착이 간다. 피아노는 언제나 나와 함께 선율을 만들며 앞으로 앞으로 나아갈 것이다.

결정했다. 피아노 대회에 나가기로! 나 혼자 하는 것이 아니고 피아노와 함께 도전하는 거니까. 용기를 내어 신청서를 받아 제출하기로 했다. 문제를 해결하여 홀가분한 마음으로 피아노를 치다 보니 어느덧 엄마가 오셨다.

"엄마, 나 전국 피아노 대회에 나가고 싶어요."

"전국 대회?"

"응, 전국 대회."

"그래, 나가 봐라."

"너무 쉽게 허락해 주는 거 아냐?"

"하고 싶으면 굳이 반대할 필요는 없지. 그리고 잘할 수 있지?"

"응, 나 완전 열심히 할 거야."

결론을 지으니 나머지는 술술 풀렸다. 선생님께 용기를 내어 말씀드려 신청서를 작성해서 냈고, 홀가분하게 대회 날까지 피아노만 치면 된다고 생각했다.

그러나 중간에 큰 문제가 생겼다. 내가 나를 너무 성실하게 보았다는 것이다. 피아노를 좋아하긴 했지만 그간 연습을 너무 게을리 했다. 그러고 보니 재작년에도 열심히 하려고 생각은 했으나 연습을 열심히 안 해 엄마가 엄청 잔소리를 하셨다. 피아노 실력이 3년 전보다 별로 나아진 게 없었다.

"언제 연습하지?"

하품이 절로 나오는 봄의 주말, 따스한 햇볕과 살랑살랑 불어오는 봄바람으로 온몸이 나른해졌다. 연습을 해야 하지만 귀찮아졌다. 결국 엄마가 들어오셔서 잔소리를 시작하셨다.

"언제 연습할래?"

며칠 전과는 전혀 다른 사람처럼 행동하는 엄마의 모습에 웃겨서 웃음이 나왔다.

'어, 큰일 났다.'

엄마는 화가 나셨는지 목소리를 더 크게 내셨다. 잔소리를 피하기 위해서 내가 할 수 있는 일은 분위기를 따라가는 것이다.

"네, 네…"

"알았지?"

"네."

잔소리는 언제 들어도 듣기 싫다. 나를 위한 일이라도 아직까지 짜증만 난다.

엄마의 잔소리가 끝난 뒤 방에 들어가서 혼자 곰곰이 생각해 보았다. 그래도 전국 대회니까 연습은 해야겠지. 지금이 오후 4시니까 조금 있다가 해야지.

남은 시간에는 숙제를 먼저 했다. 숙제는 얼마 없었는데 산더미처럼 느껴진 것은 나의 흔한 착각이리라. 숙제를 하다가 시계를 보니 어느새 4시 30분이었다. 숙제는 나중으로 미루고 피아노를 치기로 했다. 건반을 치기 시작했다. 건반에서 소리가 나면서 아름다운 멜로디가 생겼다. 귀로 듣고 손으로 치며 악보를 열심히 읽었다.

그러다 보니 어느덧 8시가 되었다. 어깨가 뻐근해졌다. 이제 피아노는 그만 쳐야겠다고 생각하고 피아노 뚜껑을 쿵 닫았다.

"엄마, 우리 오늘 뭐 먹어?"

"치킨 시켜 먹을까?"

"응, 좋아!"

엄마한테 응어리졌던 마음이 너무 쉽게 풀어졌다. 너무 단순한 것 같기도 하지만 그래도 어쩔 수 없다. 이게 난데.

띵동. 띵동.

초인종 소리가 집안 가득 울려 퍼진다. 누구보다 빠르게 듣고 뛰어나가 '띠리릭' 문을 여니 배달 아저씨가 따끈따끈 김이 나는 치킨을 들고 서 계셨다. 나도 모르게 얼굴이 활짝 펴졌다. 엄마는 카드로 결제를 하고, 난 재빨리 치킨을 먹을 준비를 했다. 접시를 놓고 상자를 열어 먹기 좋게 세팅을 했다.

우리 가족은 식탁에 둘러 앉아 치킨을 맛나게 먹었다. 짭조름한 간장이 치킨 튀김과 어우러져 묘하게 중독되는 맛이었다.

아 졸려, 자고 싶다. 밥을 먹고 나니 졸음이 오기 시작했다. 꾸벅꾸벅 졸다 깨다를 반복하다 결국 잠이 들어 버렸다.

"아. 또 여기구나."

꿈이라는 걸 자각한 지는 조금 오래 됐다. 늘 오는 하얀 세상, 그 세상은 마치 칠흑처럼 어두컴컴하진 않지만 칠흑 같은 두려움은 있었다. 끝은 알 수가 없고 한 군데에 모인 악보와 음표, 포르테까지. 도대체 이 꿈은 뭐고 여긴 어디인 거지?

그때, 번쩍!

세상이 검은색으로 변한 뒤 바로 하얀색이 되었다. 깜짝 놀라 질끈 감은 눈을 떠 보니 하늘에는 보라색과 분홍색 파란색이 한데 어우러졌다. 하늘에는 또 비가 오고 있었다. 투명한 물방울들이 방울방울 내리더니 이내 폭우처럼 쏟아지기 시작했다. 주변에 있는 거라고는 피아노 하나와 길처럼 놓여 있는 악보들. 비는 계속 내리고 있는데 피할 곳이 없어 우왕좌왕하다가 결국 피아노 아래로 들어가 몸을 피했다. 꿈이라서 정말 다행이었다. 비를 피하니 할 것도 없어서 멍하니 앉아서 폭우처럼 쏟아지는 비들을 바라보고 있었다. 땅에 떨어지곤 제 모습을 잃은 비들을 보니 무엇이든 변할 수 있는 물들이 참 신기했다. 화창하던 현실을 그리며 좀 몸을 뉘었다.

'나 혼자네. 할 일도 없고. 심심하다. 꿈에서 일어나면 몇 시일까?'

그때 갑자기 무슨 소리가 하얀 세상을 가득 메우려 하였다.

띠리링. 띠리링.

"어? 알람이 울리네. 이제 일어날 시간인가 보다."

눈을 슬그머니 떠 보니 해가 많이 나와 있었다.

"아, 오늘 토요일이지? 몇 시지?"

베개 밑에 있는 휴대폰을 꺼내 보니 시간은 벌써 10시였다. 약속도 없어서 이불을 더 꽁꽁 싸매며 휴대폰으로 웹툰을 보았다. 요새 잘 보고 있는 웹툰인 '어둠에서 산다'를 10화까지 정주행 하고 있었다. 10화까지 다 보니 허리가 쑤셔왔다.

"너무 오래 누워 있었나?"

뭔가 이상했다. 원래는 밖에서 TV 소리와 이야기 소리가 들리는데 왜 안 들리지? 밖에 나가 보니 시곗바늘이 9시를 가리키고 있었다.

"어? 왜 아직 9시지? 분명 10시였는데."

다시 방에 있는 핸드폰으로 시계를 보니 9시가 되어 있었다. 알고 보니 시간을 잘못 본 것 같았다. 다른 사람들보다는 늦게 일어났지만 나름 빨리 일어난 것에 만족하기로 했다. 가족들 모두가 잠이 들어 심심해서 리모컨을 찾아 TV를 틀었다. 마침 요새 즐겨 보는 프로그램을 하기에 그대로 놔두고 소파에 누워 프로그램을 보았다.

꼬르륵 꼬르륵.

어느덧 밥 먹을 시간인가 보다. 배가 밥을 달라고 떼를 쓰듯 요동을 쳤다.

"밥 만들기 귀찮은데..."

그래도 밥은 먹어야 하니 일어나서 주방 쪽으로 향했다.

'탁.'

냉장고 문을 열어 달걀 두 개를 꺼내고 다시 탁, 닫았다. 그러고 천장에 있는 서랍장에서 올리브유, 간장을 꺼냈다. 전기 레인지에 전원을 켜고 프라이팬을 올려 열기가 올라올 때쯤 올리브유를 뿌리고 달걀을 섞고 밥을 넣고 간장을 뿌리고 계속 섞으니 어느새 따끈따끈 맛있는 계란밥이 완성되었다.

계란밥을 밥그릇에 담아 TV 쪽 식탁으로 가서 내려놓고 숟가락으로 계란밥을 푹푹 퍼서 먹었다.

"맛있네. 역시 나야."

요리에 대한 자신감이 차올랐다. 혼자서 먹으니 뭔가 허전하기도 했지만 나름대로 꽤 맛은 있었다.

'그나저나 피아노 연습을 하긴 해야 되는데. 음... 그래, 제대로 하긴 해야 해. 그냥 오늘은 대회 곡 동영상이나 봐야겠다.' 생각하면서 먹다 보니 밥그릇은 어느새 텅텅 비어져 있었다. 배도 부르고 따스한 햇볕도 내리쬐니 노곤노곤 잠이 오기 시작했다.

"자면 안 돼! 안 되겠다. 지금이 9시 30분이네."

피아노를 치려고 시계를 보았으나 시간은 9시 30분이었다.

"할 수 없지. 대회 곡 연주 들어야지."

휴대폰으로 대회 곡 영상을 들으며 연주자의 연주하는 손도 보았다. 이 곡은 빠르고 경쾌하구나. 사실 얻는 건 많지 않다. 그래도 알고 치면 그 곡에 더 가깝게 칠 수 있어서 듣는 것이다.

'끼이익.'

문이 열리면서 동생이 나왔다. 부스스하게 올라오는 머리와 촌스러운 잠옷은 동생을 더욱더 못생기게 만들었다.

"너 너무 못생겼다."

툭 튀어나온 본심도 졸린 동생한테는 아무 타격도 없었다. 동생은 빠르게 소파에 있는 담요를 뺏어 돌돌 말아서 이불처럼 썼다. 자는 동생을 보니 여태껏 참아왔던 졸음이 쓰나미처럼 몰려오기 시작했다. '조금만 잘까?' 생각할 때 카톡이 왔다.

'카톡.'

– 린이야, 우리 몇 시에 만나?

'아, 맞다! 오늘 만나기로 했는데. 지금 시각은 12시. 그럼…'

– 1시에 만나자.

– 응, 알았어.

보내고 나서 재빨리 옷장에 가서 문을 열고 입을 옷을 찾았다. 밑단이 살짝 접혀 있는 청바지와 형광색 티셔츠, 또 추울 수 있으니 격자무늬에 모자가 달려 있는 겉옷을 입고 에코백에 넣을 것들을 찾으려 집을 뒤져 보았다. 결국 15,000원이 들어있는 지갑, 물티슈, 카메라, 반창고 등을 찾았고, 그것을 에코백에 넣었다. 마지막으로 에코백을 들고 문을 열며 나갔다.

"다녀오겠습니다."

띠로링.

문손잡이를 가볍게 놓으니 문이 빠르게 닫히며 요란한 소리를 내었다. 닫히는 소리와 파란 하늘의 풍경이 숨이 탁 트이고 상쾌하였다. 엘리베이터 버튼을 누르고 난 후 기다리는 동안 옆집을 빤히 쳐다보았다.

'옆집엔 누가 살까?'

옆집을 모른다니! 어떤 사람들은 조금 어이없어 할지도 모른다. 그러나 좀처럼 옆집 사람과 마주칠 일이 없다 보니 옆집 사람의 얼굴조차 모른다. 가끔은 옆집을 두리번두리번거리며 누가 있나 보기도 했었다. 그러는 사이 엘리베이터가 도착해 있었다.

"안녕하세요."

누군지는 몰라도 인사가 예의이니 목을 살짝 굽혀 소심한 인사를 하였다.

"그래, 안녕"

그렇지만 이내 정적이 흐르며 엘리베이터가 내려가는 소리만이 귀에 들려왔다.

"1층입니다."

"안녕히 가세요."

인사를 하며, 벌어지는 엘리베이터 사이로 빠져나갔다. 이제는 내 키가 제법 커졌는지 공동현관이 초록빛을 내며 금방 문을 열어주었다. 현관 복도는 차가웠는데 문이 열리니 뜨거운 바람이 내 몸을 바로 따뜻하게 만들어 주었다. 땀이 맺혀 조금 찜찜해졌지만 이

내 서늘해진 바람이 금방 뽀송하게 만들어 주었다. 햇살은 따스하고 바람은 서늘한 놀러 가기 좋은 날씨였다.

타박타박. 운동화 소리는 무언가 기분이 괜스레 좋아진다. 타닥타닥 갑자기 속력을 내며 앞으로 뛰어갔다.

"은아야."

"어? 서린아."

은아는 오늘 밝은 색상의 연분홍색의 티셔츠와 청바지를 입고 나와서 무언가 어른스러워 보였다.

"먼저 와 있었어?"

"아니, 방금 전에 도착했어."

혹시 늦게 온 나를 배려해서? 마음 한편이 따스해지는 것 같았다.

"진짠데, 나 방금 전에 왔어. 늦잠 잘 뻔해서 급하게 왔거든."

하하. 마음이 따스해졌다는 말은 없었던 걸로 해야겠다. 아무튼 은아와 나는 버스정류장 벤치에 앉아 버스가 오기만을 기다렸다.

"서린아."

"왜?"

"그냥 심심해서."

뭐지? 무언가 할 말이 있는 것 같은데. 은아는 더 이상 말을 하지 않았다. 따스한 봄바람에 나른해져 졸음이 몰려오는 것 같았다.

때마침 덜컹거리는 소리를 내며 버스가 왔다. 버스는 끼이익 멈춰 서더니 이윽고 문이 열리며 짧은 계단이 보였다. 한 계단 두 계단 올라와 버스 카드를 대니 '학생입니다.'라는 소리가 났다. 오랜만에 하는 거라 이 소리마저도 가슴이 설레어 왔다. 버스는 다시 문을 닫고는 다시 덜컹거리며 빠르게 달려 나갔다. 덜컹거리는 버스라 할지라도 햇볕은 따스해서 꾸벅꾸벅 졸음이 몰려왔다. 하지만 은아가 이미 새근새근 자고 있어 난 잘 수가 없었다. 둘 다 자면 정거장을 놓칠 위험이 크다. 졸린 눈을 감았다 떴다 감았다 떴다를 반복하며 깨기 위해 노력했다. 혹시나 밖을 보면 깨지 않을까 싶어 시선을 밖으로 돌렸는데, 계속 나무와 인도만 보이니 양을 셀 때처럼 잠이 더 와서 역효과였다. 다행히도 깨기 위해 노력하는 사이에 목적지인 리그렛 공원 인근 정거장에 도착하려 했다. 나는 옆자리에 있는 벨을 눌러 이제 간다고 알리고 곤히 자고 있는 은아의 어깨를 툭툭 치며 깨웠다.

"은아야, 일어나. 다 왔어."

"조금만."

은아는 햇빛이 따스해서인지 잠에서 깨고 싶지 않아 눈을 뜨지 않았다.

"우리 리그렛 공원 가기로 했잖아."

"아, 맞다."

은아는 자는 동안 공원에 가는 것을 새까맣게 잊은 모양이었다. 은아가 일어나고 덜컹거리는 버스 안에서 출구로 향하는 문 쪽으로 가는데 흔들리는 곳을 걸어가는 것이 꼭 줄타기 하는 것 같았다. 흔들리는 줄을 균형 있게 걸어 나가는 것이 흔들리는 버스 안에서 조심히 걸어가는 우리와 많이 닮은 것 같았다.

'탁.'

버스에서 내리니 세상 조용한 것 같았다. 버스의 소리가 너무 컸기에. 이제 남은 교통수단은 걷는 것밖에 없었다. 터벅터벅 여름에 왔으면 따스하지 않고 따가운 햇살에 결국 집에 갔을 것 같았다.

"서린아"

"왜?"

"피아노 대회, 잘 돼 가?"

"아... 그게."

양심이 따끔따끔했다. 여태껏 연습한 게 별로 없는데. 학원에서는 연습을 하고 있지만 집에서는 거의 안 했다.

"학원에서만."

멋쩍은 웃음을 지으며 대답했다. 그러자 은아는 무언가 아쉬운 표정을 지었다. 은아는 왜 그런 표정을? 무엇인지 궁금하였다. 그러나 은아는 이내 밝은 표정을 지어 추측하기 힘들어 포기했다.

드디어 리그렛(regret) 공원에 도착했다. 분명히 팻말에는 그렇게 되어 있는데 실제는 큰 연주회장이 있었다.

연주회장 입구에는 이런 문구가 있었다.

누구나 들어올 수 있음

입장료: 무료

영상 시청: 1,000원

(영상 시청은 깨달음을 얻은 경우만 무료)

"깨달음? 무슨 깨달음?"

"그러게, 좀 이상한데?"

"근데 좀 신기하지 않아? 들어가 보자."

"음. 그래!"

그렇게 안에 들어가 보니 깨끗하게 되어 있는 관객석과 맨 앞에는 피아노, 플루트, 호른 등이 있었다. 나와 은아는 신기해서 앞으로 뛰어갔다. 그런데 피아노가 묘하게 낯이 익었다. 꿈에 나왔던 피아노랑 비슷했지만 '그래도 피아노는 똑같은 게 많으니까.' 하면서 넘겼다.

"은아야, 1,000원인데 영상 시청할래?"

"그래, 좋아."

그러자 영상이 나타났다. 흑백 영상 속에는 어떤 남자가 있었다. 그 남자는 머리는 다듬었어도 산발한 것 같았고, 고전 시대에 입는 옷을 입은 서양 남자인 것으로 추측됐다. 남자는 피아노 앞에 있었다. 피아노 앞에서 고통스러운 듯 머리를 잡았다가, 피아노를 치다가, 악보를 만들다가, 고통스러운 감정을 악보에 넣는 것 같았다. 신기했다. 고통을 음악으로 표현하는 게, 피아노를 일상으로 생각하는 것이. 흑백이었던 화면은 컬러로 바뀌면서 요즘 시대의 옷을 입은 남자아이가 등장했다. 남자아이는 대회에 나가는 것처럼 연주를 열심히 하고 있었다. 남자는 잠시 머뭇머뭇했다. 그러나 연습을 멈추지 않았다. 포기하지도 않았다. 시계는 빠르게 돌아가고 창문에 있는 밤과 낮마저도 빠르게 휙휙 달라졌다. 절로 감탄이 나왔다. 자신의 꿈인지도 아닌지도 이 길이 확실한지도 모르는데 저렇게 열심히 친다는 것이. 마치 자신의 길인지를 확신하는 듯이.

'아, 그런 거였구나.'

머릿속에 한 가지의 무언가가 맞춰졌다.

'포르테는 그냥 세게, 열심히 치라는 거였어. 저 영상 속의 소년처럼.'

나는 꿈속의 포르테의 의미를 알았다.

영상은 그것으로 끝이 났다. 끝이 나고 돈을 내고 나가려는데 돈 내는 곳이 보이지 않았다. 나와 은아는 돈을 내는 곳을 찾아다녔지만 도저히 보이지 않았다. 결국 2,000원을 관객석에 놔두고 일어섰다. 비록 리그렛 공원은 없었지만 나름대로 구경도 하고 재밌었다. 가려는데 또 다른 팻말이 보였다.

800m 앞, 리그렛 공원.

"어? 리그렛 공원은 분명히 여기가 맞았는데."

"아, 엄마가 리그렛 공원 이전했대."

"은아야, 그걸 왜 이제 말해!"

"까먹었지 뭐야."

"어휴."

"그 대신 이제 버스 타면 내가 우리 동네 정류장에 다 다 왔는지 확인할게."

"흠, 뭐 좋아."

너무 쉽게 풀어진 것 같은데. 그래도 잠은 포기 못했다. 그 꿈을 꿀지라도.

오늘 하루가 너무 힘들어 잠이 왔다. 피로에 쌓여서일까? 오늘도 온통 하얀 세상, 이제는 그냥 이 세상을 받아들이기로 했다. 그래서 이 세상을 부르는 나만의 이름을 지어보기로 마음먹었다. 여기의 이름은... 음, 안되겠다, 그냥 하얀 세상이 낫겠다. 이름이 안 떠올라. 바닥을 보니 오늘은 새로운 악보가 생겨났다.

"@@@@?"

그리고 또 다른 셈여림도 생겨났다.

크레센도가.

3. 열정적으로 ff

그때 이후 나는 여태껏 살아온 중에 가장 열심히 피아노를 쳤다. 나 자신을 이기기 위해, 발전하기 위해, '잘 했다' 칭찬하며 나를 자랑스레 여기기 위해.

비교하는 삶을 살던 나를 나는 당연하게 여겼다. '나는 늘 노력을 안 했었어.' 하지만 만약 '내가 열심히 연습하면 비교하는 나를 고칠 수 있을까?' 하는 생각이 내 마음에 등을 켜주었다. 피아노는 대회만 빼면 언제든 자유롭게 칠 수 있지만 대회만 나가려 하면 대회를 위해 해야 한다는 느낌 때문에 대회를 안 나갈 때보다 많이 치기 싫어하는 것 같았다. 그러니 안 치게 되고, 대회 기간에는 피아노가 낯설었다.

그런데 연습을 하는 동안 피아노는 내게 응원을 해주는 치어리더 같았다. 확실히 마음을 먹으니 제법 오랫동안 집중해서 치게 되는 것 같다. 먼저 악보를 읽고 연습하고, 박자 맞추며 연습하고, 셈여림 맞추며 연습하고 연습은 언제나 필요한 것 같다. 적어도 피아노는 나의 실력을 솔직히 나타내줬다.

하지만 어느 순간부터 피아노는 나의 실력을 말해 주지 않았다.

멈칫. 몇 년 동안 궁금했다. '나 잘 치고 있는 걸까?' 결론은 늘 얼렁뚱땅 넘어가며 나의 실력을 보지 않았다. 내가 너무 못 치는 것 같아서. 나보다 잘 치는 사람은 훨씬 많다는 걸 인정하고 싶지 않았다. 그런데도 계속 나와 남을 비교하며 나를 깎아내리는 것은 이제 하고 싶지 않았다. 그래도 가끔은 남들에게 들어보는 것이 좋을 것 같았지만 돌아오는 대답은 "잘 치는데?"였다. 맞는지 모르겠다. 잘 친다는 이야기는 좋은데 다 예의상 하는 말 같다.

그렇지만 요즘은 나의 실력을 알고 싶었다. 내가 잘 치는지 못 치는지 내가 상처를 받는 한이 있더라도 진짜 나의 실력을 알고 싶었다.

"엄마, 나 요즘 이런 생각이 들어."

"무슨 생각?"

엄마는 의아해하며 물었다.

"엄마 나 피아노 잘 치는 걸까?"

"응, 잘 치는데."

"나 잘 치는지 모르겠어. 못 치는 것 같아. 친구들이랑 비교하게 되고 계속 이런 생각이 들어."

"그럼 너의 실력을 테스트해 봐. 그리고 길은 갈피가 있어야지. 자꾸 머뭇머뭇할래?"

"무슨 말이야?"

당황스러웠다.

'길? 갈피? 도대체 나에게 전하고 싶은 게 뭐냐고!'

"알아서 생각해 봐."

"아, 뭐야?"

엄마는 홀연히 사라져 버렸다. 엄마는 도대체 무슨 말을 하고 싶은 걸까? 음... 모르겠어. 그때 번쩍하고 나의 뇌리를 스쳐 지나간 것이 있었다.

'갈피는 혹시 나의 진로가 아닐까? 근데 나는 진로를 피아노로 정하지 않았는데?'

머릿속이 복잡했다.

'그러고 보니 잠시만, 나 대회 나가야 하잖아? 그래, 나중에 놀고 일단 연습 먼저 하자. 모처럼 주말인데. 그나저나 대회가 며칠 남았지?'

잡생각이 많이 나서 일단 좀 쉬기로 했다. 며칠 남았는지 보기 위해 잠시 피아노 문을 닫고 방으로 들어갔다. 정리를 안 해서 바닥에 널브러져 있는 옷들과 필기구들, 희한하게 꺼내지 않았던 것까지 나와 방이 엄청 어지러웠다. 그 사이를 조심히 지나 가장 가까이 있는 달력을 손에 쥐고 방을 나왔다.

"방 청소나 나중에 해야겠다, 이제 세 볼까?"

"하루 이틀... 60일 남았네."

연습을 더 열심히 해야 될 것 같은데. 마음이 조급해졌다. 이제 겨우 읽었는데 벌써 한 달이나 지나갔다. 요새 마음이 해이해져서 놀러 다니고 연습을 안 했는데. 쉬는 시간을 종료해 버렸다. 달력을 소파에 놔두고 다시 피아노 문을 열어 악보를 재정비해서 피아노를 쳤다.

"몇 시지?"

"이제 30분 지났네."

시간이 느리게 가는 것은 분명히 좋은 일이다. 그러나 피아노를 계속 치니 자세가 잘못 되었는지 어깨가 진짜로 바늘을 쿡쿡 쑤시는 듯이 아파왔다. 목도 뻐근해서 스트레칭도 해 보았는데 나아지지 않아 결국 컴퓨터로 검색을 해 보기로 마음먹었다. 그래서 다시 피아노 문을 닫고 꽤 빠른 걸음으로 내 방에 들어갔다.

"음. 정리 먼저 하자."

방이 말도 안 되게 더러워서 치워야 될 것 같았다. 물건들은 작은 것들은 서랍 속으로 다시 쑤셔 넣고 큰 물건들은 버리거나 창고에 넣어 대충 정리를 했다. 지금은 방이 문제가 아니었으니까.

정리가 얼추 끝나고 나니 한결 깨끗해 보였다.

"자, 이제."

나는 허리를 숙여 책상 밑에 있던 콘센트를 꽂았다. 곧이어 컴퓨터 전원의 불을 켜고 의자에 내려앉았다.

"확실히 새로운 컴퓨터라 그런지 속도가 빠르네."

나는 마우스로 이리저리 옮기며 인터넷에 들어가서 검색창을 클릭했다.

"피…아…노… 칠… 때…"

아직은 미숙한 타자 실력으로 하나하나 써 내려갔다. 몇 분이나 지나고 나는 만족스러운 듯이 엔터를 눌렀다. 클릭.

▽ 피아노 칠 때 어깨 안 쑤시게 하는 방법

· 어깨 스트레칭

· 쉬었다 하기

· 자세 바꾸어 보기

·

·

여러 가지 방법들이 줄지어 나왔다. 스크롤바를 내려 괜찮은 방법들을 보고 있는데, 실천을 할 수는 있지만 전에 해보았던 것들, 실천이 안 되는 것들. 좋은 방법들을 끝내 찾지 못해 결국 포기했다.

기왕 켠 김에 유튜브에 들어가서 대회 곡이랑 관련된 영상들을 찾아보았다. 유명 피아니스트들이 친 영상, 학생들이 친 영상들을 보며 들으니 빠르고 틀리지 않았다. 그런 아이들을 보니 아직 잘 틀리는 나 자신이 초라해지는 것 같았다. '아니면 내가 많이 쳐보지 않아서 틀렸는지 모르는 건가?' 하는 생각도 들어 곧장 컴퓨터를 끄고 피아노 앞으로 갔다.

문을 열자 하얀색과 검은색이 섞여 있는 건반이 보였다. 나는 악보를 펼치고 다시 연습을 시작했다. 아직까지는 실력이 는 것이 보이지 않았다. 그래도 연습을 하면 늘 것이라 믿고 치고 있는데 50분 뒤 다시 어깨가 쑤셔 오기 시작했다. 그리고 엎친 데 덮친 격으로 집중력도 바닥을 드러내고 있었다. 그래서 결국 다시 쉬는 시간을 가지기로 했다. 나는 다시 깨끗해진 방으로 들어와 이불이 가지런히 놓인 침대 위에 쓰러지는 듯 누웠다. 분명히 앉아서 편하게 쳤는데. 다리가 너무 편해졌다. '너무 긴장을 많이 했나?'

보통은 긴장이 될 때 다리에 힘이 들어가 다리가 마치 오랫동안 서 있던 것처럼 후덜덜하게 느껴졌던 적도 많이 있었다. 나는 쉬는 동안은 마음껏 쉬기로 하고 등을 오른쪽으로 돌려 누울 때 가장 편안한 자세를 만들고 스마트폰을 오른손에 쥐며 이것저것 검색도 해보고 동영상도 보고 했다.

'근데 나 연습을 너무 안 한 것 같은데.'

몇 시간 뒤 달콤한 휴식 속에서 무료함을 느낀 나는 이제야 연습이 생각났다. 그리고 오늘 본 동영상이 생각나서 더욱 양심이 찔렸다.

'이제는 쳐야 되겠지?'

몸을 일으키니 시계가 보였다.

'그러고 보니 지금 시간이 몇 시지?'

8시였다.

'시간이 좀 차별적인데...'

정말 마치 시간이 지루할 때만 느리게 가고, 몰입할 때는 세숫물 쓰는 것처럼 빠르게 갔다.

"음... 못 치겠네."

방을 나오니 TV가 고장이 나서 잔뜩 조용해진 집안이 보였다. 모두들 TV를 안 보니 스마트폰에만 의지해 있는 것처럼 보였다.

"엄마, 나 잔다."

"저녁밥은?"

"안 먹어."

"왜?"

"귀찮아. 나 잘래."

문을 조심히 닫았다. 갑자기 하얀 세상이 보고 싶었다. 그냥 신기하고 신선한 세상이 보고 싶어졌달까? 그날 나는 일찍 잠이 들었다.

'오늘은 셈여림이 있을 라나?'

"흐아아암."

하얀 세상이 다시 펼쳐졌다. 고요하지만 왠지 혼란스러워 보이는 파스텔 톤의 하늘과 하얀 바닥에 그려져 있는 여러 가지 악보들. 모든 것이 반가웠다. 처음에는 무섭기도 했지만 점점 좋아지는 것 같았다.

나는 내가 보고 있는 쪽의 반대로 돌아 이 지루해 보이는 듯한 고요한 세상을 걸었다.

터벅터벅.

그렇게 커 보이는 파스텔 톤의 하늘이 저만치 멀어지는 것처럼 보였다.

'내가 이렇게 체력이 좋았던가?'

나 스스로도 감탄이 나올 정도였다. 그런데 어느 정도 걸으니 바닥에 무언가가 그려져 있었다.

'이건 교과서?'

바닥에는 교과서가 그려져 있었다.

'왜 교과서가 그려져 있지?'

궁금했다. 피아노와 교과서. 혹시 둘의 공통점이 있을까? 둘의 공통점은 뭘까?

곰곰이 생각해 보았다. 음. 혹시 내가 좋아하던 거? 아님 내가 관심을 보이던 거? 뭘까? 곰곰이 생각하는데 갑자기 눈이 저절로 떠졌다. 너무나 밝은 배경에 "몇 시지?" 하며 폰으로 시간을 확인했다.

"한 시네."

시간은 너무 빨리 가서 오후 1시가 되었다. 나는 대회가 59일 남은 지금 피아노 연습을 했다. 확실히 내가 들으면 못한 것 같았다. 이대로는 안 될 것 같아 원장 선생님께 조언을 구하기로 했다.

옷장에서 제일 먼저 보이는 옷을 재빨리 낚아채서 결국 쨍한 자몽 색의 반팔 티와 청바지를 입었다. 꿈속과는 다른 여러 가지 색을 뽐내는 세상은 지루한 일상 속의 낙이었다.

딸랑.

피아노 학원의 입구부터 서늘하더니 안은 시원했다. 날씨의 급변으로 다들 봄의 티를 벗고 여름의 티를 입은 것 같았다.

"선생님, 저 잘 치고 있는지 모르겠어요."

"음. 일단 한번 쳐 보겠니?"

나는 오자마자 메트로놈을 켜고 피아노 연주를 했다. 박자가 하나하나 소리 날 때마다 한 음절, 두 음절 딱딱 들어맞았다.

끝.

나는 약간의 긴장감이 감도는 상황 속에서 선생님의 조언을 들었다.

"여기는 더 세게 치면 좋을 것 같고 속도는 더 빨라도 될 것 같아."

"넵."

"전반적으로 잘 치고 있어."

"네."

나는 그 후로 얼마나 지났는지도 가늠이 안 되는 연습실의 기생충이 된 듯 연습을 했다. 진즉에 이렇게 할 것을. 확실히 집과는 달랐다. 학원이니까 억지로라도 칠 수 있었다. 집에서는 이래저래 핑계를 대며 열심히 한답시고 놀았는데. 연습을 오래 하고 부엉이 소리가 들릴 것 같은 시간이 되었다.

"이제 가자!"

선생님께 받은 키로 학원 문을 잠그고 나왔다. 시원한 바람이 살랑살랑 불어왔다. 나의 땀을 식혀주듯이 말이다. 그렇게 집에 돌아오고 나는 열심히 엄마가 말한 답을 찾기 위해 시원한 선풍기 바람을 쐬며 생각했다.

'음. 만약 내가 나의 길을 피아노로 정한다면.'

무언가 많이 힘들 것 같았다. 내내 피아노만 치면서 사는 삶은 힘들 것 같았다. 그런데 어떤 마음으로는 하고 싶었다. 왠지 모르겠지만 하고 싶었다. 힘들 걸 알면서도. 그렇지만 무섭기도 하다. 이것이 나와 맞지 않으면 다시 돌아가서 나의 길을 찾는 것은 힘드니까.

4. 끝으로 fine

드디어 대회 7일 전이다. 몇 달 전만 해도 귀차니즘으로 연습만 미루다가 좌절하고. 생각해 보니 내가 참 가지가지 한 것 같다.

오늘도 나는 피아노 학원에서 마치 부엉이 소리가 들릴 것 같은 시간까지 피아노를 치다가 갔다. 오늘은 마치 나의 대회를 응원해 주는 듯 달이 보름달이 되었다. 구름이 한 점도 가리지 않는 보름달은 반짝반짝 빛나고 있었다. 나는 보름달을 보면서 생각했다.

'이번 대회는 나의 끝이자 시작이야.'

나는 설레는 마음과 무엇인지 알 수는 없지만, 굉장히 기분이 좋은 것인 것만은 확실한 기분을 안고 집으로 갔다. 집에는 불도 다 꺼져 있는 상태로 고요했다.

"뭐지?"

나는 꺼져 있는 전등을 켜서 거실의 불을 켰다. 그러자 식탁에는 노란색 쪽지가 있었다. 거기에는 이렇게 적혀 있었다.

서린이 선물 사려고.

뭐가 좋을까?

나는 이 쪽지의 의미를 단번에 이해했다.

'내 선물이구나!'

나는 엄마에게 전화를 걸어 어리둥절한 척 재차 확인했다.

"엄마, 이거 뭐야?"

"네 선물 사러 왔지. 피아노 대회 준비하느라 힘들었을 테니까. 뭐 갖고 싶은 거 없어?"

엄마의 말을 들어 재차 확인한 나는 입꼬리가 올라가지 않을 수가 없었다. 곰곰이 생각에 잠기며 잠시 뒤 갖고 싶은 것이 생각났다.

"나는…"

엄마에게 할 말을 하고 난 후 나는 엄마, 아빠, 동생이 사 올 선물을 기다리며 지루한 시간을 보냈다. 나는 소파에 누워 책을 보았다. 책의 제목은 '하얗고 검은 피아노'였다. 요즘 장래 희망을 피아노 쪽으로 정하면서 나의 얼마 없는 용돈으로 산 책이다. 그러나 책은 얼마 못 읽고 몇 번 보면 지루해 잠만 자서 잘 보질 않았다. 역시 오늘도 지루했다.

몇 분 후.

"으아."

하품이 절로 나왔다. 피아노의 진로는 흥미롭긴 했으나 지루했다. 줄글만 잔뜩 나와서 보면 어지럽기도 했고. 피아노가… 하면서 웬 희한한 말들에 머릿속은 제대로 읽지도 못하고 다른 생각들을 하게 되었다.

이윽고 하얀 세상이 나왔다. 피아노 악보와 피아노, 그리고 이제껏 본 적 없는 무지개색의 하늘이 펼쳐졌다. 신비로운 색깔들과 피아노, 악보는 어울리지는 않았지만 결코 어울리지 않다고는 할 수 없었다. 나는 이 신비로움에 힘입어 피아노에게 다가갔다. 아파트에서는 할 수 없는 편안한 손짓으로 피아노를 연주했다. 피아노 소리가 작게 들렸다. 끝없이 이어져 있는 세상은 어디까지 이어져 있는지도 숨기려는 듯 울려 퍼졌다.

'이래서 꿈속인가?'

꿈속이라는 게 실감이 났다. 계속 가볍게 피아노를 쳤다. 고통이 느껴지지 않는 꿈속 세상이라 그런지 세게 치는데도 손가락이 전혀 아프지 않았다. 쳐도, 쳐도. 친 지 얼마나 지났을까? 하얀 세상이 약간씩 후끈후끈해졌고, 땀이 송골송골 맺혔다.

'왜 이렇게 덥지?'

직감적으로 알아차렸다. 내 몸이 더워하는 거라고. 햇빛이 나온 거라고.

'아... 일어나야 되는구나.'

나는 빨리 일어나기 위해서 나의 손으로 나의 찹쌀떡 같은 볼을 죽 잡아당겼다. 하얀 세상이 아닌 검은색의 세상이 보였다.

번쩍, 눈이 뜨였다.

"아, 잘 잤다."

몸이 꽤 홀가분했다. 몸만. 빨리 일어났는지 하품이 절로 나왔다. 침대와는 빠른 작별을 하고 밖으로 나왔다.

대회 6일 전날의 아침은 평소와 다름없었다.

"아, 맞다, 선물."

어제 엄마가 사 오신다고 말한 선물이 생각나서 설거지를 하고 있는 엄마한테 바람처럼 달려갔다.

"엄마, 선물은?"

"대회 후에 줄 건데?"

"어차피 알고 있는데."

"그래도 선물은 의미 있는 날 주는 거야."

"알았어."

밝은 태양을 머금었던 얼굴이 흐린 구름이 드리워진 얼굴로 바뀌었다.

'지금 좀 주지. 아냐 그래도 의미 있는 날 받는 게 좋을 거야. 아냐, 맞아.'

머릿속에는 두 가지의 마음들이 싸우고 있다. '괜찮아.'라며 다독이는 마음과 '아냐, 지금 받는 게 더 좋았어.' 하는 마음이 있다. 갈팡질팡하는 머릿속은 복잡해졌다.

'으아, 복잡해. 그냥 참는 게 낫겠다.'

나는 복잡한 상황에서 그냥 참자며 마음을 잘 다독였다.

'대회까진 6일. 피아노는 계속 쳐야 되고 나는 힘들고, 그러니까 오늘은 연습을 한 시간만 하고 학교 갈 준비하고 씻고 밥 먹고 자고 오늘의 계획 끝.'

나는 뜬금없는 생각을 마무리하고 실행에 나섰다.

'지금은 오후 한 시'

집 안에는 연습 중인 나의 피아노 소리와 설거지하는 시끄러운 물소리가 울렸다. 피아노 소리가 뚝 끊겼다.

"누나, 왜 멈춰?"

동생 서이가 툭 내뱉듯이 말을 했다.

"아, 한 시간이 지나서."

서이는 대답만 듣고 홀연히 사라져 버렸다. 나는 멀어져 가는 서이를 바라보다가 다시 몸을 돌려 피아노의 뚜껑을 닫았다.

"이제 학교 갈 준비를 해야겠다."

아무도 관심 없는 혼잣말을 하고 의자를 밀어 넣고 방으로 달려갔다. 책가방을 꺼내니 가방 속에는 피아노 책만 들어있었다.

"우와, 내가 정말 피아노를 생각하고 있었구나."

나의 무의식 속 행동에서 느낄 수 있었다. 이렇게나 열심히 노력하는 나를. 나는 나에게 질문을 속삭였다.

"이번 대회로 나의 실력을 나 자신에게 인정받고 나 피아노를 나의 길로 정할 수 있을까?"

아무리 무서워도 실패가 두려워도 할 수 있을까?

며칠 뒤.

드디어 대회 날이다. 웅장해 보이는 건물 안에는 엄마를 따라 대회를 하러 온 아이들과 어여쁜 드레스를 입고 사뭇 긴장되는 티를 내는 청소년들로 안은 분주했다. 나는 대회장의 드레스를 대여 받을 것이기에 평소와 비슷한 옷차림이었다. 그러나 다른 점이라면 편하게 신던 흙이 묻은 운동화가 아닌, 빛에 반짝할 정도로 광이 나는 낮은 구두굽이 있는 구두를 신었다는 점.

"엄마, 나 잘할 수 있을까?"

"그럼, 잘하고 와. 그래야 선물 받지."

"응!"

그때 멀리서 소리가 들려왔다. 안내해 주시는 분이었다.

"704번부터 710번."

나의 번호는 710번이었다. 나는 들어올 때의 감정과는 다른 긴장감을 느꼈다. 안내해 주시는 분의 목소리를 듣고 걸어갔다. 아이들이 줄지어 서 있었다. 손에서 땀이 났다.

'대회 날에는 손에 땀이 나면 안 되는데.'

땀을 없애 보려 손을 문질렀다. 그러나 나의 긴장감으로 땀은 계속 났다.

아이들이 계속 들어갔다. 들어가는 문 나오는 문이 달라서 그런지 아이들은 이쪽으로는 나오지 않았다. 나의 앞 친구가 들어갔다. 심장이 쿵쿵 뛰었다. 문이 열리고 드레스를 갈아입는 공간이 나왔다. 직원 분은 나에게 새하야면서 연두색 리본으로 포인트를 준 드레스를 주셨다. 그것을 입는 중에도 밖에는 피아노의 소리가 들렸다.

'우와 잘 친다. 나보다 더.'

깔끔하고 안정적으로 치는 듯해 보이는 아이들의 피아노 소리에 감탄을 하면서도 떨렸다. 나는 옷을 갈아입고 대기 좌석에 앉았다. 아이들의 차례가 바뀔수록 나의 자리는 한 자리씩 오른쪽으로 옮겨졌다. 손에는 땀이 나고 심장은 마치 발표를 할 때처럼 심장소리가 정말 커다랗게 들려 심장이 튀어나오진 않을까 하는 정도로 심하게 뛰었다. 나의 자리는 어느덧 오른쪽에 아무도 없을 정도로 옮겨졌다.

'다음이 나.'

혹여나 못 치진 않을까 마지막으로 점검을 하고 갔다. 또박또박 낮지도 높지도 않은 구두 굽 소리를 내며 피아노 자리로 갔다. 검은색의 그랜드 피아노였다.

'또 보네.'

피아노를 치니 머리가 하얘지면서 아무 생각도 나지 않았다. 내가 느리게 쳤는지 빠르게 쳤는지도 모르겠고 여리게 쳤는지 세게 쳤는지도 모르겠다. 다만 심장은 밖에 나와 있는 양 쿵쾅댔고 머리는 백지 상태였다, 달려가듯 치고 있을 때,

'댕...'

마치는 종이 울렸다. 연주를 마치고 의자에서 일어나 또각또각 무대 밖으로 걸어 나갔다. 하얬던 머리가 서서히 색이 들어오고 있었다.

"나, 잘 쳤나?"

뒤늦게 든 생각이었다. 쿵쾅 쿵쾅거리던 심장이 아직도 진정되

지 못하고 요란스럽게 뛰고 있었다. 진정하고 시간이 조금 지나자 관객석 문이 열리면서 엄마와 아빠, 동생이 보였다. 나는 연주할 때의 기억이 안 나 엄마에게 확인을 했다.

"엄마, 나 잘 쳤어?"

"그럼!"

내가 못 믿겠다는 표정을 짓자 엄마는 동영상을 틀어 보여주셨다. 영상에는 나의 연주 영상이 나왔다. 처음 부분을 없애버린 나, 셈여림을 무시하는 나. 연주는 긴장했는지 실수가 있었지만 그래도 후회되지는 않았다. 나는 최선을 다했기에, 열심히 노력해서 나의 꿈에 다가갈 거라는 확신이 생겼기에. 나는 잘하든 못하든 피아노가 좋다. 앞으로도 좋아할 것이고, 못하면 잘할 때까지 연습하고 연습할 것이다.

아 그랬구나.

나는 이제야 내 마음속에 응어리졌던 수수께끼의 꿈을 알았다. 깨달음을 얻고 결심을 할 때 엄마는 상자를 내밀었다. 상자는 옅은 노란색과 하늘색 민트색이 섞인 포장지에 둘러싸여 있었다. 포장지를 조심스레 뜯고 나니 상자가 나타났다. 그 상자도 열자 검은색 피아노 오르골이 자신의 존재감을 드러냈다.

나는 여태껏 보였던 웃음 중 가장 싱그러운 웃음을 보였다

"엄마, 고마워."

어느덧 저녁이 되었다. 나의 검은색 오르골은 나의 피아노 위에

있다.

'피아노 위에 피아노라니.'

나의 생각에 웃음이 나왔다. 오늘은 정말 재밌었어, 흥미롭고. 나의 갈래를 찾아 좋았어. 잘 시간이 되어 나는 누워서 눈을 감고 조용히 생각해 보았다.

'앞으로도 나의 길은 언제든지 바뀌겠지. 하지만 내가 노력하면...'

이런저런 생각을 하다 '안녕히 주무세요.' 아무도 듣지 않는 공간에서 나 홀로 인사를 하고 잠이 들었다.

몇 분 뒤였을까.

하얀 세상이 나타났다. 그런데 자세히 보니 못 보던 것이 나타났다.

"이건!"

전에 보지 못했던 꽃이었다. 처음에 꿈꾸었던 노란색과 보라색 꽃과 유사했다. 그곳에는 노루귀와 달맞이 꽃다발이 있었다.

"처음에 보았던 꽃 옆에 있던 거?"

아무도 듣지 않는 공간에서 혼잣말을 하고 이내 손에 꽃다발을 쥐었다. 그러자 어디서 불어오는지도 모르는 바람이 세게 불었다. 리그렛이 나타났을 때의 바람과 비슷하게. 그러나 달랐다. 리그렛 꽃다발을 가져온 바람과는 다르게 이 바람은 리그렛의 꽃잎을 태우며 날아갔다. 리그렛의 꽃잎을 태운 바람은 다시는 보지 못할 곳으로 날아가 버렸다. 나는 그 바람을 그저 온몸으로 느꼈다. 머리칼

사이와 바람으로 인해 뒤로 쏠리는 옷들 피부에 맞닿는 바람. 이 바람은 나에게 피아노를 들고 불어와 주었다. 나는 나지막이 말했다.

"안녕, 리그렛(regret)"

에필로그

오늘로 대회가 끝난 지 일주일이 지났다. 그렇지만 오늘이 나에게는 매우 특별한 날이었다. 왜냐하면 오늘은 내가 상을 받은 기념으로 가족들과 함께 놀러가는 날이니까. 그날의 나는 엉망으로 친 것 같았는데 결과는 준대상을 받았다. 대상을 받진 못했지만 앞으로 발을 내딛기에는 좋은 결과물이라 생각해서 후회 되진 않았다.

"엄마, 언제 가?"

"지금."

엄마는 언제 그렇게 준비를 했는지 빨리 나왔다. 하늘하늘한 원피스는 언제 보아도 적응이 안 된다. 나는 노란색의 티셔츠와 검은색의 반바지를 입었다. 별다른 의미는 없다. 내가 노란색을 좋아하니까 노란 티를 입은 거고, 그에 어울리는 바지를 찾다 보니 이렇게 된 것뿐이다. 가족들 모두 같이 가니 더 설레고 좋았다. 오랜만이어서 어색하면서도 심장이 쿵쾅쿵쾅 뛸 만큼 좋았다.

"드디어 간다."

차들은 쌩쌩 달렸다.

"아빠, 우리 차만 너무 천천히 달리니까 멀미 날 것 같아."

멀미하려는 제스처를 취하며 말했다. 그러자 아빠는 물을 마시라고 하였다. 나는 옆자리에 있는 물을 벌컥벌컥 들이마셨다.

"아, 살 것 같다."

물을 급하게 마시고 한숨을 돌린 나는 고개를 돌려 문 밖을 바라보았다. 쌩쌩 반대로 달리는 나무들, 새파란 하늘, 컴컴하지만 불빛이 비춰주는 터널, 정말 평범하지만 가장 편안한 풍경이었다. 그렇게 풍경을 구경할 사이 주차장에 도착했다. 우리가 도착한 곳은 '달맞이 공원'이었다. 그렇지만 이 공원은 '밤의 요정 공원'이라고도 한다. 왜냐하면 달이 가장 잘 보이는 장소로 유명하기 때문이다. 나는 자동차 문을 열고 나왔다. 세찬 바람이 스쳐 지나갔다. 그 사이로 샛노란 공원이 보였다. 나는 가족들과 떨어져 샛노란 공원을 향해 뛰어갔다. 몸이 한층 가뿐해지면서 기분은 시원한 바람처럼 느껴졌다. 어느새 샛노란 같은 공원이 내 앞에 서 있었다. 노루귀가 밝게 펴져있어 마치 달을 보는 것 같았다.

"예쁘다."

"서린아."

엄마가 나를 나긋이 불렀다.

"왜?"

뒤를 돌아보면서 말했다. 그러자 엄마는

"네가 정말 너의 길을 정한 것 같다."

"?"

어리둥절한 표정을 지었다. 그런데 이 상황이 낯설지 않았다.

아, 그랬다. 엄마가 갈팡질팡하던 나에게 길을 말해줄 때의 표정이었다. 나는 확신의 눈빛으로 진심을 다해 엄마한테 말했다.

"응!"

후기

안녕하세요? 처음 써 보는 후기입니다.

제가 주제선택 프로그램을 예비작가반으로 정한 건 순전히 좋을 것 같은 느낌 때문이었어요. 난생 처음 써 보는 글. 그 과정은 무언가 새로우면서도 신기했고, 동시에 힘들기도 했어요. 그 과정에서 많은 생각을 하면서 썼지만, 다시 과거로 돌아간다면 더 잘 쓰고 싶다는 생각이 드네요.

이 글 말이죠, 처음에는 꽤 흥미 있고 세세히 잘 썼다고 어느 정도 자부심이 있었는데, 중반부와 후반부로 갈수록 점점 이야깃거리가 줄어들고... 그러면서 자신감이 떨어졌어요.

그리고 몽글몽글한 느낌의 이야기를 만들고 싶었는데... 읽으실 때 그런 느낌이 났으면 좋겠어요.

로맨스도 넣고 싶었는데, 욕심이 많아 이것저것 넣다 보니 넣을 공간이 없었네요. 만약 이 후기를 읽으신다면 제 글을 끝까지 다 읽어 주신 거겠지요? 끝까지 읽어주셔서 감사합니다. 언젠가 다시 소설을 쓸 날이 온다면 더 열심히 쓰고 싶어요.

아, 참! 소설에 나오는 리그렛(regret)이라는 꽃은 없는 거예요. 리그렛(regret)은 '후회'라는 의미를 담고 있는 영어 단어입니다.

소설에 의미를 많이 넣고 싶었어요. 다 쓰고 읽어보니 클라이맥스가 없는 것 같아 아쉬워요. 제가 아직 많이 부족해서 어쩔 수 없는 것 같아요. 여기까지! 제 후기를 들어주셔서 감사드립니다!!

***소설 '라니의 에일린 의상실 입사기'는 주인공인 '라니'가 의상실에 입사하여 성장하는 과정을 담은 이야기입니다. 제가 넣고 싶은 내용이 많아서 이것저것 넣다 보니 이런 소설이 탄생하게 되었습니다. 재미있을지는 모르겠지만 최선을 다하여 열심히 글을 썼으니 재미있게 읽어주시고, 저의 상상에 공감해 주시면 감사하겠습니다.

더불어 표현 하나하나에 정성을 담았으니 표현에 집중해서 읽어주세요.

라니의 에일린 의상실 입사기

김보민

1. 에일린 디자이너와 첫 만남

우리 세계에는 아주 유명한 브랜드가 있다. 바로 에일린 패션이다. 보통 에일린이라고 많이 이야기하는데 이곳의 옷들은 매우 특별하다. 이곳의 옷은 품질이 아주 좋고, 옷을 입으면 옷에서 은은하게 퍼지는 매력적인 향 때문에 좋은 생각을 하도록 유도하기도 하여 유명했다. 어릴 때 생일 선물로 이곳의 옷을 받았었는데 그 옷을 입을 때마다 좋은 일이 생겼었다. 그 뒤로 쭉 지금까지 이 의상실에서 일하고 싶었다. 그러던 중 드디어 에일린 의상실에서 채용 공고를 냈다!

옷을 단정하게 입고, 서류를 챙긴 다음 활기찬 발걸음으로 의상실을 향했다. 입구에서 심호흡을 한 뒤 문을 열고 들어갔다. 의상실 로비에서는 세일하는 옷을 사려고 줄을 선 사람들로 가득 차 있었다. 나는 면접장으로 올라가려고 사람들 사이로 비집고 들어가서 엘리베이터를 탔다. 잠시 숨을 돌리고 꼭대기 층인 7층을 눌렀다. 엘리베이터 창밖으로 보이는 시내의 모습은 분홍빛으로 가득했다. 벚꽃이 만발한 때여서 가로수에는 벚꽃나무로 가득했는데 높은 곳에서 보니 더욱 예뻤다.

창밖을 구경하다가 7층에 도착해서 내렸더니, 긴 복도 끝에 문이 하나 있었다. 주변이 조용했으므로 발소리가 안 나게 신경 쓰며 조심조심 걸어갔다. 벽에는 디자이너들의 사진이 걸려 있었는데 매우 기품이 있어 보이고, 옷들은 반짝반짝 빛났다. 순간 나는 내가 초라하게 느껴졌다. 하지만 마음을 다잡고, 문 앞에서 심호흡을 한 뒤 방 안으로 들어갔다.

"저기, 안녕하세요? 오늘 면접 보러 온 '라니'라고 합니다."

그러자 기품 있는 목소리가 따라 들렸다.

"아, 라니 씨 어서 오세요. 기다리고 있었어요. 저기 소파에 편하게 앉아 계세요."

나는 어깨에 메고 있던 가방끈을 부여잡고 소파에 앉았다. 주위를 돌아보니 재단하다 만 옷이 마네킹에 걸려 있었고, 한쪽 벽에는 금테의 투명한 옷장들이 있었다. 옷장 안에는 갖가지 색의 옷들이 걸려 있었다. 책상 위에는 여러 개의 서류들이 흩어져 있었고, 한쪽에는 디자인 노트들이 쌓여 있었다. 요리조리 방 구경을 하던 찰나에 방 안에 있던 또 다른 문이 열리며 아름다운 여성분이 아까 그 기품 있는 목소리로 말하며 나왔다.

"어머, 기다리게 해서 죄송해요. 갑자기 영감이 떠오르는 바람에 손님을 기다리게 했지 뭐예요. 자, 면접을 시작해 보죠."

나는 그녀의 아름다운 미모에 넋을 놓고 있다가, 서둘러 면접 서류를 냈다. 그녀가 서류를 찬찬히 훑어보고는 나에게 질문을 했다.

"혹시 라니 씨는 이곳의 옷을 입어보셨나요?"

순간 이 질문에 당황했다.

어릴 때 이후론 이곳의 옷을 입지 않았으므로, 사실상 18년 전의 기억 하나만으로 이곳에 취업하고 싶었으나 말이다. 나는 긴장된 목소리로 입을 열었다.

"사실, 저는 18년 전에 이곳의 옷을 입어보고는 그 뒤로 이곳의 옷을 입어보지 못했습니다."

내 말이 끝나자 그녀는 알 수 없는 미소를 지으며 말했다.

"그럼, 그때 그 옷을 입고 어떤 느낌이 들던가요?"

나는 이 부분에 있어서는 자신 있게 말할 수 있었다. 그때의 느낌을 항상 곱씹으며 살았기 때문이다.

"전 곰돌이 모양이 그려진 베이지색 니트와 영어 글씨가 적힌 검은색 스커트를 생일 선물로 받았습니다. 저희 집이 부유하지는 않은 터라 부모님께서 큰맘 먹고 사 주셨죠. 친구들은 모두 예쁜 원피스를 샀지만 전 부럽지 않았습니다. 왜냐하면 부모님의 노력이 담긴 값진 옷이 있으니까요. 그래서 그 옷을 입을 때마다 부모님의 사랑이 느껴집니다. 지금도 그 옷을 잘 보관하고 있습니다. 저에겐 값진 추억이기에 저도 그런 추억을 안겨 주는 사람이 되고자 이곳에 취업하고 싶었습니다."

내가 여기까지 말을 끝내자 그녀는 의자를 빙글 돌리며 일어나 기쁜 목소리로 말했다.

"지금 당장 같이 일합시다! 내가 원하던 직원은 우리 의상실이 수당이 높다고 들어오는 것이 아닌, 진심으로 옷을 대하는 사람이었습니다. 하지만 우리 의상실에 취업하고 싶어 하는 사람 대부분은 돈만 보고 들어오는 사람이 대부분이었죠. 취업 공고도 고심하여 올렸는데, 드디어 제가 원하고 바라던 분이 오셨군요! 말이 길어졌네요. 일단은 의상실을 둘러보고 일하고 싶은 곳을 오늘 퇴근하기 전까지 말해주세요."

나는 너무 행복한 나머지 "네! 감사합니다."라고 큰 소리로 말하고는 신나게 문밖으로 나갔다.

긴 복도를 미끄러지듯 지나 엘리베이터로 갔다. 엘리베이터를 타서 들뜬 마음을 다잡고는 로비로 향했다. 엘리베이터에서 내려보니 북적거렸던 로비가 한산해졌다. 나는 한산해진 틈을 타 로비 프런트로 갔다. 프런트에는 젊은 여성분이 여유롭게 커피를 마시고 계셨다. 내가 옆에서 기웃기웃하자 여성분이 나를 보며 말했다.

"뭐 물어보실 거라도?"

"저 이번에 새로 온 신입 라니인데요. 디자이너님께서 층별 견학을 해 보라고 하셔서요. 혹시 1층에서는 어떤 일을 하나요?"

"아, 반가워요. 전 1층 매니저 클라라예요. 그냥 클라라 언니라고 불러주세요. 1층에서는 새로 들어온 옷이나 세일하는 옷들을 판매해요. 또 손님 접대와 고객 민원까지 담당해요. 같이 호흡을 맞춰서 일을 하면 좋을 것 같네요. 아, 강요하는 건 아니고요. 다른 층도 둘러보고 결정하세요."

"네, 감사합니다."

나는 클라라 언니와 인사를 나눈 뒤 2층으로 올라갔다. 2층은 여성 옷 코너였다. 여성 옷 코너는 다채로운 색깔들로 가득했다. 형형색색의 옷들에 반해 넋을 잃고 서 있던 나를 뒤에서 누군가가 톡톡 쳤다. 나는 화들짝 놀라며 뒤를 돌아보았다. 화려한 넥타이를 맨 한 남성분이 살갑게 말했다.

"아까 1층에서 클라라 씨와 이야기하던 분이시구나! 1층에서 이야기하는 걸 들어보니 신입이라면서! 호호호, 일부로 들은 건 아니고 한적한 시간이라 다 들리더라고. 참, 내 정신 좀 봐. 내 소개를 안 했네. 난 2층 매니저 조너스 알란이에요. 보통 '조니'라고 부르죠."

그 분이 폭풍처럼 말을 쏟아내다 잠시 숨을 고르시는 틈을 타 나는 얼른 내 소개를 했다.

"안녕하세요, 저는 새로 온 신입 라니입니다. 지금 층별 견학을 하고 있어요. 2층에선 어떠한 일을 하나요?"

"아하! 그게 궁금하군요. 우리 2층에서는 보시다시피 여성 옷을 판매하죠. 에일린 디자이너님의 옷뿐만 아니라 다른 디자이너들의 옷들도 있지요. 에일린 디자이너님의 옷들은 다른 공간에 있어서 항상 저희 직원들이 1:1로 따라다니죠. 아마 우리 층에 온다면 북적거리지는 않을 거예요. 하지만 옷에 대해 깊이 알고 에일린 디자이너님의 패션 철학을 잘 알아야 해요. 어떻게 하시겠어요? 빨리 대답해 주면 좋겠네요. 저의 층에서는 옷이 평범하면 안 돼요. 모두가 개성 있게 입고 일하죠. 어떻게 하시겠어요?"

정신없이 말을 쏟아내는 것을 듣기가 힘들 것 같다. 나는 정중하게 거절하기 위해 애쓰며 말했다.

"아, 다른 층도 둘러보고 결정할게요. 아직 다른 층은 자세히 못 봐서요."

내가 난처해하는 표정을 아셨는지 알겠다는 말과 함께 자연스레 손님을 맞으러 가셨다.

나는 한숨을 돌리며 3층으로 갔다. 3층은 남성 옷 코너다. 남성 옷 코너는 매우 깔끔했다. 바닥에서는 광이 나서 내 얼굴이 비칠 정도였고, 분위기 있는 피아노 연주곡이 조용히 흘러나왔다. 손님들 모두 조용하고 신중하게 옷을 고르고 있었다. 나는 나의 발걸음 소리가 너무 크지 않도록 조심하며 3층 매니저님을 찾았다. 다들 차려입고 있어서 누군지 찾는데 꽤나 힘들었다. 둘러보던 중 시선이 한 곳에 꽂혔다. 엄청 잘생기고 키 큰 분이 손님들을 안내하고 있었던 것이다. 나는 얼른 그곳으로 가서 말을 걸었다.

"저기, 이번에 새로 온 라니라고 합니다. 지금 층별 견학을 하고 있는데요. 혹시 3층 매니저분이신가요?"

이어서 기분 좋은 목소리가 들렸다.

"아, 전 매니저는 아니고, 저도 한 달 전에 들어온 신입 루이예요. 매니저님은 저쪽 은빛 브로치를 하고 계신 분이세요. 우리 신입끼리 친하게 지내요. 괜찮으시면 견학 마치고 난 뒤 커피 한 잔 어때요? 그 때쯤이면 저도 퇴근이거든요."

"네, 감사합니다. 견학 끝나고 다시 올게요."

나는 약속을 기억하며 매니저님 쪽으로 갔다. 매니저님도 키도

크시고 잘생긴 분이셨지만 뭔가 무서웠다. 나는 조심스레 말을 꺼냈다.

"이번에 새로 온 라니입니다. 층별 견학을 하고 있는데, 3층에서는 어떠한 일을 하나요?"

내 말이 끝나자 매니저님은 나를 빤히 쳐다보며 말했다.

"미안하지만 우리 남성 옷 코너에서는 여성 직원은 받지 않는다네. 항상 남자 직원만 뽑지. 3층에서는 남성 옷을 다루기 때문에 남성 직원들이 가장 잘 설명할 수 있지. 여성 옷 코너를 가 보아서 알겠지만 조니는 남성 직원들도 뽑기는 하는데 그건 조니가 담당이라서 그렇게 할 수 있는 거라네. 3층은 나의 권한이니 이해해 주게."

"아, 전 모르고 있었어요. 실례가 많았습니다."

"뭐 그렇게까지 생각할 필요는 없네. 그럼 난 손님한테 가야 해서 이만 가보도록 하겠네. 참, 내 이름은 무스탕이네."

"네, 안녕히 가세요. 무스탕 매니저님."

나는 민망함에 90도 인사를 하곤 얼른 4층으로 올라갔다.

4층은 아이와 반려견 코너여서 그런지 밝고 통통 튀는 노래가 흘러나오고, 귀여운 꼬마 손님들이 많이 있었다. 4층에서는 매니저님을 쉽게 알 수 있었다. 긴 머리를 높게 묶고, 꼬마 손님들과 눈높이를 맞춰서 대화를 해 주는 모습을 보고 난 단번에 알았다.

'아, 저분이 매니저님이구나!'

나는 그분께 다가가서 말을 걸었다.

"안녕하세요. 신입 라니라고 합니다. 혹시 매니저 분이신가요?"

“아, 네 전 4층 매니저 제니퍼라고 해요. 우리 4층에서 일하실 건가요?”

“그건 아직 정하지 않았고, 층별 견학 중이라서요. 혹시 4층에서는 어떤 일을 하나요??”

“4층에선 어린이 손님과 동물 손님 옷을 판매해요. 그래서 4층에 들어오려면 아이들과 잘 지내야 하고 반려견들도 잘 돌 볼 수 있어야 하죠.”

“아, 그렇군요.”

“저기.”

“네?”

“제가 좀 바빠서 그런데, 이 정도 설명이면 될까요?”

“아, 네네, 충분해요. 감사합니다.”

“시간이 더 있었으면 자세하게 설명해 줄 텐데 아쉽네요. 그럼 전 이만 가 볼게요. 선택 잘하기를 빌게요”

“네, 감사합니다.”

나는 따듯한 응원과 함께 5층으로 올라갔다. 5층은 수선실이라서 잠시 둘러보고 인사만 드리고 다시 디자이너님 사무실로 올라갔다.

사무실의 문을 조심스럽게 열고는 나는 입을 뗐다.

“저, 층별 견학을 다 했는데요.”

그러자 디자이너님께서 들어오라는 제스처를 취하시며 말했다.

“얼른 들어오세요. 일하고 싶은 층이 있던가요?”

"음, 사실은요, 모든 층에서는 저를 필요로 하지 않는 것 같아요. 저의 마음에 딱 와 닿지도 않고요."

"그랬군요. 사실 전 이미 이러한 상황을 예상했답니다."

"네? 하지만 어떻게?"

"처음부터 라니 씨를 저의 비서로 고용하고 싶었어요. 만약 원하는 층이 있었다면 어쩔 수 없었겠지만요. 다행스럽게도 라니 씨가 원하는 층이 없었네요, 호호호."

"그런데 오늘 처음 온 제가 디자이너님의 비서가 되는 것이 염려되지는 않으세요?"

"염려되는 것이 아주 없지는 않지만 전 라니 씨를 믿고, 이 면접은 사실 비서를 염두에 두고 한 면접이었기에 괜찮아요. 어머, 라니 씨 많이 놀라셨나요?"

"아, 조금 놀라긴 했는데, 적응해 보도록 노력할게요."

"좋아요, 내일 오면 라니 씨가 해야 할 일들을 알려드릴게요."

그렇게 해서 나는 디자이너님의 비서가 되었다.

디자이너님의 사무실을 나와서 시계를 확인해 보니 5시가 조금 넘은 시간이었다. 나는 루이와의 약속을 위해 의상실 입구에서 기다렸다. 기다리는 것이 지루해질 찰나에 뒤에서 매력적인 목소리가 내 이름을 부르는 소리가 들렸다. 내가 뒤를 돌아보자 얼굴에서 빛이 날 정도로 잘생긴 사람이 반갑게 손을 흔들며 내게로 왔다. 나는 터질 것 같은 심장을 부여잡고는 반갑게 손을 흔들었다. 루이는 나를 보자마자 미안한 표정을 지으며 대화를 이끌어 나갔다.

"미안해요, 제가 최대한 빨리 끝내보려고 했는데, 늦어져 버렸네요."

나는 손사래를 치며 얼른 대답했다.

"아니에요. 저도 방금 나온 걸요."

"아, 그렇구나. 저 혹시 실례가 안 된다면 나이를 여쭤도 될까요?"

"네, 전 올해로 스물다섯 살 됐어요. 그럼 루이 씨는?"

"저는 올해로 스물일곱 살이요. 어, 제가 두 살 더 많네요? 그럼 말 놓아도 될까요? 너무 급한가요?"

"아니요, 괜찮아요. 말 놓아요 우리."

"그럼 말 놓는다? 자, 우리 커피 어디서 마실까?"

그 말에 나는 약간의 어색함을 느꼈지만 이내 우리는 편한 사이가 되었다.

분위기 있는 카페에 들어가서, 커피를 못 마시는 나는 딸기 쿠키 프라페를 주문하고, 루이는 아이스 라떼를 주문했다. 이야기를 나누다 보니 우린 공통점이 많았다.

"라니, 넌 어쩌다가 우리 의상실에 지원하게 되었어?"

"아, 나도 디자이너님처럼 옷으로 사람들에게 기쁨을 주는 일을 하고 싶었거든. 그래서 지원하게 되었어. 사실 이쪽 분야에서 에일린 디자이너님을 가장 동경하기도 했고."

"그렇구나, 나도 비슷한 이유로 의상실에 지원하게 되었어. 난 어릴 때부터 옷 입는 걸 좋아했어. 연예인들의 옷 스타일들을 따라

해 보기도 하고, 유행하는 옷 스타일을 비슷하게 입고 다니기도 했었어. 주변에선 공부 말고 옷에 관심을 가지면 어떡하냐고 하는 사람들도 많았어. 그렇지만 난 옷에 대해서는 진심이거든. 그래서 대학에서 디자인을 전공하고 이렇게 의상실에 입사하게 되었지."

루이도 나랑 비슷한 경험을 했다는 것에 놀랐고, 나랑 관심사도 비슷해서 서로의 이야기에 공감을 잘 할 수 있었다. 서로의 이야기를 하며 더욱 친근감을 느꼈다.

프라페를 다 마셔 갈 때쯤 난 대화가 끝나는 것이 아쉬워 천천히 먹으려고 최선을 다했지만 결국 다 마시고 말았다. 루이는 내가 다 마신 걸 보곤 주변을 정리하기 시작했다. 그렇게 우린 카페에서 나와 집으로 향했다. 알고 보니 내가 사는 곳의 옆 동에 루이가 살고 있었다. 그래서 집에 가는 길에 많은 이야기를 나눌 수 있었다. 루이는 정말 다정하며 다른 사람의 이야기에 경청과 공감을 잘해 주었다. 그래서 나도 편안하게 나의 이야기를 할 수 있었다. 같은 회사에 이렇게 나와 잘 맞는 사람이 있다는 거에 너무나 큰 행복감을 느끼며 집으로 돌아왔다.

개운하게 씻고 나와서 가로등 불빛과 한적한 거리를 보니, 마음이 평온해지고 뭐든 잘할 수 있을 것 같은 예감이 샘솟았다. 기분 좋은 설렘으로 내일 입을 옷을 골랐다. 디자이너님의 비서가 되었기에 옷을 함부로 입으면 안 될 것 같은 느낌이 들었다. 그래서 무릎 조금 위까지 오는 검은색 치마와 주름이 예쁘게 잡힌 핑크빛이 약간 도는 블라우스를 입기로 했다. 가방은 금색 체인이 연결되어 있는 검정 크로스백을 선택했다. 예쁜 옷을 입을 기대에 빨리 내일이 왔으면 하는 마음으로 잠을 청했다.

난 그날 밤 너무나 설레어 잠을 이루지 못하였다.

2. 라니의 첫 비서일

다음 날 아침 나는 결국 늦게 일어났다.

헐레벌떡 옷을 주워 입고, 한 손에는 약간 탄 토스트에 대충 딸기잼을 바르고는 나머지 한 손으로는 팩에 들어있는 오렌지 주스를 들고 버스정류장으로 달려 나갔다. 버스를 놓치지 않기 위해 전속력으로 달려서 겨우겨우 버스를 타서 한숨을 돌렸다.

그러고는 잠시 잊고 있던 차갑게 식은 토스트를 먹으며 버스 창밖으로 보이는 모습을 멍하니 바라보았다. 토스트를 다 먹고, 오렌지주스를 마시며 나의 새 직장에 대해 생각했다. 그 순간 갑자기 뭔가 기분 좋은 예감이 샘솟았다. 버스에서 내려서 시계를 보니 시간이 넉넉하게 남아 있었다. 나는 아까 와는 다른 분위기로 여유롭게 거리를 거닐었다. 아까는 보이지 않던 핑크빛 나무들과 바쁘게 출근하는 사람들의 모습이 보였다. 은은히 나는 꽃내음이 나의 마음을 간질여 주었다. 마치 누군가를 짝사랑하는 마음처럼.

이런 생각들을 하며 걷는데 횡단보도를 기다리는 한 남자의 뒷모습이 뭔가 익숙했다. 곰곰이 생각해 보니 루이였다. 역시나 루이도 옷에 신경 쓴 것이 틀림없었다. 검정 바지 위에 흰 남방을 입은 뒤 검은색 재킷을 걸치고 백 팩을 한쪽 어깨에 메고 있었다. 나는 반갑게 루이에게 인사를 하며 뛰어갔다. 구두 때문에 빨리 뛰어가지는 못했다. 루이는 내 목소리를 듣고는 손을 흔들었다. 난 루이의 옆으로 가서 가쁜 숨을 내쉬며 말을 걸었다.

"헉헉 안녕, 일찍 나왔네!"

"어, 내가 워낙 아침잠이 없어서."

"우와, 부럽다. 난 아침잠이 엄청 많아서 지각할 뻔한 적이 한두 번이 아닌데."

"그래도 오늘은 지각 안 하겠다. 오! 너 치마 잘 어울린다. 블라우스도 이쁜데!"

"오, 눈썰미 좋은 걸? 신경 좀 썼지. 오늘 첫날이라 예쁘게 입었어. 너도 재킷 잘 어울린다. 하긴 네 얼굴에 안 어울리는 옷이 있을 리가."

루이가 너무 잘생긴 나머지 나도 모르게 얼굴에 대해 말해 버렸다. 하지만 루이는 크게 신경 쓰지 않는 것 같았다. 얼굴에 대한 말을 많이 들어서 그런 걸까. 기분 탓인지 루이의 얼굴이 붉어진 것 같기도 하다. 함께 수다를 떨다 보니 회사에 금방 도착했다. 루이는 3층으로 갔고, 나는 디자이너님의 사무실로 곧장 올라갔다.

사무실에는 아무도 없었다. 나는 사무실에 있는 소파에 앉아서 디자이너님을 기다렸다. 5분 정도 지난 뒤 디자이너님이 들어오셨다.

"어머, 라니 씨가 오실 시간이란 걸 깜빡했네요. 오늘부터 저의 비서 일을 시작할 거예요. 뭐든 할 마음의 준비는 하시고 오셨나요?"

"그럼요! 뭐든 할 수 있습니다."

"그 태도가 아주 마음에 드는군요. 일단 오늘은 첫날이니 오늘 스케줄은 제가 알려드릴게요. 내일부터는 라니 씨가 하셔야 해요. 일단 옷 제작실에 가셔서 옷이 잘 만들어지고 있는지 봐 주시고, 샘플을 가지고 와 주세요. 그리고 봄 컬렉션을 디자인해야 해서 그에 대한 회의도 잡혀 있고, 각 층에 옷 수량이 얼마나 남았는지도 좀 알아봐 주세요. 여기까지 하고 나면 점심시간일 거예요. 손님들은 1시부터 오시니깐 지금은 다들 청소를 하고 있으니 각층 청결 상태를 알려 주세요. 그럼 전 디자인실에 있을게요. 잘 부탁드려요."

"네, 감사합니다."

처음 맡아본 일에 두근거리는 가슴을 누르며 제작실로 갔다. 제작실은 너무나 조용해서 재봉틀 돌아가는 소리밖에 들리지 않았다. 나는 조심스레 들어갔다. 나는 디자이너님의 지시에 따라 잠시 확인하겠다는 허락을 맡고는 옷의 제작 과정을 보았다. 바늘 한 땀 한 땀 정성스레 바느질 하는 모습을 보다 보니 뭔가 독특한 점이 눈에 띄었다. 실과 바늘이 일반 것과는 달랐다. 바늘이 일반 것보다 훨씬 얇고 가늘었다. 그리고 실에 향이 있었다. 실의 색도 기존의 실보다 더욱 깊이가 있어 보였다. 나는 조심스레 물어보았다.

"저기, 혹시 샘플 완성된 것이 있나요?"

직원분이 건너편에 있는 문을 가리키며 말했다.

"저기로 가 보세요. 팀장님이 알려주실 거예요."

난 감사 인사를 한 뒤 건너편 문 쪽으로 갔다. 노크를 하고 조심스레 문을 열었다. 검정 스웨터와 바지를 입고 계신 여성분이 키보드를 두드리며 말했다.

"무슨 일이야?"

"저는 이번에 에일린 디자이너님의 비서가 된 라니입니다. 디자이너님께서 옷 샘플을 찾아오라고 하셔서요."

나의 말이 끝나자 키보드 소리가 멈추며 여성분이 일어나셨다.

"어머, 깜빡 하고 있었네! 아, 반가워요. 전 옷 제작실 팀장 신디예요. 잠시만 앉아 계세요. 금방 가지고 올게요. 혹시 빨리 가셔야 하나요?"

나는 손사래 치며 말했다.

"아니요, 시간 많아요."

"좋아요. 커피랑 홍차 중에 뭘 마시겠어요?"

"전 홍차로 마실게요."

신디는 홍차 티백을 꺼내어 뜨거운 물에 퐁당 담근 뒤 내게 건넸다. 나는 후후 불며 조심조심 마셨다. 내게 홍차를 타준 뒤 신디는 어디론가 나갔다. 홍차가 조금 식어서 꿀꺽꿀꺽 삼킬 수 있게 되었을 때쯤 신디가 마네킹을 끌며 들어왔다.

"오래 기다리셨죠? 죄송해요. 수정할 것이 계속 눈에 들어오는 바람에 늦었네요. 이 마네킹을 들고 가는 게 옷 보존이 잘 돼서 수고 좀 해주시겠어요?"

"그럼요! 당연히 해야죠."

난 홍차를 단숨에 들이키고는 마네킹을 끌고 힘겹게 옷 제작실을 빠져나왔다. 엘리베이터를 타려고 할 때 익숙한 목소리가 들렸다.

"어, 라니야!"

"엥? 루이잖아? 네가 웬일이야?"

"아, 디자이너님이 부르셔서 가는 길이었어. 얼른 타. 같이 가자."

나는 낑낑대며 마네킹을 엘리베이터에 태웠다. 디자이너님 사무실에 들어가니 디자이너님이 기다렸단 듯이 우리를 보며 말했다.

"둘 다 잘 왔어요. 루이가 라니를 데리고 우리 의상실을 보여 줬으면 좋겠어요. 같이 옷 수량도 좀 체크해 주시고요. 그리고 라니 씨, 수고했어요. 마네킹은 그냥 그곳에 두세요."

나는 체크리스트와 볼펜을 챙겨서 인사를 하고 루이와 함께 1층으로 향했다. 루이와 같이 있을 수 있어서 한결 마음이 편했다. 일단 클라라 언니에게로 갔다. 클라라 언니는 1층 프런트를 정리하고 있었다.

"클라라 언니, 저 왔어요."

"오, 라니 왔구나? 루이도 왔네?"

"네, 누나 옷 수량 얼마 정도 남았는지 알 수 있을까요? 디자이너님이 부탁하셔서요."

"아, 알았어. 잠시만 기다려 봐. 시간이 조금 걸릴 것 같은데, 둘이 1층 구경 좀 하고 있을래? 루이는 알아도 라니는 모르잖아."

"네, 그렇게 할게요. 라니야, 가자."

"어? 알았어. 언니, 구경하다가 올게요."

"그래, 구경 잘 하고 와. 둘이 참 잘 어울리네. 한참 좋을 때지. 디자이너님 센스하곤 참. 호호호."

그렇게 나는 루이와 1층을 구경하게 되었다.

"우리 어디부터 둘러볼 거야?"

"음. 넌 새로 왔으니 이번 신상을 모를 테니까 신상 코너에 가보자."

"좋아! Let's go!"

손님들이 오는 시간이 아니어서 신상 코너도 조용했다. 루이는 신상 코너에 대해 설명하기 시작했다.

"신상 코너에서는 에일린 디자이너님의 옷이 아닌 다른 디자이너님의 신상 옷을 따로 빼 놓았어. 에일린 디자이너님의 신상은 각 층의 스페셜 공간에 있지. 남성 옷 층에 갈 때 내가 보여줄게. 거긴 그 층 직원이 있어야 들어갈 수 있거든."

"그렇구나, 얼른 보고 싶은걸."

"맞다! 너 혹시 옷 살 일 있어?"

"음. 사면 좋지. 근데 왜?"

"여긴 신상 코너니까 새 옷들만 나와 있는데, 직원들의 특권으로 먼저 살 수 있어. 근데 시즌마다 두 번만 살 수 있는 것은 알아둬."

"오, 그런 특권이 있었으면 진즉에 말하지 그랬어. 지금 골라야겠다!"

나는 신상 코너를 여기저기 돌아다니면서 옷을 골랐다. 루이는 내게 어울리는 옷들을 이것저것 골라서 추천도 해 주었다. 루이가 추천해 준 것 중 가장 내게 잘 어울리는 것으로 골랐다. 즐겁게 옷을 고른 뒤 다시 클라라 언니에게 갔다.

"언니, 저희 왔어요."

"오, 딱 마침 잘 왔어. 방금 막 끝났거든. 어? 그 옷 사려고?"

"네, 루이가 잘 어울린다고 해서요."

"루이가 눈썰미가 좋은 걸? 잘 어울려!"

"우왕 감사해요! 저 이거 사도 되죠?"

"당연하지. 여기 이건 옷 수량 정리한 거야. 그리고 처음 왔으니까 특별히 우리 의상실 대표 향수를 미니로 만든 사은품이 있는데 하나 선물로 줄게."

"정말요? 감사합니다!"

나는 감사 인사를 하고 2층으로 올라갔다. 2층으로 올라가니 조니가 우리를 보곤 달려왔다. 조니가 내 손을 잡고는 흔들며 인사했다.

"라니, 굿모닝! 오, 루이도 왔네. 무슨 일이니?"

"하하, 디자이너님이 옷 수량 알아오라고 하셔서요."

루이가 조니의 손에서 내 손을 빼내며 말했다.

"흠... 루이, 너?"

"어흠, 얼른 옷 수량 알려 주시죠."

"알겠다, 알겠어. 기다려 봐. 라니도 잠시 기다려줘."

"네, 천천히 하세요."

루이는 조니가 가자마자 내게 말했다.

"혹시 기분 나빴어?"

"응? 뭐가?"

"내가 조니 매니저님한테서 네 손 빼냈잖아. 기분 나빴다면 진짜 미안해."

"아니야, 괜찮아. 근데 손은 왜 빼낸 거야?"

"아, 그게, 말 못 하겠어."

"음. 그래. 얘기하고 싶을 때 말해 줘."

"어, 알았어."

루이의 대답이 끝날 때 조니가 왔다.

"자, 여기 있어. 디자이너님께 잘 보고해 줘!"

"네, 그럼 이만 가 볼게요."

우린 다시 3층으로 올라갔다.

"라니야, 3층에서는 스페셜 공간에 가 볼 수 있으니 기대해도 좋아."

"그래, 기대할게."

무스탕 매니저님께서는 미리 정리해 놓으셔서 금방 받아서 왔다. 얼른 챙겨서 스페셜 공간으로 갔다. 루이가 스페셜 공간으로 들어갈 때 루이의 이름이 새겨진 손바닥만 한 카드를 찍자 문이 열렸다.

"라니야, 얼른 들어 와. 여기가 스페셜 공간이야."

"와, 여기 뭐지?"

나는 감탄을 금치 못했다. 밖에 있던 옷들과는 다른 옷들이 마네킹에 입혀져 있었다. 나는 루이가 준 장갑을 끼고 조심스레 옷을 만졌다. 촉감이 보들보들하고, 단추는 금빛으로 반짝이며, 마감 처리는 자연스럽게 잘 되어 있었다. 어떤 사람이 입더라도 잘 어울릴 것 같았다. 그런데 옷에 특별한 점이 있었다. 옷에 은은한 향이 돌았다. 향수를 뿌려서 금방 날아가는 향이 아닌 진짜 옷에서 나는 향이 정말 매력적이었다. 너무 오래 있을 수는 없어서 아쉬운 마음을 뒤로 하고 나왔다. 루이가 내가 옷을 하나하나 느낄 동안 가만히 있어 준 것이 너무 고마웠다.

"루이, 나한테 옷들 보여 줘서 고마워."

"뭘, 네가 좋아하니 나도 기뻐."

4층에는 제니퍼님은 없고, 직원분은 전해주고는 서둘러 갔다. 우리는 4층은 구경하지 않고 바로 디자이너님께 갔다.

"디자이너님, 저희 왔어요."

"오, 그래 수고했어요. 루이는 이제 이만 가시고 라니는 이리로 와 보세요."

루이는 내게 손 인사를 하고는 갔다. 나는 디자이너님에게 다가갔다.

"뭐 더 시키실 거라도 있으신가요?"

디자이너님은 고개를 절레절레 저으시며 말씀하셨다.

"우리 의상실에서는 특별한 손님을 모시는데, 그분이 내일 오실 것 같군요. 그래서 라니 씨가 저와 손님맞이를 했으면 좋겠는데 라니 씨는 어떤가요?"

"저는 영광이죠. 할게요. 그런데 특별한 손님은 누군가요?"

"아하, 그걸 알 수도 있고, 모를 수도 있어요. 우리는 달마다 한 명의 외부 손님을 받아요. 행운이 따른 분만 우리 의상실에 오실 수 있죠. 수선을 맡길 때도 있고, 옷을 사 가시는 분도 있지만 거의 대부분 제게 수선을 맡겨요. 그러나 아무도 어떤 손님이 올지 몰라요. 그래서 제가 딱 어떤 분이 올 거라고 말씀드리기 힘들어요. 내일까지 기다리실 수 있지요?"

"그럼요, 그런 이유였다면 정말 기다려지는데요?"

"하하, 기대해도 좋을 거예요. 그럼 이제 그만 퇴근하셔도 좋을 것 같네요. 참, 루이 군하고 친해 보이던데, 원래 아는 사이였나요?"

"아니요, 첫날 이야기를 나눴었는데 마음도 잘 맞고 집도 근처에 살아서 친해졌어요. 겨우 하루밖에 안 됐는데 루이뿐만 아니라 모두와 예전부터 알던 사이가 된 것 같아요."

"아, 내가 말을 해 주지 않았군요. 제가 첫날 건넸던 초콜릿 쿠키를 기억하시나요?"

"그럼요, 그 쿠키가 너무 맛있어서 기억이 나요. 근데 그 쿠키와 친근감을 느끼는 것이 관련이 있나요?"

"제가 드린 그 쿠키에는 친근감 용액을 넣어 만들었기 때문에 그런 느낌이 들 수 있는 것이에요. 혹시 친근감 용액에 대해 모르시나요?"

나는 면접을 보기 위해 읽었던 '에일린 의상실에 대한 모든 것'이라는 책을 내용을 떠올려 보았다. 에일린 의상실에서는 사람들이 느끼는 감정들을 모아서 용액으로 압축시키는데, 이 기술 덕분에 에일린 의상실의 실과 옷의 원단들은 다른 의상실과 차이를 만들어 낸다고 쓰여 있었다. 난 이 내용을 떠올리며 대답했다.

"아, 알고 있어요. 감정들을 용액으로 압축시켜서 실과 원단을 만들 때 쓰잖아요. 그런데 이 용액을 식용으로도 쓰는지 몰랐어요!"

"그건 남은 용액들을 식용으로 쓰도록 가공시켜서 음식에 넣기 때문에 인체에 해롭지 않아요. 그리고 이건 제가 가지고 있는 것이기 때문에 몸에 이상이 없도록 일정량만 쓰고 있으니 걱정하지 않으셔도 돼요. 근데 지금 몇 시죠?"

"지금 12시 4분이에요. 참, 회의 가셔야죠."

"깜박하고 있었네요. 얼른 회의실로 가죠."

그렇게 디자이너님과 나는 회의실로 향했다.

회의실에는 각층 매니저님들이 앉아 계셨다. 오늘의 회의 주제는 봄 컬렉션의 모토를 정하는 자리였다. 알아보니 작년에는 벚꽃으로 했다고 하는데 이번에는 어떤 것을 할지 궁금했다.

에일린 디자이너님이 제일 먼저 입을 여셨다.

"모두들 아시다시피 이번 컬렉션을 정하기 위해 모였습니다. 각자 어떤 아이디어를 가지고 있는지 말씀해 주세요."

가장 먼저 2층의 매니저인 조니가 긴 머플러를 휘날리며 준비해

온 자료를 띄웠다.

"저는 학교생활을 모티브로 가지고 왔어요. 봄 하면 새 학기가 아니겠습니까? 학교 하면 선생님들의 패션이 있을 것이고, 교복도 있으니 그런 것을 모티브로 해서 옷을 디자인하면 정말 재밌을 것 같아요."

조니의 신박한 주제에 나는 감탄했다. 학창 시절 입기 싫었던 교복이 어른이 되어 보니 다시 입어보고 싶다는 마음이 들었기 때문에 조니의 의견이 더욱 마음에 들었다.

조니의 말이 끝나고, 무스탕이 이어서 말했다.

"저는 개나리를 모티브로 가지고 왔습니다. 노란 개나리에 중점을 두어 꽃의 화사함을 강조하는 것입니다. 저번 컬렉션이 끝나고 꽃을 주제로 한 옷이 봄에는 더욱 잘 팔린다는 결과도 있으니 개나리가 그러한 조건에 딱 떨어진다고 생각합니다."

무스탕은 간결하고 정확하게 자신의 의견을 말하고는 자리로 돌아갔다. 무스탕의 말대로 저번 벚꽃 컬렉션 뒤로 꽃이 그려진 옷들에 관심을 많이 가진 것은 사실이다. 벚꽃 옷이 인기를 끌자 다른 의상실에서도 하나둘씩 따라 하는 바람에 너도 나도 벚꽃 옷을 입고 다녔다. 그것이 유행이 됐던 것이다. 이런 말을 들으니 개나리를 모티브로 하는 것도 괜찮을 것 같았다.

클라라는 연인들의 커플룩을 제안했고, 제니퍼님은 새 생명이 태어나는 모습을 주제로 제안했다. 나는 눈치를 보다가 입을 열었다.

"여러분의 의견들 모두 멋지고도 완벽해요. 그러나 어쨌든 주제는 하나로 해야 하니 정하기는 해야 할 텐데. 고민이 많이 되는군요."

디자이너님이 고민에 잠긴 표정을 하자 매니저님들도 모두 생각에 잠겼다. 순간 나는 좋은 생각이 나서 조심스레 입을 열었다.

"저, 제게 좋은 아이디어가 있는데 한번 들어봐 주실래요?"

내 말에 에일린 디자이너님이 관심을 보이며 말해보라고 했다.

"비슷한 주제끼리 모아서 컬렉션을 만들면 어떨까요?"

무스탕 매니저님이 나를 쳐다보며 되물었다.

"예를 들어 어떤 것을 말하는 거죠?"

"아, 예를 들어 무스탕 매니저님의 아이디어와 제니퍼님의 아이디어가 비슷하니까 개나리가 탄생하는 것을 주제로 하면 어떨까요? 조니 매니저님의 학교생활을 학생들의 커플룩으로 합치는 것이죠. 이렇게 하면 바빠지긴 하겠지만 모두 할 수 있을 것 같아요."

나의 말이 끝나자 에일린 디자이너님이 일어나서 말했다.

"오, 라니! 어쩜 그렇게 좋은 생각을 할 수 있죠? 아, 난 왜 그런 생각을 하지 못했을까요? 정말 좋은 생각이에요. 조금씩 수정만 한다면 멋진 컬렉션이 될 거예요. 모두 동의하나요?"

클라라가 기뻐하며 말했다.

"그럼요. 이때까지 한 번도 참여하지 못해서 이번에도 글렀다고 생각하고 있었는데, 참여할 수 있게 되어서 행복해요!"

조니도 기뻐하긴 마찬가지였다.

"오… 라니, 자기 너무 좋은 생각인 걸! 어쩜 나의 아이디어가 더욱 빛나게 된 것 같아! 아~주 마음에 들어."

조니의 말투가 처음에는 어색했는데, 점점 들을수록 매력적인 목소리인 것 같다. 조니에게 칭찬을 받으니 더욱 그런 것 같다. 무스탕님은 가만히 고개를 끄덕이셨고, 제니퍼님은 활짝 웃고 계셨다. 제니퍼님이 웃으시는 모습을 처음 보았는데 아주 아름다우셨다. 에일린 디자이너님은 미소를 머금고는 말씀하셨다.

"여러분 모두 동의를 하시는 것 같으니 라니 비서님 말대로 한번 해 보도록 할게요. 모두 열심히 해 주시길 바라고 저 또한 열심히 하겠습니다. 그럼 오늘 회의는 여기까지 할 것이고, 같이 콜라보를 하시는 매니저님들은 어떻게 할지 정하셔서 저에게 보고해 주세요. 그럼 여기까지 회의를 마치겠습니다. 수고하셨습니다."

매니저님들은 서둘러 콘셉트를 짜러 하나둘씩 떠나시고, 나와 에일린 디자이너님 단 둘만 남았다. 에일린 디자이너님은 나에게 따라오라는 손짓을 하셨다. 나는 얼른 뒤따라갔다. 디자이너님은 회의실 옆에 있는 디자인실에 나를 데리고 갔다. 엄청 많은 원단들과 좋은 향기들이 뒤섞인 냄새가 났다. 숲속에 온 듯한 향기도 나면서 꽃밭에 온 듯한 향과 달콤한 과일 향도 나는 것 같았다. 에일린 디자이너님은 가만히 향을 맡는 나의 모습을 바라보고 계셨다. 나는 숨죽이며 입을 열었다.

"저를 이곳에 데려온 이유가 있으신가요?"

"라니 씨에게 보답을 하기 위해서예요. 이 디자인실은 저만 쓰는 곳인데 특별히 라니 씨에게 소개를 해 주었어요. 라니 씨라면 이 공간을 좋아할 것 같아서요. 라니 씨가 원한다면 언제든지 와서 원하는 물건을 만들어 보아도 좋아요."

"정말요? 하지만 이곳에서 제가 만들다가 원단을 너무 많이 써서 의상실에 피해가 가면 어떡하죠?"

에일린 디자이너님은 조용히 말씀하셨다.

"저는 라니 씨를 믿어요. 라니 씨의 이러한 걱정부터가 믿음이 가는 요소가 돼요. 그리고 라니 씨가 원하는 물건이 무엇인지는 모르겠지만 그 정도는 부담할 수 있으니 걱정할 필요 하나 없어요."

"저를 이렇게 믿어주시니 그저 감사할 따름이에요. 디자이너님의 기대의 부응할 수 있도록 노력할게요.

"감사해요. 그럼 퇴근하시죠! 루이랑 같이 가실 건가요? 루이에게 라니 씨랑 같이 가라고 전해드릴게요."

"그럼 저는 감사하죠. 루이랑 같이 가려고 했었거든요."

"좋아요, 먼저 내려가 있으면 루이도 내려갈 거예요."

"네, 그럼 내일 뵙겠습니다."

나는 디자이너님께 인사를 드리고는 1층으로 내려와서 루이를 기다렸다. 거울을 보며 머리를 정돈하고 살짝 구겨진 옷도 피면서 루이를 기다렸다. 기다려도 오지 않길래 나는 톡을 넣었다.

– 루이야, 왜 이렇게 안 와? 무슨 일 있어?

잠시 후 루이가 대답이 왔다.

– 미안, 금방 갈게. 조금만 기다려.

나는 루이의 답장을 보고, 또다시 기다리기 시작했다.

2분 뒤 저 멀리서 루이가 뛰어오는 것이 보였다. 나는 루이에게로 걸어갔다. 루이는 헉헉거리며 말했다.

"미안, 내가 계속 늦네. 저번에도 늦었는데 말이야. 진짜 미안해."

"아니야, 괜찮아. 근데 무슨 일 생겼어? 너 표정이 안 좋아."

"그, 그게 말이지."

"무슨 일이야? 빨리 말해 봐."

"휴, 알았어. 사실은 네가 콜라보를 제안했잖아."

"어? 맞아. 그런데 왜?"

"그것 때문에 조니 매니저님이랑 클라라 매니저님이 의견 충돌이 생기셔서 말리느라 늦었어. 크게 싸운 건 아니고, 살짝 말다툼이 생기셨어."

루이는 내 눈치를 보며 말했다. 나는 내 의견 때문에 이런 일이 생긴 것 같아 걱정되었다. 하지만 루이가 크게 싸운 것은 아니라고 하니 그 말을 믿기로 하였다. 루이가 내 얼굴을 슬쩍 보면서 말했다.

"너 혹시 저녁 같이 먹지 않을래?"

"그래, 그렇지 않아도 같이 먹자고 할 참이었어. 뭐 먹지?"

"음. 난 아무거나 괜찮긴 한데, 넌 어때?"

"나도 상관없어. 너만 괜찮으면 내가 자주 가는 냉면집이 있는데, 냉면 괜찮아?"

"그럼, 나 냉면 좋아해."

"좋아, 얼른 가자!"

루이가 흔쾌히 가겠다고 해서 우리는 냉면 집으로 향했다. 봄인데도 날씨가 조금 더웠다. 왜인지 모를 설렘과 흩날리는 벚꽃 잎을 구경하다 보니 냉면집에 도착해 있었다. 자리를 잡고 물냉면 두 개를 주문하고, 한숨을 돌리고 있었다. 그 때, 루이가 질문을 했다.

"라니야, 내가 저번부터 느꼈던 거지만 너는 유독 식물의 향이나 풍경에 감성적인 것 같아. 물론 자연이 황홀하긴 하지만, 다른 것에는 쉽게 감성적으로 변하지 않으면서 자연에 있어서는 쉽게 감성적으로 변하는 모습을 내가 종종 본 것 같아서 말이야."

"아, 그건 대답해 주기 쉬우면서도 어려운 질문인 걸. 그런데 내가 그러는 이유가 여러 개일 수 있겠지만 가장 큰 이유는 어릴 때부터 자연과 가까이했기 때문일 거야. 아파트에 살기는 했지만 산과 가까운 곳이었거든. 그래서 자연의 아름다움을 일찍 느껴서 자연에서 더욱 감성적으로 변하는 게 아닐까?"

"그렇구나. 나는 도시에만 살아서 그런 느낌을 받지 못해. 나중에 같이 자연 여행 가지 않을래?"

"오, 좋지! 너 차 있었어?"

"어. 잘 타지는 않아."

"그렇구나, 난 네가 면허증이 없는 줄 알았어."

이런 식으로 수다를 떨다 보니 냉면이 나왔다. 우리는 맛있게 냉면을 먹었다. 배가 불러서 그만 먹고 루이를 멍하니 쳐다보았다. 보고 있으니 새삼 루이가 잘생겼다는 것이 생각났다. 별로 할 줄 아는 것도 없고, 잘하는 것도 딱히 없는 나에게 이런 완벽한 친구가 생긴 것이 너무나 놀라웠다. 내가 너무 빤히 쳐다봤는지 루이가 젓가락을 놓으며 말했다.

"다 먹었어? 그만 갈까?"

"아, 어, 그래!"

순간 너무 민망하여 얼른 나왔다. 집에 가는 길에 온통 아까 그 생각뿐이었다. 어색한 정적을 깨고 내가 먼저 말을 꺼냈다.

"저기, 루이야."

"응, 왜?"

"아까 자연 여행 가자고 했었잖아."

"응. 불편하면 굳이 가지 않아도 돼."

"아, 아니 그게 아니라 이번 주말에 가는 게 어떤가 물어보려고."

"아, 나야 좋지! 그럼 내가 계획을 짜 볼게."

"그래 준다면 나야 고맙지. 나는 어떤 계획이든지 괜찮으니까 너무 부담 갖지는 마."

"그래, 알았어. 고마워."

여행에 대해 이야기하다 보니 집에 다 와서 우리는 각자의 집으로 돌아갔다. 나는 얼른 씻고는 내일 출근을 위해 침대에 누웠다.

나는 자기 전 오늘 있었던 일을 되돌아보는 습관이 있는데 오늘 일들을 다시 회상해 보았다. 오늘의 일을 곱씹으며 나는 잠자리에 들었다.

3. 설레는 여행

순식간에 일주일이 지나 드디어 여행 전날인 금요일이 되었다. 의상실의 일을 일사천리로 진행되는 중이다. 의견 충돌이 있던 조니와 클라라도 합을 맞추어서 잘 진행하고 있고, 비서 일도 성실하게 해 나가고 있다.

그때 오기로 했던 외부 손님은 오지 않았다. 나중에 시간이 된다면 그 이야기도 해 주도록 하겠다.

그리고 저번에 에일린 디자이너님께서 허락하신 디자인 방에서 나는 원피스를 제작하고 있다. 여행을 갈 때 내가 직접 만든 원피스를 입고 가고 싶어서 만들기 시작했다. 만드는 것은 어렵지 않았다. 원래 짜여 있는 틀을 빌려서 내가 원단만 골라 꾸미는 되는 것이었다. 나는 봄의 날씨와 어울리는 분홍빛 부드럽고 시원한 원단에 촌스럽지 않은 꽃무늬가 그려진 원피스를 제작하고 있다. 에일린 디자이너님의 도움을 받아 더욱 세련된 원피스를 제작할 수 있었다. 디자이너님이 나의 여행 이야기를 들으시곤 그곳에서 많은 것을 느끼고 돌아와서 자신이 옷을 만드는 데에 영감을 받게 해 달라고 부탁하셨다. 나는 풍경 사진을 많이 찍어오기로 약속을 하고는 퇴근을 했다.

집으로 돌아와서 여행을 갈 채비를 했다. 하루만 갈 거라 옷은 두 벌만 챙겼다. 바다에 갔을 때 입을 짧은 청바지와 노란색 크롭 티, 꽃구경 갈 때 입을 내가 만든 원피스를 챙겼다. 여행 갈 생각에 설레는 마음을 고이 접어 두곤 얼른 잠자리에 들었다.

여행 당일이 되었다. 아침 일찍 일어나 샤워를 한 뒤 과하지 않고 예쁜 화장을 했다. 내가 직접 만든 원피스를 입어 보았다. 거울로 요리조리 살펴보고 한번 빙그르르 돌아보며 나는 흡족한 표정을 지어 보았다. 미소도 한 번 지어 보고 어울리는 가방과 신발도 골랐다. 하나하나씩 정리해 보고 잘 챙겼는지 모두 확인한 뒤에야 나는 집을 나섰다.

내가 내려가 보니 루이는 이미 나를 기다리고 있었다. 루이는 나를 보자마자 얼른 짐을 트렁크에 넣고는 차 문을 열어 주었다. 나는 고맙다고 말하며 차에 탔다. 루이가 나를 위해 생과일주스를 준비해 주었다. 나는 루이가 준비해 준 생과일주스를 마시면서 대화를 시작했다.

"어머, 루이! 고마워. 내가 생과일주스를 엄청 좋아해서 아침마다 생과일주스를 꼭 챙겨 먹거든."

"하하, 난 이미 알고 있었어. 에일린 디자이너님이 미리 귀띔을 해 주시더라고."

"아 그렇구나. 그래도 생각해 줘서 고마워. 그런데 우리 지금 어디부터가? 네가 바다에 갈 거래서 옷을 챙겨오긴 했지만 자세한 계획을 알려주지 않았잖아."

"우리는 가장 먼저 정원에 갈 거야. 우리나라에서 가장 유명하고 디자이너들이 많은 영감을 받기로 유명한 정원을 아니?"

"그럼! 정말 가고 싶었던 곳인데 잘 됐다. 그곳에 가면 자연과 가까워질 수 있어서 영감이 절로 튀어나온다고 하길래 정말 가고 싶었거든. 고마워 루이야."

"네가 좋아할 것 같았어. 네가 좋아하니 나도 기분이 좋다."

참고로 그 정원은 하루에 일곱 명만 받아서 경쟁률이 인기 아이돌 콘서트 티켓을 구하는 것보다 훨씬 높았다. 그래서 더더욱 루이에게 고마웠고, 설렜다.

"근데, 라니야"

"응, 왜?"

"너 그 옷 못 보던 옷인데 새로 샀어? 진짜 예쁘다."

"아, 이거? 내가 만든 거야."

나는 조금 민망했다.

"와! 정말? 너 소질이 있는 것 같은데. 나중에 내 것도 만들어 줄 수 있니? 네가 편한 걸로."

"그럼! 여행 다녀오고 나서 바로 만들어서 다음 주 중에 선물해 줄게. 네가 나를 위해 이렇게 여행 계획을 짜 주었으니 말이야."

"우와. 그럼 나야 정말 고맙지. 너무 기대되는걸! 하하하."

"그렇게 기대할 필욘 없어. 네가 입는 옷들은 내 디자인보다 훨씬 좋은 건데."

"아니야, 내가 봤을 때 너의 디자인이 더 세련돼 보여."

"하하, 고마워."

칭찬을 들으니 기분이 좋았다. 루이를 위해 무언가를 만들고 싶은 창작 욕구가 막 떠올랐다. 그래서 여행을 하면서 루이에게 무엇을 만들어 줄지 고민을 해 보기로 했다.

그렇게 대화를 나누다 보니 어느새 정원에 도착해 있었다. 콩닥대는 심장의 고동을 느끼며 루이와 정원으로 향했다. 가든의 입구에는 신비로움이 뿜어져 나오는 듯했다. 고혹적이면서도 상큼하고 반짝이는 여러 빛깔의 꽃들이 입구를 장식하고 있었다. 끝이 보이지 않을 만큼 널따란 정원을 보니 가슴이 벅차올랐다. 한 걸음 한 걸음 정원으로 들어갔다. 입구에 설치된 나무문에 티켓과 교환한 열쇠를 꽂고 돌려서 조심스레 문을 열었다.

문을 여는 순간 이루 말할 수 없는 광경이 눈앞에 펼쳐졌다. 이곳의 꽃들은 사람의 발길이 거의 닿지 않는 곳이라서 그런지 꽃들이 아주 싱싱했다. 말 그대로 무지개에서 색을 따온 것이라 해도 믿을 만큼 색이 뚜렷하고 부드러웠다. 정말 자연 그대로의 색이었다. 물론 꽃의 모양도 독특했다. 잎들의 모양도 다 제각각이었다. 하트 모양은 기본이고 별 모양, 정사각형 모양, 정 삼각형 모양 등 여러 평면 도형 모양이 나타나는 꽃들도 있었고, 심지어는 귀여운 캐릭터 모양이 그려진 꽃들도 있었다. 또한 꽃들의 향도 아주 환상적이었다. 바람이 살랑살랑 불어올 때마다 꽃들이 이리저리 고개를 끄덕였다. 향기는 처음에는 강렬하게 오다가 점점 갈수록 달콤하고 향긋한 향기가 연해지면서 은은하니 정말 매일 향수로 쓰고 싶을 만큼 매력적인 향기가 났다.

그곳을 온몸으로 받아들이고 느끼면서 걷다 보니 흔들의자가 보였다. 나와 루이는 그곳에 앉아서 지친 다리를 쉬었다. 나는 눈을 감고 이 자연을 마음속에 담으려고 노력했다. 이 바람의 방향, 꽃들끼리 부딪히면서 내는 귀여운 소리, 바람을 따라 나의 콧속으로 들어오는 향긋하고도 달콤한 향기까지 가슴 속에 담으려고 노력했다. 숨을 깊게 들이 마시고 내쉬는 것을 세 번 반복하고 나서 나는 눈을 조심스레 떴다. 그리곤 루이를 바라보며 말했다.

"고마워. 기다려 줘서."

"네가 마음껏 느끼게 해 주고 싶었어. 그리고 나 또한 느끼고 있었고 말이야."

"루이야."

"응. 왜?"

"나를 이곳에 데리고 와 주어서 너무 고마워. 내 인생의 최고의 경험인 것 같아."

"네가 진심으로 자연과 교감하는 모습을 보니 나도 기뻐."

"저, 나 혼자만 조금만 걷고 와도 될까?"

"그래. 나는 먼저 가 있을게."

"응 고마워. 조금만 있다가 갈게."

나는 루이와 점점 멀어져 갔다. 루이가 없이 오롯이 나 혼자 있고 싶었다. 아무런 방해도 받지 않고. 귀에 에어팟을 끼고 잔잔한 발라드를 튼 다음 천천히 그 길을 걸었다. 나는 이렇게 감성에 젖어서 걷거나 생각하는 것을 좋아하는데 누군가 옆에 있으면 감성에 젖기 힘들기 때문에 루이를 보낸 것이다. 나는 터벅터벅 걸으며 숨을 깊게 들이마셨다 내쉬는 것을 반복했다. 새로운 풍경들 덕분인지 너무 설렜다. 나는 걷다가 멈춰 서서 마지막으로 풍경을 내 눈에 담고는 아쉽지만 발길을 돌렸다.

다시 차로 돌아와서 우린 바다로 향했다. 루이는 신이 난 표정으로 나에게 물었다.

"라니야, 우리가 지금 어떤 바다를 가는지 아니?"

"아니. 어딘데?"

"우리나라에서 가장 유명한 해변을 가는 거야!"

"정말? 너 엄청 노력했구나! 고마워!"

그 해변의 모래는 엄청 고와서 세계 1등에 버금갈 만큼이고, 바다는 매우 푸르러서 보기만 해도 가슴이 뻥 뚫리는 기분을 느낄 수 있다. 그래서 우리나라에서 최고의 관광지로 손꼽히는 해변 중 한 곳이다.

해변에 도착해서 우리는 바다에 들어갈 수 있는 옷으로 갈아입었다. 내가 준비한 짧은 청반바지를 입고 노란색의 크롭 티를 입으니 뻔뻔하지만 내가 보기에도 예뻤다. 길게 내려온 머리카락을 높게 하나로 묶고는 나는 바닷가로 향했다.

바다에 오면 역시 바닷소리를 들어주는 것이 예의가 아니겠는가! 루이가 나오지 않기에 해변에 앉아서 바닷소리를 감상했다. 규칙적으로 들리는 파도 소리가 마음을 편하게 만들어 주었다.

파도 소리를 듣고 있는데 누군가가 나의 어깨를 톡톡 쳤다. 루이였다.

"라니야, 물장구 쳐 보지 않을래?"

"그래!"

우린 바다로 향했다. 시원한 바닷물이 발을 스치자 온몸에 차가운 기운이 감돌다가 따뜻한 기운이 다시 느껴졌다. 느낌이 새로웠다. 나는 너무 신난 나머지 바다에 몸을 맡겨 버렸다. 물 위에 둥둥 떠서 물을 온전히 느꼈다.

처음에는 차갑던 물도 점점 따뜻해졌다. 내가 움직일 때마다 찰방찰방 소리가 나서 기분이 좋아졌다. 루이는 어느새 스노클링 장비를 가져와서는 나에게 건넸다.

"바닷속을 한번 들여다 봐봐. 아주 멋져."

나는 루이의 말을 듣고 얼른 스노클링 장비를 착용하고는 바닷속을 들여다보았다.

"와……."

더 이상 말이 나오지 않았다. 바닷속은 그야말로 장관이고 절경이었다. 알록달록 화려한 색의 산호초들부터 오색 빛깔의 여러 종류의 물고기들, 유유히 헤엄치는 거북이들까지 아주 환상적이었다.

나는 숨이 차 바다 위로 가서 다시 숨을 쉬고 호흡을 가다듬고는 루이를 찾았다.

루이가 갑자기 수면 위로 벌떡 올라와서 나는 너무 놀랐다.

"놀랐잖아!"

"후후 미안. 놀래켜 주고 싶었어. 너 수영을 잘하는구나?"

"오, 고마워. 내가 어렸을 때 물놀이를 많이 했더니 자연스레 익혀지더라고. 고급 스킬들은 모르지만 생존 수영은 할 수 있어."

"그렇구나. 나도 도시에서 살지 않았으면 멋진 자연 풍경을 더욱 많이 볼 수 있었을 텐데, 아쉽다."

"걱정 마. 지금부터라도 우리 같이 여행을 다녀보자. 우리가 일하는 데도 도움이 될 거야."

"그래! 벌써부터 다음 여행이 기대되는 것 같아!"

나와 루이는 다음 여행을 기약하며 물속을 조금 더 구경하다가 집으로 돌아왔다.

집으로 돌아오는 길에 첫 여행을 기념하고 싶어서 기념품점에 들어갔다. 그곳에는 여러 용품들이 있었지만 내 눈에는 딱 한 개만 보였다. 바로 꽃밭의 꽃향기를 담은 향수였다. 나는 그것이 너무나 마음에 들어서 샀고, 해변에서는 해변의 모래를 조그만 유리병에 담았고 바닷물도 조금 담았다. 의미 있는 것들을 가질 수 있어서 좋았고, 무엇보다도 그 꽃향기가 나는 향수의 향기를 맡을 때마다 가슴이 두근거렸다. 그 향수는 여러 개를 사서 의상실 직원들에게 선물해 주기로 했다.

집으로 돌아와 침대에 누워 가만히 오늘의 여행을 되새기며 하루를 마무리했다.

4. 의상실 대성황의 날

봄 컬렉션 준비는 거의 완성되어 가고 있다. 매니저님들과 디자이너님만이 자신의 의상을 볼 수 있기 때문에 나는 볼 수는 없지만 디자이너님이 거의 완성되어가고 있다고 하셨기에 나는 얼른 그 옷을 보고 싶어서 무척이나 설렜다. 과연 어떤 디자인이 나올지 예상이 되지 않는 만큼 나의 기대치는 점점 높아졌다.

나의 인내심이 한계를 넘어섰을 때 완성된 옷을 볼 수 있게 되었다. 컬렉션을 발표하기 전날에 직원 모두가 모여서 의상을 구경하는데, 나는 내 눈으로 의상을 보고도 믿을 수가 없었다. 난 아름다운 의상들에 마음을 빼앗겼다. 가장 의견 충돌이 잦았던 조니 매니저님과 클라라 매니저님의 옷은 그간의 노력이 있었던 만큼 완벽했다. 내가 학교를 졸업한 지 7년 정도 지났지만, 다시 그때의 감정이 되살아날 만큼 완벽했다.

남자의 옷은 다리 라인을 따라 곧게 내려오는 부드러운 촉감인 바지에 은은하게 노란빛이 띠는 흰 남방과 조그맣게 스마일 모양이 그려진 베이지색 니트 조끼까지, 물구나무서기를 하고 보아도 남자 친구 룩인 옷이 완성되었다. 여자의 의상도 정말 여자 친구 룩 그 자체였다. 커플룩이니 만큼 니트 조끼와 남방은 같았다. 하지만 여자는 치마였다. 치마는 베이지색이고, 주름이 잡혀서 귀여운 느낌을 주었다. 그리고 남녀가 베이지색 베레모를 쓰는데 그 베레모 또한 깔끔하게 마감이 되어서 고급스러우면서도 학생의 느낌이 났다. 언뜻 보면 다른 의상실에서 파는 것과 다를 것이 없어 보이지만, 자세히 보면 마감 처리도 고급스럽고 원단도 훨씬 좋아서 높은 수준을 보여주고, 에일린 의상실의 마크가 찍혀 있기 때문에 그 옷의 가치는 더욱 높았다. 나는 그저 감탄만 하고 있었다.

무스탕 매니저님과 제니퍼님은 여성 옷 두 개를 디자인했는데 한 개는 검은색 바탕에 노란 개나리가 그려져 있는 원피스였고, 남은 한 개는 파란색 바탕에 노란 개나리가 그려져 있는 원피스였다. 자칫 잘못하면 촌스러워질 수 있는 꽃이 그려진 옷도 세련되게 만들어졌다. 마지막으로 디자이너님의 옷은 드레스였는데 가슴팍 부분에는 흰색이고 점점 아래로 내려갈수록 핑크빛으로 변하면서 드레스 끝자락 부분으로 갈수록 보랏빛이 나는 그러데이션이 완벽한 드레스였다.

모든 옷들은 정말 환상적이었다. 디자이너님이 입을 여셨다.

"여러분, 이렇게 저희의 옷이 완성되었습니다. 내일은 매우 정신이 없을 테니 오늘은 일찍 퇴근하시고 내일 파이팅해 봅시다. 자 그럼 내일 봅시다."

나는 집으로 가면서 에어팟을 끼고 신나는 노래를 들으며 내일 소개할 옷을 생각해 보았다. 놀랄 손님들과 기자들이 잔뜩 모여 카메라 플래시를 터트릴 생각하니 정말 기대가 되었다. 의상실의 모습을 생각하며 하루를 마무리했다.

다음 날, 내가 예상했던 대로 의상실은 발 디딜 틈이 없었다. 이른 아침부터 의상실의 옷을 사기 위해 몰린 사람들로 나와 루이와 각층의 직원들은 진땀을 흘렸다. 매니저님들과 디자이너님은 익숙하다는 듯이 창문 밖으로 가만히 손님들을 지켜보고 계셨다. 마침내 디자이너님이 우리 의상실의 문을 활짝 열며 소리치셨다.

"이번 봄 컬렉션을 소개합니다."

손님들은 너도나도 먼저 들어가려고 아우성을 쳤다. 직원들은 차례대로 들어오시게 하려고 손님들을 막으며 소리를 쳤다.

"여러분! 순서를 지키세요!"

겨우겨우 손님들은 진정시키고 난 뒤 손님들을 입장시켰다. 고등학생이나 대학생들은 남자 친구&여자 친구 룩을 많이 샀고, 중년의 여성분들은 개나리 룩을 많이 샀고, 결혼을 앞두거나 드레스를 입을 일이 많은 사람들은 디자이너님의 옷을 샀다. 디자이너님의 옷은 너무나도 희귀하여 딱 일곱 명만이 살 수 있었다. 디자이너님을 옷을 사는 사람들은 정말 필요하고 의미 있게 입고 다닐 수 있는 사람들이 선택을 받았다.

그렇게 정신 없는 시간이 지나가고 봄 컬렉션이 끝났다. 나는 사람들의 반응을 보려고 폰으로 서치를 해 보았다. 사람들의 반응은 더할 나위 없이 좋았다. 후회하는 사람 하나 없이 모두 만족해했다. 그런데 공통적인 반응이 하나 있었다. 옷에서 좋은 향이 난다는 것이다. 물론 우리 의상실에서는 자연에서 추출한 원료를 쓰기 때문에 향이 있지만 그런 향과는 다른 향이 난다고 했다. 내가 너무 궁금하여 매니저님과 디자이너님께 물어보았는데 모두 내가 선물해 준 향수를 뿌렸다고 했다. 모두들 그 향기가 마음에 드는 것도 있지만 선물해 준 마음이 너무 고마워서 사용했다고 했다. 내가 여기에 감동을 받은 이유는, 우리 의상실의 옷은 함부로 향수를 뿌리면 옷이 상할 수 있어서 모두들 조심하는데 나를 위해 위험을 감수했다는 것을 듣고는 너무나 고마웠고 감동 받았다. 들어온 지 얼마 되지 않는 신입을 위해 이렇게까지 해 준다는 것이 감사할 따름이었다.

나는 더욱더 열심히 일해야겠다는 생각이 들었다. 모두에게 감사 인사를 전하고 나는 나의 일을 하기 시작했다. 의상실을 정돈하고 아쉬운 마음에 마감 시간이 다 되어도 나가지 않고 서성거리는 손님들을 보내고, 직원들이 모두 퇴근하고 나서 집으로 발걸음을 돌렸다.

발걸음을 돌리려던 찰나 에일린 디자이너님이 종이 가방을 건네셨다.

"이건 선물이에요. 집에 가서 열어 보세요."

나는 얼떨결에 받고는 인사를 드리곤 집으로 왔다. 조심조심 종이 가방에서 꺼내 보니 예쁜 원피스 하나가 나왔다. 이때까지 본 적이 없는 옷이라서 더욱 놀랐다. 옷 위에 있던 편지를 읽어보니 에일린 디자이너님께서 직접 나를 위해 디자인하신 옷이었다. 나에게 열심히 일해 주는 것이 고맙다고 하셨다. 감동이 밀려와 나를 덮쳤다. 신입 직원이 비서가 되는 일은 흔치 않았기에 실수하지 않으려고 신경을 쓰는 모습을 디자이너님이 알고 계셨다는 것이 정말 감사했다.

내일부터는 더욱 행복하게 출근할 수 있을 것 같다.

5. 에필로그

의문의 손님

그날은 날씨가 아주 흐렸다. 비가 그칠 줄을 모르고 내렸고, 가끔 가다 천둥까지 쳤다. 모두들 창밖을 보며 퇴근길을 걱정하고 있는데, 에일린 디자이너님께서 콧노래를 흥얼거리며 1층으로 내려오셨다.

"디자이너님! 기분 좋은 일 있으세요?"

그러자 디자이너님은 빙긋 웃으며 말씀하셨다.

"오늘 아주 중요한 손님이 오실 것 같아요. 그때 오기로 했다가 못 오신 그 손님 말이에요."

"아, 정말요? 그럼 제가 준비해야 하는 것이 있나요?"

"시간이 괜찮으시다면 차를 준비해 주시겠어요? 참, 쿠키나 케이크 같은 디저트도 부탁드려요."

"네!"

난 직원 휴게실로 향했다. 근데 이런! 직원 휴게실에는 어떠한 간식도 남아 있지 않았다. 결국 비바람을 헤치고 내가 자주 가는 디저트 가게에 간식을 사러 갔다. 디저트 가게에 들어서니 달콤하고 고소한 향이 퍼졌다. 그러자 경직되어 있던 몸이 갑자기 풀리면서 다리도 함께 풀려버렸다. 바닥에 주저앉은 상태에서 다시 일어나려고 애썼지만 다리가 말을 듣지 않았다. 그 순간 한 손이 불쑥 튀어나왔다. 난 얼른 그 손을 잡고 낑낑거리며 일어났다.

"감사해요. 제가 갑자기 힘이 빠져서요."

"아니요, 별 말씀을! 오늘 비가 참 그칠 기미가 보이지 않네요. 마치 제 마음 같아요."

"네?"

"아, 아니에요. 말이 헛 나왔나 봐요. 그럼 먼저 가 볼게요. 조심해서 들어가세요."

"아 네, 감사합니다."

뭔가 사연이 있는 것 같은 말투에 내 촉이 신호를 보냈지만, 너무 바쁜 관계로 그냥 무시해 버렸다.

마감 시간이 다 돼서 그런지 조각 케이크 한 개와 쿠키 두 개밖에 없었다. 어쩔수 없이 그것만 사서 다시 비바람을 뚫고 의상실로 돌아왔다. 겨우 조각 케이크 한 개와 쿠키 두 개를 사기 위해 이 험난한 길을 다녀온 내 모습이 멍청하고 한심해 보여서 헛웃음이 나왔다. 한 손엔 디저트 가게 비닐봉지를, 다른 한 손엔 우산을 들고 서 있는 내 모습을 건물 유리창에 비춰보니 더 웃음이 나왔다. 정신 나간 사람처럼 혼자 낄낄거리다 보니 어느새 의상실에 도착해 있었다.

다들 내가 안 와서 걱정하고 있었다며, 수고했다고 토닥여줬다. 별일 아닌데 괜히 위로가 되면서 찡했다. 여튼 힘들게 사 온 디저트를 예쁜 그릇에다 담고 차를 준비했다.

손님 맞을 준비를 끝낸 뒤 다시 1층으로 내려갔다. 1층은 조용했다. 뭔가 이상해서 카운터로 가려는데 갑자기 의상실 입구가 벌컥 열렸다. 깜짝 놀라서 입구 쪽으로 다가가 보니 한 남성이 헉헉거리며 서 있었다.

"아, 혹시 손님이세요?"

"…"

"제가 도와드릴 거라도?"

"휴… 물 한 잔 좀 가져다 줄 수 있으세요?"

"아 네! 얼른 가져다 드릴게요!"

나는 헐레벌떡 물을 가지러 갔다. 그런데 물을 가지고 돌아와 보니 그 자리엔 아무도 없었다. 나는 이상하다 생각하며 재빨리 7층으로 향했다. 사무실 문을 벌컥 열며 말했다.

"디자이너님! 한 손님이 갑자기… 어? 왜 여기 계세요?"

"오, 라니! 오해가 있나 보네요. 일단 진정하고 여기 앉으시겠어요?"

나는 민망함에 얼굴이 붉게 달아올랐다. 알고 보니 그 손님은 오늘 오기로 한 손님이었고 내가 물을 가지러 간 사이에 디자이너님을 만나서 사무실로 올라오게 되었다고 한다. 그리고 손님이 조용히 만나고 싶다고 해서 직원들을 일찍 퇴근시키고 의상실 문을 닫았다고 했다. 나는 모든 자초지종을 듣고서야 안심할 수 있었다.

"그런 일이 있었군요. 전 무슨 일이 생긴 줄 알고 잔뜩 겁을 걱정했지 뭐예요. 소란스럽게 해서 죄송합니다."

"아니예요. 참, 손님! 혹시 제 비서가 같이 있어도 괜찮을까요?"

"네, 괜찮아요. 아까 제가 도와드렸거든요."

"아, 정말요? 라니씨 혹시 손님이랑 만나신 적 있으세요?"

"아, 아까 제가 디저트를 사러 가서 다리에 힘이 풀려 주저앉았을 때 도와주신 그 분이신가 봐요. 정말 감사했어요"

"별일 아니었던 걸요."

가만히 대화를 듣고 계시던 디자이너님이 박수를 치시며 말하셨다.

"어머, 그런 우연이! 신기하네요. 그렇지만 아무리 신기해도 사담은 여기까지 하고... 손님께서는 어떤 이유로 저희 의상실을 찾아주셨나요?"

"네, 수선하고 싶은 옷이 있어서요."

"그럼 한번 볼 수 있을까요?"

손님은 에코백 하나를 내밀었다. 디자이너님은 에코백 속에서 정장 한 벌을 꺼냈다. 비 때문인지 옷이 약간 꿉꿉했다.

"이것을 수선 맡기실 건가요?"

"네. 사실 이 정장은 저희 아버지께서 선물해 주신 거예요. 항상 일만 하셔서 저희랑 놀아줄 시간이 없으셨어요. 무뚝뚝한 성격이시라 표현도 잘 안 하셨거든요. "

손님은 살짝 울먹이며 말을 시작했다.

"제가 스물다섯 살이 되던 해에 갑자기 치매가 왔어요. 제가 누군지도 기억을 못하시더라구요. 전 아버지가 너무 미웠어요. 내가 얼마나 우리 아들이란 소리를 듣고 싶어했는데. 이젠 더이상 들을 수 없을 거란 생각에 너무 절망스러웠어요."

디자이너님은 휴지를 쥐어주며 손님이 진정할 때까지 기다리셨다.

"휴... 제가 슬픔에 빠져 지내던 중에 희소식이 들려왔어요. 제가 면접 본 회사에 입사하게 된 거예요. 어머니께서 정장 한 벌 사 주시겠다며 얼마 되지 않은 생활비를 내미시는데, 제가 차마 받지를 못하겠더라고요. 결국 정장 없이 가야 되나 하고 있던 찰나에 아버지께서 저를 끌고 옷방으로 가셨습니다. 옷방 한 켠에 있는 구겨진 정장 한 벌을 꺼내면서 제게 말하셨습니다. "이거 내가 우리 아들 주려고 아껴둔 건데 너 줄게. 우리 아들은 더 좋은 거 입을 테니까 너 줄게. 소중한 거니까 잘 입어." 저는 아버지를 안고 펑펑 울었습니다. 그렇게 듣고 싶었던 말을 이렇게 들을 줄은 꿈에서조차 생각하지 못했습니다. 그 정장이 바로 이 정장입니다. 틈어진 데도 많고 구멍도 군데군데 나 있어서 수선을 해야 하는데, 동네 수선집은 수선할 수 없다기에 여기까지 찾아왔습니다."

사연을 들은 디자이너님은 곧바로 수선에 들어가셨고, 수선은 30분 만에 끝났다. 그리고 추억이 되살아나는 향수까지 뿌려드렸다. 수선이 끝나고 손님이 다시 돌아갈 때는 비가 그치고 무지개가 떴다.

마음이 따뜻해지는 하루였다.

후기

예비작가반이라는 주제선택 프로그램을 보고 어떤 일이 있어도 꼭 들어가고 싶었습니다. 예전부터 저도 소설을 쓰고 책으로 내고 싶다는 생각을 종종 해 왔었는데 이렇게 좋은 기회가 주어져서 저는 참 행운아라고 생각했습니다.

글을 쓰는 매 순간은 기쁨으로 가슴이 벅찼습니다. 내 손으로 이야기를 쓰고 다시 읽을 때의 그 벅참은 이루 말할 수 없었습니다. 저의 소설을 읽으실 때 저의 표현들에 집중해서 읽어주시면 감사할 것 같습니다. 제가 표현하나 하나에 심혈을 기울여서 썼기에 이 글을 읽으시는 분들의 약간의 상상력을 더한다면 더할 나위 없이 없을 것 같습니다.

이렇게 후기를 써 보니 작가가 된 것만 같아 심장이 두근댑니다. 만약 다시 소설을 쓸 수 있게 될 계기가 생긴다면 더 잘 쓸 자신이 있을 것 같습니다.

마지막으로 드릴 말씀은 이 글을 읽으며 흥미로운, 라니의 일상에 푹 빠지셨으면 좋겠다는 것입니다.

이 글이 완성될 수있게 많은 도움과 과분한 칭찬을 주신 예비작가반 선생님께 감사 인사 드립니다.

***이 글은 주인공인 애론이 정부가 엄격하게 관리하던 나라에서 자유를 찾기 위해 혁명을 일으키는 내용입니다. 또한 주인공과 주변 인물들의 관계 또한 풀어 나갈 것입니다. 50여 쪽의 짧은 글이지만 재미있게 봐 주시면 좋겠습니다.

구원자들의 자유는 어디에 있는가

홍예원

1. 애론

좁아터진 단칸방 안에서 한 소년이 멍한 채 고개를 젖히고 앉아 있었다. 그의 이름은 애론이었다. 애론은 곰팡이가 새까맣게 뒤덮은 벽지를 보며 자신의 처지를 한탄했다.

'나는 왜 이런 삶을 살고 있는가. 이 비극적인 일생을 언제까지 버텨야 하지?'

그는 자기 삶의 목적을 찾기 위해 자신의 모든 것을 다시 되짚어 보았다. 가족, 행복, 사랑. 모두 그와는 관련 없는 단어들 같았다. 그는 자신의 가족이라곤 홀로 남은 아버지뿐이었는데 그마저도 술과 도박에 빠져선 항상 술 냄새를 풍기며 밤늦게 들어오기 일쑤였다. 매일같이 아비라 부르기도 뭣한 사람이지만, 아버지는 애론을 때리고, 폭언하며 제 아들을 그저 화풀이 대상으로 볼 뿐이었다.

비가 오는 날이었다. 애론은 그저 생각했다. 얼굴도 기억나지 않는 어머니가 보고 싶다고. 그의 어머니와 아버지는 자신이 태어난 지 3년 만에 이혼하였다. 아니 도주한 것이 맞다. 이유는 폭행으로. 아버지의 폭행이 시작된 것은 애론이 태어난 후부터였다. 그는 막 사업이 승승장구하고 있었는데, 왜인지 모르게 애론이 태어난 후부터 그의 생명과학 산업은 풍비박산 나게 되었다. 그 후 아버지는 밤 늦게까지 어느 카지노에 앉아 자신의 하루를 모두 탕진하였다. 물론 자신의 모든 것까지도. 그렇게 18년 같은 하루가 3개월 동안 반복될 쯤에, 그의 어머니는 비 오는 날 새벽 그녀는 짐을 싸고 있는 힘껏 달려 최대한 이 집을 벗어났다. 도주한 것이었다. 그것은 애론의 성격 변화에 크게 영향을 끼쳤으리라. 아직도 그의 뇌는 생생히 기억하고 있을 것이다.

"아빠 말 잘 들어. 엄만 다녀올게."

어머니의 슬픔과 해방감이 섞인 묘한 표정에서는 많은 감정이 뒤섞여 있었다. 그렇게 애론은 자신의 어머니가 언제 돌아올 지를 기다리며 하염없이 현관문 앞에 서있었다. 그렇게 하루가 지나고 이틀이 지나도 그들의 집엔 어머니는커녕, 들어오는 쥐새끼가 있으면 다행일 만큼 아무도 들어오지 않았다.

3일째 되는 날, 그의 아버지는 이삿짐센터와 함께 넓디넓던 아파트의 짐을 빼러 나섰다. 텅 빈 집은 생각보다 공허하고, 멍해지게 만들었다. 가구들이 다 빠지고 텅 빈 아파트에서 그는 조용히 앉아 담배 한 대를 피웠다. 연기는 위로 더 위로 올라가며 먹구름 같은 형태를 띠고 있었다.

"아빠, 우리 어디로 가는 거예요?"

애론은 천진난만하게 그의 아버지에게 물었다.

"가 보면 알게 되겠지."

그는 아들이 귀찮다는 듯 건성으로 대답하였다. 그렇게 트럭이 도착한 곳은 아홉 평 단칸방이었다. 애론은 자신의 방보다 못한 크기의 집이 마음에 들지 않았는지 여느 세 살 아이처럼 뾰로통하게 자신의 심정을 표했다. 그렇지만 갈 곳은 없었다. 그들에겐 이것이 현실이었다. 세 살 아이에겐 가혹한 벌과 같았다. 아마도 애론은 그렇게 생각했으리라. '곧 다른 곳으로 가게 될 거야!' 그러나 그렇게 15년이 지나도록 그들은 이 집에서 벗어나지 못했다.

그렇게 자신이 무엇인지 골똘히 생각하고 있는 그때, 비를 맞고 축축하게 젖은 아버지가 방으로 들어왔다. 머리카락과 옷에선 물이 뚝뚝 흐르며 비와 술 냄새가 섞여 좁디좁은 이 방 안을 메우기 시작했다. 그는 자신의 가난이 마치 애론 때문이라는 듯이 뭐 하나에도 꼬투리 잡아가며 그를 폭행할 구실을 만들어 냈다. 사실 그의 아버지였으면 아무 이유 없어도 폭력을 일삼았을 것이다.

"아버지가 들어왔는데 왜 인사를 하지 않는 것이냐?"

술에 취해 발음이 꼬부라져 알아들을 수 없을 정도였다. 애론은 이 상황이 익숙하다는 듯 조용히 맞받아친 뒤 그를 무시하였다. 왠지 그는 오늘따라 화가 심하게 났는데 역시나 애론의 머리채를 잡고 땅에 박기 시작했다.

"네가 없었더라면, 네가 없었더라면 내가 이 정도까지는 아니었어! 너 때문에, 너 때문에 내가, 내가…"

말꼬리는 이내 흐려졌다. 그는 훌쩍이며 다른 방으로 들어갔다. 애론의 코에서는 피가 조금씩 흘러내렸다. 팔과 다리에는 이미 멍이 파랗게 물들었고, 할퀸 흉터도 많았다. 그는 상처가 덧나지 않기 위해 화장실로 갔다. 가난한 집의 수도관은 질이 나쁜 걸 써서 인지, 녹물밖에 나오지 않는 물을 틀고 피를 멎으려 애썼다. 곰팡이가 군데군데 핀 타일과 지워지지 않을 정도로 피가 많이 묻은 세면대가 그의 마음을 대변하는 듯 했다. 그래도 그는 다행이라고 생각했다. 상처는 많이 생겨도 아픔을 느끼질 못했으니까. 아프지 않다면 상처 따위는 곧 사라질 핏덩어리 흔적에 불과했다. 전 세계에서 약 500여 명에 불과하는, 통증을 느끼지 못하는 희귀병을 가지고 있었기 때문이었다.

2. 무통증 증후군

58년 전 어느 대학병원에서 한 아이가 태어났다. 그는 여섯 살까지는 평범한 아이로 살아왔다. 어느 날 갑자기 그의 어머니는 궁금해졌다. 그의 아이는 놀이터에서 넘어져도 울지 않았고, 형제들이 몸싸움을 걸어도 아픈 기색 없이 멀쩡했기 때문이다. '왜 우리 아이는 다쳐도 아파하지 않지?'

그녀는 병원에 찾아갔다. 결과는 충격적이었다. 세계 최초로 통증을 느끼지 않는 사람이 태어난 것이었다. 그것이 이 희귀병의 첫 시작이었다. 그 후로 곳곳에서 무통증 증후군이 있는 사람들이 태어났으며 모두가 이 제국에서 태어난 것이었다. 애론도 마찬가지였다.

그는 최초 사례가 보고된 지 딱 40년 만에 태어났다. 매정하게 자신의 아이를 버리고 간 애론의 어머니 또한 나의 아이가, 내 사랑하는 아이가 무통증 증후군을 갖고 있다는 사실에 울었을 것이다. 왜냐하면 자신의 아이가 열아홉 살 전후로 군대에서 평생을 썩어야 한다는 사실에. 제국에서는 무통증 증후군을 가진 사람들을 무조건 입대, 또는 국가 공무원이 될 수 있었다. 하지만 공무원은 엄청

난 경쟁률을 뚫고 가야 하고, 일반인 또한 지원하기 때문에 공무원이 되기는 아주 어려운 일이었다. 그래서 보통 사람들은 모두 군대에 입대하여 빨리 승진하기만을 기다렸다. 모든 사람은 이런 특수군대가 힘들다는 것을 알고 있었다. 인제야 겨우 젖병을 뗀 어린아이조차 알고 있을 정도니까. 단 7일, 일주일이라는 짧은 시간을 훈련한 후에 정식 부대원이 되어 총독을 보좌하거나, 섬으로 이루어진 우리 제국의 끝 부분으로 가서 호위하는 임무들을 부여받았다. 총독은 이런 특수부대를 애정하였으며 그들을 '우리의 구원자'라 칭하며 떠받들어 주었다. 총 360여 명의 희귀병 환자들은 지금도 계속 훈련을 받고, 보호받으며 나라에 충성을 바치고 있었다. 부대 안에서의 내용은 아주 비밀스러웠기에 몇몇 사람들은 구원자들을 학대하는 것이라는 둥, 생체 실험으로 인한 돌연변이라는 둥의 음모론들을 퍼뜨리고 다녔다. 그렇지만 그들에겐 상관이 없었다. 이미 정부에게 사랑을 받는 구원자들을 광적으로 좋아하고 있었기 때문이었다.

애론은 입대하기로 마음을 먹었다. 아마도 이 썩을 지옥 같은 집구석보단 낫겠지 하면서. 그는 3일 후 이 집을 탈출해 부대로 갈 궁리를 했다. 그렇게 밤을 꼴딱 지새운 지 2일째, 드디어 탈출의 날이 찾아왔다.

3. 탈출

그는 부엉이도 졸며 밤을 지새우는 어두운 시간대에 조심스레 그가 살던 집을 빠져 나왔다. 거의 모든 것이라 할 수 있는 돈과 신분증, 약간의 물을 가지고 집을 나섰다. 깜깜한 밤에 어둠 속에서 희미하게 비추는 가로등과 CCTV의 불빛을 위안삼아 조용히 발걸음을 옮겼다. 누군가 애론의 등을 두들기며 말했다.

"이 새벽에 어디 가냐?"

술에 쩔은 아버지를 자주 묵게 해준 여관방 아저씨였다. 이 밤에 살벌하기도 한 목소리는 애론의 귓가에 대고 울려 퍼졌다. 급히 머리를 굴려 빠져나갈 핑계를 찾던 애론은 손가락으로 반대 방향을 가리키며 말했다.

"아저씨, 저기!"

"응? 어디에?"

여관방 주인은 황급히 뒤돌아보았다. 기회는 지금뿐이다.

하나 둘 셋 '퍽.' 머리를 때리는 소리가 둔탁하게 울려 퍼졌다. 애론은 뒤에서 여관방 주인의 머리를 쳐 기절시켰다. 아무 무장도 하지 않고 있던 여관방 주인은 맥없이 쓰러졌고 애론은 조용히 현장을 빠져나갔다. 하필이면 CCTV의 카메라도 깨져서 누가 머리를 때렸는지는 확인할 수도 없었다. 또한 이런 빈민촌에서 이런 일은 다분했기 때문에 평범한 경비원이라면 그저 술 먹고 시비를 걸다가 싸운 일쯤으로 대충 마무리 지을 것이다. 그러니 이곳에서 아무도 이 일을 아는 사람은 없을 것이었다. 아마도 사람들은 그저 그 아저씨가 술 먹고 취해 블랙아웃 된 줄 알겠지.

아저씨를 기절시킨 후에 애론은 열심히 걸어갔다. 그렇게 걷고 또 걸어가던 중 지상철 역 하나를 발견했다. 무인 지상철은 이번에 막 개방되었던 지라 24시간 운행하고 있었다. 표를 끊고 지상철에 올라가자 아니나 다를까 사람은 거의 없었다. 이따금 갈 곳이 없어 전철에서 생활하다시피 하는 노숙자나 술에 꼴아 쓰러진 취객들뿐이었다. 몇 시간이 지났을까, 부대 근처 역이라는 신호가 왔다. 부대는 우리 제국에서 가장 중심이자 부촌인 곳에 지어졌는데 사실 부대 근처를 중심으로 발전되었다고 해도 과언이 아닐 정도였다.

지상철에서 내리자마자 환한 빛이 감도는 느낌이었다. 그곳은 조명들 때문에 밤에도 낮처럼 밝은 곳이었으며, 높은 빌딩과 모두가 행복해하는 풍경이 즐비한 곳이었다. 애론은 생각했다. 가난은 죄라고. 그것은 자신이 생각한 것뿐만 아니라 사실이었다. 그는 자신을 이렇게 길러준 아버지를 원망했다. 그리고 인생을 이런 높은 빌딩이 아닌 다 기울어져 가는 판잣집에서 머무르게 한 자신을 또 원망하였다. 이 도시는 애론에게 많은 생각이 들게 하는 장소가 되었다. 그는 아무 곳에서나 따뜻한 밥을 먹을 수라도 있다면 그나마 나아질 텐데. 아무 정보도 없이 이쪽까지 오게 된 터라 아무것도 알 수 없는 그는 정처 없이 거리를 떠돌아 다녔다. 그저 빨리 태양이 피길 바라며.

몇 시간 동안이나 헤맸을까. 태양이 동쪽에서 그를 향해 날아올랐다. 아침이 밝았다. 이쯤 되면 그의 아버지도 깼으리라. 하지만 그에게 별 관심이 없던 터라, 그저 그는 자신의 아들이 아침부터 어딘가로 산책 한다고 생각했을 것이다. 이젠 가족에게 미련 따위는 사라진 애론은 부대를 향해 나아갔다. 애론에게 이제 남은 것은 없었다. 자신의 아버지도, 자신이 가장 사랑했던 이도 모두 떠나보냈다. 쓸쓸하게도 터벅터벅 걷는 소리만 그의 귓가에 들렸다.

4. 부대

넓디넓은 부대 사이로 어리숙해 보이는 또래의 아이들이 들어왔다. 누군가는 슬프게 누군가는 무덤덤하게, 누군가는 결의를 다지며 이곳에 입대하였을 것이다. 애론은 아마 무덤덤하게 반응했으리라. 그는 자신에게 남은 건 아무것도 없었기에 이곳을 도피처 중 하나로 생각하며 무미건조한 반응을 보였다.

멍을 때리며 시간을 때울 때, 소년 하나가 다가왔다. 그는 밝은 머리칼에 묘하게 푸른빛을 내뿜는 갈색의 눈동자를 가지고 있었다. 그는 애론에게 말을 걸었다.

"안녕? 내 이름은 예건이라고 해. 반가워!"

예건은 밝게 웃으며 애론과 친해지기 위해 애썼다.

"안녕."

자신의 또래와 만날 기회가 거의 없던 애론은 이 상황이 익숙하지 않은 듯 조용히 말을 내뱉었다. 예건은 애론과 처음으로 친해진 친구였다. 그렇게 날씨가 어떻다는 둥 자신의 콤플렉스는 뭐냐는 둥 시답잖은 이야기를 하며 시간을 보냈다. 애론은 처음으로 따뜻함을 느껴본 것 같았다. 그렇게 대화한지 몇 분이 지났을까 교관으로 보이는 사내가 조회대 위로 올라왔다. 그는 애론과 몇 살 차이가 나지 않을 정도로 어렸다. 예건이 속삭이며 말했다.

"야야, 저 교관, 우리랑 나이 차이 얼마 안 나 보이지 않냐?"

"어, 그러네."

애론은 조용히 답했다. 하지만 소리가 완전히 안 들릴 수는 없는 법. 교관은 앞에 있던 그들에게 소리를 질렀다.

"거기 앞에 두 훈련병! 뭐하는가!"

갑자기 소리를 지르는 교관에 예건과 애론은 화들짝 놀라며 자세를 정돈했다.

"내가 아무리 너네랑 나이가 비슷해 보여도 무시하지 마라!"

우리의 말에 답하는 듯이 교관은 소리를 질렀다. 예건은 멋쩍은 듯 살짝 웃으며 "죄송합니다."를 연신 반복했다. 교관은 말했다.

"지금 교관의 말에 웃는 건가? 둘 다 엎드려뻗쳐!"

더 화가 난 듯 교관은 애론과 예건을 앞에 나와 엎드려뻗치게 하였다. 그는 그러면서 말을 이어 나갔는데 그 와중에도 예건은 킥킥 웃으며 이 상황을 재밌어 하는 듯했다. 그런 예건을 이해할 수는 없었지만 애론도 살짝 웃으며 대응해 주었다.

삼십 분 정도가 지나자 교관은 두 훈련병을 찾아왔다.

"다음부턴 이런 불상사가 없도록 하라!"

교관이 말했다.

"예!"

"예!"

그 둘이 외쳤다. 그 후 교관은 애론과 예건을 숙소로 이동시켰다. 연병장의 모퉁이를 돌고 작은 다리를 건너자, 기숙사 형태의 숙소가 나왔다. 서둘러 도착한 그 둘은 빨리 짐을 풀고 숙소를 같이 쓰게 된 사람들을 둘러보았다. 어두운 흑색 머리의 소년과 그에게 장난을 거는 갈색 머리의 소년이 보였다. 그 두 소년은 애론과 예건이 오자마자 서둘러 장난을 멈추고 어색하게 인사를 걸었다.

"안녕, 내 이름은 세현이야."

흑색 머리의 소년이 말했다.

"얘는 진혁이."

세현은 갈색 머리의 소년을 가리키며 소개를 이어나갔다. 이번에도 역시 예건은 처음 본 사이에도 불구하고 어제 만난 듯이 친근하게 대해 주었다. 애론은 그런 예건을 부러워하였다. 그러면서 예건을 질투하기도 했다. 자신과는 다른 삶을 살아온 그를 따라잡을 수 있는 방법은 없다고 생각했기 때문이었다. 그렇지만 그런 부러움 속에서 애론은 꺼질 것 같은 희망을 붙잡으며 나아가고 있었다.

"야, 너넨 근데 왜 이쪽으로 왔냐? 바로 공무원으로 틀어도 너넨 먹고 살기 편하잖아. 난 사실 끌려왔어. 아버지가 조금 엄하셔서 무통증 증후군 가지고 있으면 바로 국가를 위해 힘써야 된다나 뭐라나."

뜬금없이 예건이 말했다. 그는 자신이 억울한 듯이 말꼬리를 흐렸다.

"나는 내가 자체적으로 왔는데."

세현이 대답했다.

"나도."

연이어 애론 또한 말하였다. 진혁은 그들이 신기하다는 듯이 말하였다.

"오? 너넨 그래도 부럽다. 다들 안 갈 수는 있었네. 난 아버지도 무통증이라 태어날 때부터 여기였다. 젠장."

자신의 처지가 화난다는 듯이 그는 머리를 박으며 한숨을 연신 내뱉었다. 무통증 증후군은 유전으로도 나타날 수 있는데 만약 2대째에 걸쳐 증후군이 나타나면 그 가족은 무조건 입대를 원칙으로 했다.

"그래도 너라면 잘 할 거 같아서 걱정 안 해도 될 듯."

침묵 속에서 예건은 그래도 웃으라는 듯이 밝게 웃어주며 등을 두드려줬다.

"에효, 내 인생이 뭐 그렇긴 하지. 그래도 여기서는 대우라도 받을 수 있어서 다행인 거 같다."

쓴웃음을 지으며 그는 예건의 말을 위로 삼았다.

"그냥 이렇게 불행한 소리 하지 말고 일단 저녁이나 먹고 마음 좀 풀어라. 안 가면 나 먼저 감."

세현이 말했다. 연이어 예건이 외쳤다.

"아 잠깐만, 잠깐만. 야, 빨리 가자."

곧장 애론의 손을 붙잡고 방 밖을 달려 나갔다. 이어서 진혁 또한 누가 먼저랄 것 없이 서둘러 뛰어갔다.

급식소에서 애론은 생각했다.

'밥도 못 먹던 집보단 걸레 맛 나는 급식이 차라리 낫긴 하네.'

다른 병사들은 밥이 맛없다고 툴툴대어도 그저 꿋꿋이 다 먹어 치웠다. 나오면서 식량으로 받은 초콜릿을 예건에게 건네주었다.

"너 이거 안 먹어?"

예건이 물었다.

"나 초콜릿 알러지 있어서. 저번에 검사해 보니까 알러지 반응 나오더라."

애론이 말했다.

"헐, 이 맛있는 걸 못 먹는다니 인생의 낙이 있냐? 뭐 암튼 고맙다."

예건은 초콜릿을 받아 들고는 먼저 숙소로 향했다.

"뭐 인생의 낙이라? 없기야 하지. 썩어 빠진 쥐 들끓는 곳에서 무슨 인생의 낙이 있겠어?"

애론은 혼잣말로 중얼거렸다. 한숨과 함께 쏟아진 한탄은 애론을 더 우울하게 만들 뿐이었다.

숙소 안으로 돌아오자 모두가 침구를 정리하고 앉아 얘기를 나누고 있었다. 예건이 애론을 보고 외쳤다.

"야! 너 왜 이리 늦었냐? 한창 훈련 얘기 하는 중이었음. 빨리 와."

"훈련. 아 맞다! 내일 훈련하지."

애론은 잠시 잊고 있다가 생각난 듯 서둘러 침대 위에 앉았다.

"야, 진짜 내일부터 개빡시게 훈련시킨다는데 진짤까? 진짜겠지?"

"넌 그것도 모르고 입대했냐? 바로 일 주일 간 굴리잖아. 나갈 수 있는 건 죽어서 시체로 나간다는 소리 있는 거 모르냐?"

세현과 진혁이 열심히 토론을 하는 중이었다. 엄청나게 힘들다는 무성한 소문에 살짝 놀란 애론은 내일을 걱정하며 이야기를 계속 들었다. 이어서 예건이 말하였다.

"에이, 걍 몰라. 뭐 내일 되면 알려주겠지. 난 먼저 잔다. 잘 자."

그냥 소문만 믿고 행동할 수는 없는 법이니까 애론 또한 침대에 누웠다. 그는 머리 위 천장에 박힌 빨간 불빛을 보며 내일을 어떻게 보낼 지 생각했다. 그렇게 첫날이 지나가는 듯했다.

[구원자들 생존 현황 보고]

병사 364명, 신병 47명, 부상 0명, 사망 0명

"빰빰빠빠빰빰빰"

요란한 기상나팔 소리가 숙소 내부를 울리며 모두를 깨웠다.

"아 진짜. 지금이 몇 신데 벌써!"

세현은 툴툴대며 말했다.

"아, 새벽 5시부터 깨우는 건 고문 아니냐고! 진짜 시발."

진혁 또한 비몽사몽한 정신으로 군복으로 갈아입었다. 애론 또한 짜증나는 투로 옷매무새를 정리하며 밖으로 뛰쳐나갔다.

"미친놈아! 같이 가, 시발!"

방 안에서 세현이 겉옷을 덜 입은 채로 후다닥 달려 나왔다. 늦지 않게 겨우겨우 도착한 찰나, 바로 교관은 병사들의 줄을 정렬한 뒤, 곧바로 연병장을 뛰게 하였다.

"훈련병들은 줄 맞춰서 재빨리 이동합니다!"

교관이 큰 소리로 외쳤다.

"예!"

훈련병들은 경례하며 대답하였다. 그 후 바로 호루라기 소리가 들리더니, 모두가 연병장을 달려갔다. 이내 열 바퀴쯤 뛰었을까? 체력이 약하던 몇몇 병사들은 가벼웠던 발걸음이 점점 느려지기 시작했다. 애론도 그랬다. 평생 운동이라곤 길거리 깡패들에게 싸움에서 이기는 것밖에 하지 않았기 때문이었다. 숨소리가 점점 가빠지고 달려가던 걸음이 벌써 느려지는 것을 보고 애론은 당황했다. 점점 벌어지는 격차를 보고 상실감을 느끼며 점점 천천히, 조금씩 걸음이 느려지며 걷는 것과 다름없는 수준이었다. 이미 반 바퀴 이상이 추월당한 찰나, 누군가 넘어져 다른 이들에게서 떨어져 나왔다. 예건이었다. 그는 애론이 올 때까지 털썩 주저앉아 있다가 그가 오자 같이 달려주었다.

"야, 너 넘어졌는데 괜찮냐?"

애론이 물었다.

"내가 이런 걸로 다칠 거 같냐? 걱정하지 마."

예건이 가볍게 웃으며 답하였다. 애론 또한 피식 웃으며 다시 힘차게 달려 나갔다. 그렇게 열 바퀴를 더 돌았다. 모두가 헥헥대며 땀에 절어있을 때쯤, 교관은 이 훈련을 멈췄다. 모든 병사들은 자리에서 털썩 주저앉아 물을 마시며 갈증을 없앴다. 다들 앉아서 쉬고 있던 중에 어느 소녀가 애론에게로 다가왔다.

"나 물 안 마시는데. 너 마실래?"

물병을 건네주며 말해주었다. 그녀는 갈색 머리와 초록색에 가까운 검정색 눈을 가지고 있었다.

"어, 고마워."

애론은 무미건조하게 대답하며 물병을 건네 들었다.

"넌 이름이 뭐야? 난 샐리라고 해."

샐리는 웃으며 자신을 소개했다.

"난 애론이라고 해. 잘 부탁해."

자신의 이름만 외친 후에 조금 차갑게 느낄까 봐 애론은 바로 인사를 하였다. 자신의 방식대로 친근함을 내비쳤다.

"애론이구나. 나도 잘 부탁해!"

샐리는 밝게 웃으며 다시 자신의 자리로 이동했다. 그 후 애론은 고개를 돌려 교관에게 집중했다.

"주목! 다들 간단한 몸 풀기는 끝났나? 이제부터가 시작이니 모두 더 힘내도록!"

교관이 말했다.

세현이 애론에게 기대며 말했다.

"뭘 또 시작이야 망할. 걍 퇴소하고 싶네."

"힘내."

애론은 격려 아닌 격려를 해주며 말을 맺었다.

교관은 다른 훈련장으로 병사들을 끌고 갔다. 거기 또한 모래밭이었으며 다른 교관들도 많이 배치되었다.

'탕!' 모래밭을 울리는 총성이 귓가에 들려왔다. 교관 하나가 어느 병사의 팔을 쐈다. 모두가 당황한 가운데, 맞은 병사 하나만이 평온하게 주위를 둘러보았다. 30초 후에 의무병 하나와 교관이 다가왔다.

"17번 훈련병! 무통증 실험 통과!"

교관이 말했다. 아마도 이것은 모두가 무통증인지 실험하는 듯했다. 연이어 총성은 곳곳에서 들려왔고 애론의 팔에도 총알 하나가 박혔다. 피는 철철 났지만 애론은 그저 무언가 자신의 팔에 박히는 느낌만 들 뿐이었다. 그리고 그저 멍하니 자신의 상처를 바라보았다. 몇 초가 지났을까 의무병 하나가 달려오며 곧장 애론의 팔에 박힌 총탄을 빼내었다. 그 후 붕대로 압박하며 상처를 지혈했다. 총소리가 멈췄을 찰나 교관이 다시 말하였다.

"47명 모두가 무증상 확인 완료! 아무도 자신이 무증상이라 속이는 일이 없어 다행이다!"

몇 년 전에 일반인 하나가 자신을 무증상이라 속인 후에 이 부대에 입소한 사건이 있었다. 그것도 무려 이틀을 버텨냈는데 들킨 이유는, 어이없게도 다른 병사와 몸싸움을 하다가 아파하며 발각되었다. 그 후에는 일반인의 출입을 막기 위해 한 명 한 명의 부상을 감수하면서까지 총으로 확인하였다. 굳이 이렇게까지 이 부대에 일반인의 출입을 금하는 이유는 무엇인가? 또한 왜 내부 발설을 금하는가? 애론은 의심이 들었다. 그렇게 골똘히 생각하고 있을 때, 예건과 샐리가 다가왔다.

"피 많이 안 나? 괜찮아?"

샐리가 걱정스럽게 물었다.

"나야 뭐. 괜찮지. 너도 다치지 않았으면 좋겠다."

애론은 형식적인 걱정을 건네고 예건에게로 다가갔다. 그 둘을 지켜보던 예건이 웃으며 말했다.

"잘해 봐라. 너 좋아하던데."

애론이 되물었다.

"뭐? 나를?"

예건은 그런 애론의 반응이 웃긴지 계속 웃어댔다.

"네가 마음에 들었나 보지. 아 몰라, 로맨스는 알아서 하고 빨리 점심이나 먹으러 가자."

예건이 말을 마치고 애론의 팔을 끌며 급식소로 향했다. 점심은 물 500ml와 감자 몇 개가 다였다. 훈련병들은 실망하는 티를 팍팍 냈지만 교관은 어쩔 수 없다는 듯이 말했다.

"극한의 상황에서 살아남으려면 음식조차도 아껴야 한다."

그 후 훈련병들의 야유가 쏟아졌지만 못 들은 척 고개를 돌려 먼 산을 바라봤다.

"아 미친! 이딴 걸 점심이라 주네."

세현이 말했다.

"걍 여기서 키우는 똘똘이밥이 더 맛있을 거 같은데."

진혁은 머리를 책상에 박고 중얼대고 있었다.

"내가 낸 세금 다 어디로 가냐고. 어디 총독 랍스터나 한 마리 사줬겠지, 시발."

예건 또한 불만 가득한 표정으로 욕을 내뱉으며 화를 내었다.

"애들아. 진정해."

겨우 이성을 잡은 애론이 애들을 말렸다. 진혁이 화를 식힌 듯이 조금 진정된 톤으로 말했다.

"다음에도 이따구면 진짜 항의할 거야."

개 같던 점심시간이 지났다. 총을 맞은 부분이 아직 움직이기는 힘들었다. 통증은 오지 않지만 아마도 근육이 뚫려 재생할 시간이 필요한 듯하다. 뻐근함을 딛고 다음 훈련에 나섰다.

사격 훈련이었다. 교관은 총에 탄창을 끼우고 시범을 보였다. '탕' 아까 들었던 소리가 다시 그들의 귓가에 울려 퍼졌다. 연이어 교관이 말했다.

"실탄이 들어있으니 모두 안전에 유의하라!"

"예!"

병사들이 이윽고 경례 하며 외쳤다. 실탄이라는 말에 애론은 긴장하며 훈련에 나섰다. 과녁 정중앙에 조준점을 맞추고, 방아쇠를 당겼다. '탕' 총이 날아가는 여파는 생각보다 셌다. 팔에는 진동이 느껴졌다. 총알은 정중앙에 구멍을 내었다. 훈련 후 잠깐 쉬는 시간, 어디선가 총성이 들려왔다.

"미쳤냐?"

누군가 분노하며 소리를 질렀다. 시선은 그쪽으로 집중되었다. 이름 모를 두 병사가 구석에서 서 있었다. 한 병사는 피가 흐르는 가슴팍에 손을 쥐고 기침을 콜록대며 화를 내고 또 다른 병사는 안절부절 하며 가지고 있던 총을 떨어뜨렸다. 모두가 예상하는 것이 맞았다. 오발 사고로 인한 병사의 부상이었다. 총알을 맞은 그는 고통으로 느끼진 못했지만 가슴에서 흐르는 피를 보고 자신의 상처가 얼마나 깊은지 알 수 있었다. 하필이면 교관 또한 다른 곳에 있었던지라 상황은 더욱더 난장판이 되고 있었다.

'털썩' 총을 맞은 그 병사는 쓰러졌다. 입과 코에서는 피가 계속 흐르며 콜록대고 있었다. 갑자기 총에 맞은 병사는 앓는 소리를 내며 어디에도 부상을 받지 않은 곳을 움켜쥐며 아파하고 있었다.

"아파... 아파... 아파...!"

말하기조차 힘든 상황처럼 그는 아픔을 느끼고 있었다. 그것도 아무데도 상처 입지 않은 곳에. 그 자리에 있는 모든 사람들은 아마도 생각하였으리라.

'분명히 우리는 고통을 느낄 수 없다. 그런데 왜 그는 아픔을 느끼고 있는 거지?'

결과는 패닉이었다. 모두가 그가 아파하는 것을 지켜보았고 아무도 도와주지 않았다. 아니 도와줄 수 없었다. 그저 자신의 동기가 고통에 절어 있는 모습을 보며 생각에 잠겨 있을 뿐이었다.

'왜 고통을 느끼는 거지? 저 정도로 아픈 것이 고통인가?'

모든 병사들은 고통이란 것을 느껴본 적이 없었기에 그 공포는 더욱더 커져 가는 것이었다. 아픔을 호소하는 병사는 가슴을 움켜쥐면서 이 고통을 좀 더 덜 느껴 보려 애썼다. 그리곤 움직임과 헉헉대던 숨소리가 멈추었다. 훈련장 내에는 정적이 감돌았다. 호기심 많은 누군가가 멈춘 그에게 다가갔다.

"이 병사, 죽은 거 같아."

조용하게 울려 퍼지는 그의 목소리는 혼란을 일으켰다.

"헐? 진짜 죽었다고?"

"근데 우리는 무통이잖아. 근데 왜 저 사람은 고통을 느꼈지?"

"총으로 쏜 재는 어떻게 되는 거야?"

여기저기서 소문은 무성하게 퍼져나가고 있었다. 오발 사건이 일어난 지 약 5분 만에 일어난 일이었다. 뒤에서 교관이 의무병 둘과 다급히 달려왔다.

"지금 당장 줄대로 맞춰 서라! 그리고 이 상황에도 침착하라!"

소리를 지르며 죽은 병사를 확인하던 교관은 재빨리 상황을 중재하려 나섰다. 병사의 시체를 들것에 실어가고, 교관은 이 사건을 조사하였다. 또한 실수로 총탄을 자신의 동기에게 쏴 버린 병사는 주저앉아 머리를 부여잡고 덜덜 떨고 있었다. 눈물을 흘리며 연신 "죄송합니다. 죄... 송... 합니다..."를 외치고 있었다. 아마도 패닉 상태에 빠져버린 것 같았다. 교관이 물었다.

"자네 이름이 뭔가?"

"3…31번 훈련병 정…해…해수입니다!"

눈물을 흘리면서도 그는 꿋꿋이 경례를 하였다.

"31번 훈련병. 나를 따라와라."

교관은 냉혹하게 외치며 그를 끌고 어디론가 사라져 버렸다. 나머지 훈련병들은 의무병에게 맡기고.

"모두 오늘은 빨리 숙소로 들어가라!"

의무병이 외쳤다.

혼란 속에서 그들은 어떻게 숙소까지 왔는지도 모를 정도로 멍한 상태였다. 동기의 죽음을 입대 첫날부터 보며 바로 앞에서 지켜보았다. 모두 이 일에 대해 아무 말도 꺼내지 않았다. 애론은 의문을 느끼고 있었다. 정부는 우리에게 무언가를 숨기고 있다고. 이 의문은 아이러니하게도 동기의 죽음이 안타까워서가 아닌 자신 또한 그런 개죽음을 당해야 하는지에 대해 생각하며 떠오른 발상이었다. 그럴 정도로 그는 비관적인 성품을 지니고 있었다. 어느 순간 스피커에서 방송이 흘러나오고 있었다.

"아아… 마이크 테스트. 이 방송이 들리십니까? 오늘 사격 훈련장에서 있었던 오발 사건에 대해 말씀드립니다. 실수로 발사된 총알에 맞은 병사에겐 명복을 빕니다. 또한 고(故) 노아 김 훈련병이 죽을 때 고통을 느끼는 것을 본 병사들이 많았다고 하는데, 그는 자신을 무통증이라 속이고 들어온 일반인이었습니다. 무통증을 가진 사람들 또한 죽을 때 고통을 느낀다는 등의 이상한 소문을 믿지 마십시오. 이상으로 방송을 마칩니다."

방송이 끝나자 애론은 정신이 번쩍 들었다. 그뿐만 아니라 모두가 그랬다.

"야. 진짜 미친 거 아님? 노아 아까 총 맞는 실험했을 때도 안 아파했다고. 솔직히 어느 일반인이 총 맞았을 때 안 아파할 수가 있냐?"

세현이 말했다. 그는 무통증 테스트 훈련에서 노아의 근처에 있었다.

"아마도 정부가 무언가 숨기고 있는 게 분명해."

애론은 골똘히 생각하다 자신의 의견을 조용히 내비쳤다.

"시발, 우리도 죽을 때 저렇게 죽는 거 아님? 무통증들 다 죽을 때만 고통 느끼면서 죽는 거. 그런 거 아니냐, 진짜."

예건이 말했다. 항상 침착함을 유지하던 그까지도 목소리를 떨며 말했다. 이번 오발 사건은 생각보다 많은 병사들에게 큰 피해를 끼쳤다. 모두에게 이 사건으로 각인됐다. 고통은 엄청 큰 공포라는 것을. 그들은 아마도 죽지 않기 위해, 아니 고통이라는 것을 느끼지 않기 위해 생존하려 악착같이 버티려고 노력할 것이었다.

"흠. 무튼 죽지만 않으면 고통들을 못 느낀다는 거네. 제발. 다음에 있을 전쟁에서 살아남게 해 주세요."

세현은 기도하며 생존에 대한 열망으로 가득 찼다. 다른 동기들도 그랬고, 애론 또한 그랬다. 누군가 나지막이 말했다.

"내일은 꼭, 살아서 보자."

[구원자들 생존 현황 보고]

병사 364명, 신병 47명, 부상 47명, 사망 1명

오지 않을 것만 같은 내일이 또다시 오늘로 바뀌었다. 달라진 건 아무것도 없었으며 다들 기계처럼 딱딱하게 준비하고 있었을 뿐이다.

"가자."

어제와는 달리 예건은 딱딱하게 말했다. 중앙 훈련장으로 가자, 역시나 훈련병들 모두는 딱딱하게 열을 맞추어 서 있었다. 교관은 인원을 확인한 뒤, 말을 이어서 했다.

"어제 방송을 들었으면 알겠지만, 다시 한 번 말한다! 무통증 증후군을 가진 사람은 통증을 느낄 수 없다는 것을! 그러므로 부대 안에서 흉흉한 음모론이 도는 순간 바로 징계를 가할 것이다!"

애론은 그의 태도에 다시 한 번 놀라며 역시 무언가 숨기는 게 있다고 생각하였다. 그리고 교관은 차례대로 훈련병들을 어디론가 데려갔다.

"1번 유빈 조 훈련병! 교관을 따라가라!"

1번 훈련병은 교관을 따라 어딘가로 갔다. 몇 분 정도가 지나자 유빈은 다시 제자리에 돌아왔다. 예건이 물었다.

"거기서 뭐하고 왔어? 뭔가 중요한 것 같았어?"

끝없는 질문 세례에 하나하나 답해주고 싶었지만 유빈은 미안하다며 곧 알게 될 거라는 말밖에 할 수 없었다.

"28번 애론 정 훈련병! 나와라!"

"예!"

애론을 부르는 목소리에 그는 경례를 하며 따라나섰다. 교관은 아무 말 없이 어두컴컴한 방 안으로 그를 넣었다. 의자 두 개 사이에 책상이 들어서 있었고, 한 자리에는 이미 누군가 앉아 있었다.

"앉아라."

누군가의 단호한 목소리는 컴컴한 방 안을 메웠다. 그 목소리에 애론은 바로 의자에 앉았다. 그가 스탠드를 켜자, 알 수 없는 누군가의 얼굴이 보였다. 그는 충격적이게도, 우리 제국의 통치자이자 국가 안보 1순위인, 제이든 김이었다. 그의 얼굴을 본 순간 애론은 바로 일어나 경례하며 자신의 행동에 무례한 것은 없었는지 생각하였다.

"28번 훈련병, 애론 정! 친애하는 총독님께 경례합니다!"

제이든이 말했다.

"아니, 아니. 그렇게 딱딱하게 경례할 필요는 없고, 그냥 내 말만 듣고 가면 된다."

총독은 담배 끝에 불을 붙이고 연기를 들이 마시며 말했다.

"어제 오발 사건 현장에 있던 거 맞지? 많이 놀랐을 텐데."

"아..아닙니다!"

허리를 꼿꼿이 펴고 애론이 말했다.

"솔직히 자신도 죽을 때 그렇게 될까봐 겁나는 거 다 안다. 그는 증후군을 가지고 있지도 않은 일반인이었으니까. 너는 괜찮으니,

다시 훈련에 열심히 임해주면 된다."

"예!"

애론은 하고 싶은 말이 있었지만 꾹 참으며 총독의 말에 귀 기울였다. 그는 담배 연기를 살짝 뱉으며 말했다.

"그리고 이 사건은 우리끼리만 아는 일로 하는 거다. 알아들었지?"

매캐한 담배 연기는 애론의 얼굴에 내뿜어졌다. 그것은 내부를 발설하면 애론 또한 죽는다는 무언의 압박이었다. 애론은 얼어붙은 채 그저 "네." 라고 답할 뿐이었다.

"이제 가 보아도 된다."

총독의 말에 그는 도망치듯이 방을 빠져나왔다. 그리고 다시 줄에 맞추어 자신의 자리에 섰다. 어느새 예건이 다가와 말했다.

"와, 이래 가지곤 오늘 훈련 제대로 할 수 있을지 궁금하네."

애론 또한 그렇게 생각하고 있었다. 여기 있는 모두가 그렇게 생각하고 있었을 것이다. 훈련은 힘듦 따위도 느껴지지 않을 정도였다. 그는 멍하니 계속 오발 사건에 대해 생각하였다. 그리고 이렇게만 있으면 안 될 거 같다는 생각에 잠시 외출하였다. 밤하늘엔 별이나 달은 보이지 않았다. 건물들의 불빛에 묻혀 어둠 속으로 숨어 들어간 것이었다. 해가 없어도 밝고 빛나는 여기에 모두가 웃으며 살아가는 여기에, 사람들은 어떻게 살아가는가? 그리고 자신을 한탄하며 한숨을 내뱉고 있었다. 어디선가 소리가 들렸다. 아마도 밖에서 나는 소리 같았다.

"저희 아들, 노아 김의 안타까운 죽음을 알아주십시오! 그는 오발된 총알에 맞아 안타깝게도 숨졌습니다! 하지만 부대에서는 이 사실을 은폐하기만 할 뿐입니다! 도와주십시오! 도와주십시오! 그는 무통증 증후군을 가진 부대원이었지만 안타까운 죽음을 일개 부대에서 일어난 일로 위장하려 듭니다!"

어느 늙은 여성은 울부짖으며 오발 사건의 피해자인 노아의 이름을 외쳤다. 아마도 그는 노아의 어머니인 것 같았다. 소리를 지르며 우는 소리는, 시민들의 이목을 끌기 딱 좋은 환경이었다.

"무통증 증후군 인증 번호 310-018! 노아 김 군의 안타까운 죽음을 부디 알아주십시오! 도와주십시오!"

어디선가 무장한 군인 두 명이 나타나 시민들을 다른 곳으로 보내버렸다. 그리고는 노아의 어머니를 끌고 가기 바빴다.

"정부는 우리에게 무언가를 숨기고 있습니다! 제발 도와주십시오!"

마지막까지 그녀는 소리를 지르며 억울함을 호소했다. 그렇게 목소리가 잦아들 때쯤, 시민들 또한 자신의 일을 하러 분주하게 움직였다. 또 다시 이 사건은 잠잠해진 것이었다. 애론은 순간 혐오감을 느꼈다.

'저들은 이 사태가 보이지 않는가?' 그는 불쌍한 사람을 보고도 도와주지 않는 사람들을 원망했다. 그러면서도, 그 또한 자신이 아닌 다른 이가 도와주겠거니 하며 증오감만 심은 채 다시 그의 숙소로 돌아갔다. 사실 많은 후회가 되었다. 자신이 그런 식으로 방관했던 것과 저 장면을 보고도 아무런 도움을 줄 수 없다는 무력감. 이것들은 애론을 계속 쪼아 먹으며 그를 괴롭혔다. 애론의 표정이 어두워지기 시작했다. 그는 자신이 할 수 있는 일을 찾기 위해 머리를 굴리고 또 굴렸다. 그것을 본 예건이 말하였다.

"너 무슨 힘든 일 있어?"

애론이 대답하였다.

"아니 그냥. 좀 짜증나는 게 있어서. 진짜 정부가 뭔가 숨기고 있는 게 분명해. 아까도 내가..."

애론이 예건에게 말하려던 찰나, 세현이 허겁지겁 달려오며 말했다.

"미친. 야! 우리 당장 시위에 투입된대 시발. 지금 준비하라는데?"

세현은 급한 말투로 자신의 옷가지들과 생필품 몇 개를 챙겨 나섰다.

"무슨 소리를 하는 거야?"

예건이 어리둥절한 채 물었다.

"야, 어제 오발 사건 있잖아. 그거 때문에 다른 동네에서 시민들끼리 뭐 시위라도 벌이나 봐. 우리 그거 막으라고 하던데? 그래서 빨리 짐 싸서 내려오래. 10시까지 거기에 도착해야 된다나 뭐라나."

세현의 말이 끝나자, 스피커에서 안내 방송이 흘러나왔다.

"아아, 마이크 테스트. 훈련병들에게 알립니다. 사격 훈련장에서 일어난 오발 사건 규탄 시위를 막기 위하여 몇몇의 훈련병들을 투입시키기로 결정했습니다. 호명하는 훈련병들은 빨리 짐을 싸서 중앙 광장으로 모여 주십시오. 다시 한 번 알려드립니다. 현재 일어난…”

급하게 흘러나온 방송에 애론과 예건 또한 군복으로 무장을 하고 가방 안에 짐들을 쑤셔 넣었다. 이윽고 세현의 말이 들렸다.

“우리 전체 집합까지 5분 남았어! 빨리!”

겨우겨우 시간에 맞추어 중앙 광장으로 모인 후에, 교관은 급하다는 듯이 빠르게 말하며 훈련병들을 지휘했다.

“숙소 순서대로 차례차례 천천히 버스에 탑니다!”

숙소의 번호 순대로 버스에 착석하자, 교관 몇 명이 그들에게 방패와 방탄조끼, 헬멧을 건넸다. 그리고 교관이 말을 꺼냈다.

“지금 부여 받은 보호 용구를 단단히 매십시오! 이것은 실제 상황입니다! 실제이니까 모두 지휘자의 말에 따라 행동하여 주십시오!”

그들 모두가 이 상황이 실제라고 믿기지 않은 채 멍하니 용구를 착용했다.

“헐. 우리 진짜 죽으면 어떡해? 진짜 이게 실제라는 게 안 믿겨.”

예건이 말했다.

“우리 다 살아 돌아올 수 있으니까 걱정 마! 시위인데 죽기나 하겠어?”

진혁이 긴장을 풀라는 듯이 웃으며 얘기했다.

“그래그래. 다들 몸조심하고.”

세현 또한 맞장구쳤다. 이윽고 교관이 다시 얘기했다.

"이제 곧 시위 현장에 도착하게 됩니다! 모두 각자 자신에게 배정된 지휘관을 따라 이동해주십시오. 1-1 숙소, 제니퍼 교관을 따라가 주십시오. 2-7 숙소, 현철 교관을 따라가시오. 3-4 숙소로 가주시길 바랍니다."

그들은 '마크'라는 이름의 교관을 따라갔다. 줄을 맞춰 이동하여, 시위 현장으로 다가갔다. 그들은 시위 현장 중앙에 투입되어 시위를 앞에서 자세히 볼 수 있었다. 시위는 충격적이었다. 많은 시민들이 모두 나서 외치고 있었다.

"정부는 우리에게 숨기는 것을 밝혀라!"

"노아 김 군의 죽음을 진상규명하라!"

"정부는 잘못되었다! 우리 손으로 바꾸어 나가야 한다!"

여기저기서 많은 사람이 소리를 지르고 있었다. 애론은 살짝 주춤하였다. 자신은 어느 편인가? 나는 무엇을 위해 그들을 막고 있는 것인가? 정부는 잘못한 걸 알고 있는가? 나는 왜 이 사람들을 막아야 하지? 정부는 우리에게 잘못했는데. 왜?

수많은 물음표가 애론의 머릿속을 뒤집어 흔들고 있었다. 어디선가 그를 부르고 있었다.

"야!"

"야! 너 정신 똑바로 안 차려? 빨리 움직여서 저 사람들 막아야 된다고!"

목소리의 정체는 예건이었다. 그는 애론을 끌고 가 무리하게 맞서는 시민들을 저지하려 애썼다. 애론은 결국 그들을 막기 시작한다. 몇몇 사람들은 방망이 망치 식칼 등을 들고 자신이 할 수 있는 최대한의 공격을 하였다. 또한 몇몇 사람들은 피켓을 들고 소리치며 정부를 물갈이하자는 필요성을 설명하고 있었다. 하지만 모두 정부에게 분노한 채로 훈련병들에게 맞서고 있었다. 애론은 그래도 꿋꿋이 그들은 막고 있었다. 어느 청년 하나가 그와 눈이 마주쳤다. 그의 눈에는 눈물이 고여 있었고, 분노에 찬 소리를 지르며 애론의 멱살을 잡기 시작했다.

"당신은 왜 정부의 따까리로 사는 거죠? 그렇게 살면 뭐가 됩니까? 평생을 그렇게 총독의 사냥개처럼 살아 봐야 얻는 게 무엇이라 생각합니까? 명예? 돈? 권력? 그런 짓을 하고 사는 게 진정한 가치라고 생각하십니까?"

그는 애론의 멱살을 잡아 바닥으로 집어던졌다. 순식간에 방어 대형은 무너졌다. 다급히 마크는 달려와서 애론의 상태를 살폈다. 다행히도, 그는 크게 다치지 않았다. 하지만 멱살을 잡았던 청년의 말이 계속 귓가에 울려 퍼졌다. 급기야 애론은 생각했다.

'나는 왜 자유를 막으려 나서는 거지?' 그는 이런 생각이 든 찰나, 바로 이 현장을 빠져 나가 시위를 돕고 싶었다. 하지만 그런 일이 있다면 평생을 감옥에서 썩어야 할 것 같았기에, 몇 가지 궁리를 세웠다. 그리고 교관에게 말했다.

"교관님! 꽤나 부상이 심각한 것 같은데 휴식하여도 괜찮습니까?"

교관은 애론의 상태를 보며 판단했다.

"흠, 좋다. 간이 의무실에서 치료 후 휴식을 취하라."

다행히도 그에겐 얼굴과 팔에 무수히 많은 상처가 있었기에 곧바로 휴식 명령이 내려졌다. 그리고 애론의 자리에는 다른 병사 하나가 투입되었다.

애론은 의무실에서 샐리를 만났다. 아마도 그녀는 의무병으로 이 현장에 투입된 것 같았다. 그녀가 먼저 말을 걸었다.

"많이 아파 보이는데 괜찮아?"

걱정스레 물은 질문에 애론은 답했다.

"아프진 않아서 괜찮아. 그나저나 내가 지금 하고 있는 일이 진짜 옳은 일일까?"

한숨을 쉬며 대답했다. 샐리는 붕대를 감싸주며 다시 얘기했다.

"아마도 내가 판단하기에, 옳은 일이 맞겠지. 친애하는 총독님을 위해서라면 우린 명예로운 죽음도 감수하는 자들이니까."

"너는 진짜 그렇게 생각해? 우리는 평생 닭장 속 닭처럼 산다는 걸?"

혼란스러워진 애론은 의무실 문을 바라보며 깊은 한숨을 내쉬었다.

"하. 아니다. 나중에 다시 얘기해."

애론은 의무실을 빠져 나와 군인들이 없는 곳으로 도망쳤다. 어느 골목상가의 구석으로 들어가자 총독의 얼굴이 난도질 된 사진들이 뿌려져 있었고, '총독은 우리 제국을 자유롭게 만들어라!'라고 하거나 '우리 민족의 자유는 어디에?'와 같은 정부를 향해 맞서는 자들의 생각을 담아놓은 포스터들이 널브러져 있었다. 좁은 골목 틈새에 앉아 애론은 길가에 버려진 담배꽁초를 주웠다. 주머니에 있던 라이터로 불을 피우자, 꽁초에서는 연기가 조금씩 피어올랐다. 입에 살짝 갖다 대자, 연기가 그의 호흡과 함께 폐로 들어가는 느낌이었다. 연기는 자욱하고 담배는 지독했으며 아마도 자신의 인생과 비슷한 물건이라 그는 생각하였다. 어디선가 한 어린아이가 그를 찾아왔다. 대략 여섯에서 일곱 정도 먹은 사내아이 같았다. 애론은 황급히 담배를 발로 밟아서 불씨를 제거한 뒤 꼬마와 얘기했다.

"꼬마야, 여긴 위험해. 부모님은 어디 계시니?"

어린아이는 그에게 좀 더 가까이 가며 말했다.

"나 부모님 없어요. 근데 삼촌이랑 같이 살아요. 삼촌은 저기 사람들 많은 곳에 가 있어요. 저기가 위험하다고 여기 있으랬어요."

애론은 멋쩍게 말했다.

"미안하다. 근데 혼자 있으면 위험하니까 건물로 들어가."

어린아이는 애론 옆에 붙으며 얘기했다.

"그럼 오빠랑 같이 있어도 돼요? 혼자 있기 싫어요."

애론은 할 수 없다는 듯이 말했다.

"그래. 대신 조용히 있어야 된다."

어린아이는 밝게 말했다.

"네! 그리고 저는 민예. 7살이고요. 저기 행복 유치원에 다녀요. 아빠랑 엄마는 제가 5살 때 군인 아저씨들한테 잡혀갔대요."

애론은 깜짝 놀라며 얘기했다.

"군인 아저씨? 왜 잡아갔는지 알아?"

어린아이는 아까보다 울적한 채로 말했다.

"아빠랑 엄마가 총독 할아버지한테 욕을 해서 그랬대요. 그 아저씨들이 나한테도 욕 했는데 아저씨들도 잡아갔으면 좋겠어요."

민예는 마지막 말을 살짝 흐렸다.

"오빠가 미안해. 그래도 민예가 계속 잘 자라주면 엄마 아빠도 행복하게 지내실 거야."

애론은 진심을 담아 미안해하며 민예를 달래 주었다. 하지만 울음을 참지 못하고 결국 눈물을 터뜨렸다. 애론은 당황하며 급히 아무거나 줘서 달래 주려고 하였는데, 먹지 않고 남겨둔 초콜릿이 생각나서 황급히 손에 초콜릿을 쥐어주었다. 민예는 눈물을 그치며 얘기했다.

"오빠는 군인 중에서도 착한 군인인 거 같아요. 근데 오빠는 왜 나쁜 군인이 됐어요?"

순수하게 질문하는 민예의 말에 애론은 아무 말도 할 수 없었다.

"그러게. 민예 말 따라서 나쁜 군인 아저씨 되지 말 걸 그랬다. 오빠는 착한 군인이 되도록 노력해 볼게."

애론은 겨우겨우 말을 이어갔다. 그런 애론의 말에 민예는 대답했다.

"네, 그럼 저랑 약속 하나 해요! 나쁜 총독 아저씨 말 듣지 말고 행복한 세상이 되게 해주세요!"

민예는 새끼손가락 하나를 내걸고 말했다.

"그래. 우리 민예도 항상 건강하게 지내."

애론은 말하며 새끼손가락을 민예의 손가락과 약속의 모양을 만들었다.

"우와아, 모양이 꼭 비둘기 같아요!"

아마도 일곱 살짜리 어린아이의 눈에는 전혀 다른 모양이라도 자신이 아는 동물 이름을 내며 공통점을 찾기 바쁜 모양이었다. 그래도 애론은 그런 순수함을 귀여워하며 살짝 웃어주었다. 그때 어디선가 소리치는 게 들려왔다.

"민예야! 삼촌 말 듣지 말고 다른 곳으로 도망쳐!"

아까 애론의 멱살을 잡은 청년의 목소리였다. 그는 군인 두 명에게 끌려가면서도 계속 소리를 질러댔다. 민예는 삼촌의 끌려가는 모습에 충격을 받으며 얼어붙은 듯이 멈춰 있었다. 끌려가는 것은 민예의 삼촌뿐만이 아니었다. 시위에 참여한 모두가 그랬다. 어느 순간 군인 한 명이 골목 근처로 다가와 민예를 끌고 가려는 것 같았다. 그렇지만 민예 옆에 앉아있던 애론을 보고 명령했다.

"28번 훈련병! 시위에 참여한 모두를 잡으라는 명령이다! 저 어린아이를 잡아라!"

군인의 말에 애론은 고민하였다. 어린아이까지 잡아가야 할 정도인가? 진짜 이게 옳은 일인가? 그는 군대의 명예를 지킬지 사람으로서의 윤리를 지킬지 고민하였다. 그는 결론을 내렸다. 민예를 지켜야 한다고. 황급히 그는 민예에게 "빨리 다른 곳으로 도망가."

라며 속삭이고 거리가 벌어질 동안 달리는 척하였다. 달리는 척하다가 골목이 확 꺾어지는 부분에서 다리를 살짝 꺾어 넘어지는 척 고꾸라져 격차를 좀 더 벌여 갔다. 그리고 민예가 잘 도망칠 수 있도록 보호해 줬다. 멀리까지 도망간 후에, 애론은 군인에게 다가가 말하였다.

"죄송합니다. 어린아이를 놓쳤습니다!"

군인은 화를 내며 말하였다.

"뭐라고? 놓쳤다는 것이냐? 이게 장난으로 보여?"

"이 건에 대해서는 나중에 징계 먹을 수도 있다는 것을 알아 둬라. 가자."

그는 한숨을 쉬고 조용히 애론과 함께 대열에 복귀하였다. 주변에는 지친 기색이 역력한 병사들이 헉헉대고 있었다. 애론은 부상자들의 안위를 살피며 심각한 상처를 입은 병사는 치료해 주는데 도와주었다. 옆에서 의무병으로 지원한 샐리가 말했다.

"난 솔직히 아까 말했던 얘기를 어떻게 받아들여야 할지 모르겠어. 우리의 일은 총독을 보호하는 일이고, 또한 규칙을 지키면 언제나 평범하게 살 수 있잖아? 나한테 자유는 이 정도로 충분해. 그러니까 이상한 소리 하지 마."

몇 초간 정적이 흘렀다. 애론은 잠시 고민하다가 말했다.

"그래 뭐, 생각은 네가 알아서 하는 거지 뭐. 근데 너랑은 이런 거 말하고 싶지 않네. 네가 이정도로 병신 같은 줄은 몰랐다."

마지막 말에 샐리는 슬픈 표정이 살짝 드러났다. 사실 애론 또한 마지막 말을 하면서 순간의 흥분으로 생각보다 말이 거칠게 나가게 되어 미안한 감정이 들었지만, 조용히 그녀의 곁을 빠져 나갔다. 아마도 계속 대화를 이어나가면 더 많은 말실수를 할 것 같다고 예상했기 때문이다.

[샐리]

17년 전, 산부인과에서는 새 생명이 태어났다. 이 아이는 여느 아이들과 달리, 아무 울음소리도 내지 않은 채 멀뚱히 간호사와 의사를 쳐다보기만 할 뿐이었다. 급히 간호사가 팔을 살짝 때려도 반응은 없었다. 그렇지만 숨은 팔딱팔딱 쉬고 있었다. 그녀는 389번째로 태어난 무통증 증후군을 가진 아이였으며, 그이의 부모님은 그에게 샐리라는 이름을 주었다.

샐리는 다섯 살 때까지 부모님의 사랑을 듬뿍 받고 자라며 평범하지만 행복한 생활을 하였다. 샐리의 부모님은 두 분 다 정부 소속의 의사였으며, 무통증 증후군을 가진 아이들을 가지고 실험을 하는 것이 그들의 주요 일이었다. 차마 자신의 딸을 실험에 참여시키고 싶지 않았던 그들은 작은 산골 마을에서 은신하며 하루하루를 위태롭게 버티고 있었다.

유난히 햇살이 맑던 어느 날, 몇몇의 제복을 입은 자들은 그들의 행복한 집에 들이닥쳐 없는 재산까지 모두 다 몰수하였다. 그들은 정부 소속의 군인들이었으며 무통증 증후군을 가진 아이를 숨겼다는 점에서 엄연한 중범죄에 해당되어 아무리 정부에서 일한다 하여도 처벌은 피해가기 어려웠다. 샐리는 아마도 엄청난 고통을 겪었을 것이다. 자신의 눈 앞에서 부모님의 목이 잘리는 꼴을 보다니! 다섯 살의 꼬마 아이에게는 충격적으로도 다가왔을 것이다. 자신을 그토록 사랑하던 부모님의 목이 차가운 단두대에서 칼날에 댕강 썰렸을 때의 심정을 샐리는 그것을 온몸으로 느꼈을 것이다. 그것은 정부가 보내는 신호와도 같았다. "국가에 반항하는 자들은 죽인다." 그 이후로 그녀는 몇 년 간 말을 하지 않았다. 아니 할 수 없었다.

한 순간에 부모님이 사라진 그녀는 고아원으로 송치되었다. 모두 무통증 증후군을 가진 아이들만 들어갈 수 있었다. 고아원에 들어간지 첫날, 샐리에게 누군가 말을 걸었다. 어두운 머리칼의 남자아이였다.

"내 이름은 세현이야. 내가 너보다 형아니까 내 말 잘 듣고!"

세현은 아무 말도 없는 샐리를 대신해 말을 해 주거나, 괴롭히는 애들을 쫓아내주기도 하였다. 샐리가 슬퍼할 때면 막대사탕을 줘서 달래주며 샐리를 호의적으로 대해 주었다. 샐리가 맨 처음으로 말을 꺼낸 건 "세현아, 고마워."였다.

무통증 증후군 고아원에서는 다양한 것들을 가르쳤다. 격투술, 의료술, 위장술 등 군인이 되었을 때 필요한 기술들을 익혀갔다. 또한 애국 교육을 매일 1시간씩 받았는데 나라에 대한, 아니 정부에 대한 애정을 기르기 위함이었다. 샐리는 정부에게 충성을 다하였다. 아마도 자신의 부모님과 같은 최후를 맞고 싶지 않았기 때문이리라. 몇 년 동안 매일 매시 매초를 정부에게 충성하며 소속된 안정감을 위안으로 삼았다.

어느 날 세현이 말했다.

"샐리야, 너는 나중에 크면 뭐가 될 거야?"

샐리는 고민도 없이 바로 답을 내놓았다.

"나는 당연히 군대에 입대해서 정부에 충성할 거야."

어린아이처럼 순수하게 답변하였다. 세현 또한 순수하게 다시 물어보았다.

"왜 그렇게 생각해? 나는 우리 제국에 충성해야 하는 건지 모르겠어. 교육도 따분하고, 그냥 다른 곳으로 가서 살고 싶은데 충성 같은 거 안 하고."

샐리가 말했다.

"우리나라를 위해서라면 내 한 목숨을 바쳐 지켜야 한다는 말 몰라? 존경하는 총독께서 연설할 때 말하셨던 말이잖아."

세현이 다시 말했다.

"너는 진짜 입만 열면 제국의 위상, 나라 얘기 이런 거 밖에 없냐? 솔직히 너무 지겨워."

샐리는 화를 내며 얘기했다.

"오빠는 안 겪어 봐서 모르잖아."

그리고는 눈물을 흘리며 다른 곳으로 떠났다. 그렇게 세현과 샐리의 연은 끊어졌다.

10년이 지난 후, 고아원에 있던 모든 아이들은 청소년으로 자라며 모두 입대하였다. 총 아홉 명의 아이들은 각자의 분야에 맞추어 병사에 지원했다. 의무병, 전투병, 지휘병 등의 다양한 분야에서 모두는 자신의 자리에서 노력하였다. 샐리는 의무병에 지원하였고, 세현은 전투병에 지원하여 자신의 자리에서 열심히 살아갔다. 솔직히 샐리는 황당하기만 할 뿐이었다. 그렇게 정부에 충성하지 않는다던 세현이 떡 하니 입대하여 있는 꼴을 보니까. 그녀는 그저 세현이 생각을 고쳐먹은 것으로 알고 티 내지 않았다. 그저 다른 분야에 지원하여 다행이라는 생각만 들었다.

[세현]

세현은 결국 입대하기로 마음먹었다. 사실은 순수하게 물었던 질문이 다른 이에게는 상처였다는 것을 알고 좀 더 이해심을 키우기로 노력해 보았다. 조금 더 정부 애국 수업에 집중하고, 격투술에 집중하며 군인이 되기 위해 노력하였다. 또한 샐리에게 말을 걸려고 해 보았지만 그녀는 세현에게 오지도 않아 조용히 지켜보기만 할 뿐이었다.

그렇게 10년이라는 시간이 흘렀다. 강산도 바뀐다는 시간에서 세현은 많이 바뀌었다. 자기중심적이었지만 이해심이 넓어졌고, 격투술에서 만점을 받으며 수석으로 입대하였기 때문이다. 그렇게까지 그는 샐리와의 관계를 다시 쌓고 싶어하였다. 어린아이의 단순한 호감은 많은 변화를 일으킨다.

언제는 샐리가 애론에게 말을 걸었다. 아마도 호감이 있다는 표시였으리라. 세현은 그것을 보고 이상한 감정을 느꼈다. 씁쓸함과 공허함. 아마도 샐리는 단순한 친구가 아니었다고 생각한 계기였던 것 같다. 그럼에도 불구하고 그는 샐리를 모른 척하며 그녀가 더욱 더 편하게 자신을 대할 수 있도록 하였다. 잘못된 관계보다는 처음부터 시작하는 것이 더욱 더 편하기 때문이다.

애론이 모진 말을 하고 떠나간 후에, 세현은 울적해 있는 샐리를 보았다.

"너 괜찮아?"

세현은 조심스레 샐리에게 다가가 물었다.

"괜찮을 거 같았는데 괜찮지가 않네."

담담하게 샐리는 말했다.

"나중에 슬프면 얘기해. 막대사탕 하나 줄게. 그리고 옛날엔 미안했어. 내가 너무 모질게 군 것 같다."

세현은 눈을 맞추며 얘기한 후 조용히 자리를 떠났다. 샐리는 10년 전의 기억을 떠올려 보았다.

애론은 머리가 아팠다. 정부의 단속부터 인간관계의 어려움, 모두 그가 처음으로 배워 본 것이었다. 가난은 그에게 관계와 나라가 돌아가는 꼴을 모두 빼앗아 갔다. 모두가 하루 벌어 하루 먹고 사는 사람들은 휴대폰을 살 여력이 되지 않았고 판자촌에서는 신문팔이 또한 오지 않았기 때문이다. 신문을 살 형편이 되지 않는 동네에는 마진이 나지 않는다며 소식이라고는 세금을 내지 않아 잡혀가는 사람들의 소문들뿐이었다. 애론은 그런 동네에서 관계라고는 가끔씩 자신을 묵게 해준 여관방 아저씨나, 도둑질을 가르쳐 준 자신보다 몇 살 많은 형 정도가 다였는데, 그들마저도 모두 끌려가 버렸다. 그리고 그에게 남은 것은 아무것도 없었다. 남아있는 거라곤 술만 축내는 아버지와, 이따금 우체통에 꽂힌 세금 청구서가 다였기 때문이다. 그는 생각했다. 차라리 감옥이 더 낫다고. 밥도 주고 머물 곳도 있었기 때문이다. 그렇지만 그도 삶의 목적을 찾게 된 계기가 있었다. 7년 전 구질구질했던 빈민촌에서 그녀를 만난 것이다.

[젠]

애론이 막 상점에서 빵을 하나 훔쳤을 때였나? 상점 안에 있던 여자아이와 그녀의 아버지로 추정되는 어른이 있었다.

"거기 너 왜 빵을 훔치는 거야?"

여자아이는 애론을 가리키며 말하였다.

"배가 너무 고프니까. 우리 집은 물조차 제대로 나오지 않아. 그런 우리 집이 먹고 살 길은 이렇게 훔치기 밖에 없으니까."

바로 뛰쳐나가려던 애론은 잠시 고민하다가 말을 이어갔다. 다 헤진 옷을 입고 덥수룩하게 자란 머리카락을 가진 애론은 말끔하게 차려입은 여자아이와 비교되었다.

"그럼 내가 사 줄게. 그러면 도둑질도 안 할 수 있잖아. 됐지?"

여자아이의 금빛 머리카락이 햇빛에 빛나며 찰랑이고 있었다.

"고마워."

애론의 입에서 처음으로 "고마워."라는 말이 나왔다. 그러자 여자아이는 다시 말을 하였다.

"히히. 그래 항상 고마워하면서 살아! 보기 좋아 보이네. 내 이름은 젠이야. 제니스 한."

살짝 웃으며 말하자 애론 또한 젠에게 웃으며 얘기했다.

"나는 애론 정. 열한 살이야."

"우와아! 너도 열한 살이구나! 아빠, 저 애론이랑 친해지고 싶어요!"

그의 아버지는 하는 수 없다는 듯이 돈을 내 주었다. 젠은 그것 또한 신나는지 방방 뛰어다녔다. 그녀의 아버지는 물었다.

"너는 어디서 왔니? 이렇게 꼬질꼬질한 거 같은데 안 씻어도 되니?"

애론은 입을 다물고 눈만 굴리고 있다가 얘기했다.

"사실은 저는 저어기 판잣집에서 살아요. 그리고…"

가정사를 다 들은 그녀의 아버지는 깜짝 놀라며 얘기했다.

"많이 힘들었겠구나. 사실 이렇게 빈민층들이 많이 생겨난 것도 다 정부 때문이란다. 나는 그런 정부가 바뀌었으면 좋겠단다. 그러면 너도 행복해질 수 있을 거야 아마도."

애론이 신나하며 말했다.

"우와아. 아저씨가 꼭 저를 행복하게 만들어주셨으면 좋겠어요!"

그 애의 아버지는 껄껄 웃으며 말하였다.

"그래. 내가 가기 전까지는 도와주마."

어디선가 젠이 나타나 말했다.

"우리 아빠 진짜 멋지지? 나도 아빠 같은 훌륭한 기자가 되었으면 좋겠어! 나 딴 데로 가기 전까지 나랑 재밌게 놀자!"

애론도 밝게 웃으며 말했다.

"그래!"

그들이 있는 2주 동안 애론은 많은 것들을 경험하고 느껴보았다. 죽어가던 인간성은 점차 살아났고, 살랑대며 불어오는 바람, 햇살은 뜨겁지 않게 그를 내리쬐며 모든 것이 따뜻하게 그를 반겨주는 느낌이었다. 젠과 있을 때 그는 항상 행복하게 지내왔던 것 같다. 애론의 삶의 목적은 젠이었다. 평생을 회색처럼 우중충하게 살던 그는 태양같이 환한 금발의 젠을 만나고 나서부터 모든 게 행복해졌다.

떠나기 마지막 날 그들은 강아지를 만지며 놀고 있었다. 젠은 말했다.

"너도 알지? 나 이제 내일이면 다른 곳 가는 거."

애론은 애써 밝은 척 말했다.

"응 알지. 그래도 너랑 있어서 즐거웠어."

그리고는 강아지를 만지며 눈물을 꾹꾹 참았다.

"민경아! 이제 젠 언니 다른 곳으로 간대. 내일 빠이빠이하자."

애론은 길가에서 생활하는 강아지 민경이를 쓰다듬어주었다. 민경이라는 이름도 젠이 붙여준 것이다.

"민경아, 보고 싶을 거야. 애론 너도 그렇고."

젠을 고개를 푹 숙이고 슬퍼하였다. 젠과 그의 아버지가 떠나는 날 애론은 젠이 떠날 때는 그들을 만나지 않았다. 마지막을 슬퍼하며 보내고 싶어하지 않았기 때문이다. 그 대신에 젠은 자신의 전화번호를 주며 다음에 다시 연락하라는 쪽지를 남기고 떠나갔다. 그리고는 그녀를 위해 하루하루를 살아가고 있었다.

왜인지 모르게 오랜만에 젠이 떠올랐다. 오랜만에 애론은 그녀가 보고 싶었다. 아마도 비슷한 목소리를 들어서 그런 것 같았다.

"애론?"

그 목소리는 애론을 불러왔다. 길게 늘어뜨린 금발 머리는 햇빛을 받아 반짝이며 다가왔고, 푸른 눈은 애론을 향해 바라보고 있었다. 아마도 그건 젠이 맞았다. 아니 젠이 틀림없었다. 딱 보고 싶을 때 나타나 준 구원자라니. 참으로 아름다운 로맨스 영화 같았다. 애론은 젠을 향해 달려가고 말했다. 애론은 살짝 장난을 치고 싶었다.

"누구세요?"

누군지 모르는 사람이 자신의 이름을 안다는 것은 당황할 일이다. 애론은 그런 사람의 입장이 되어보며 능글맞게 말했다. 당황한 듯 젠이 말했다.

"아, 제가 아는 사람인 줄 알았습니다. 죄송합니다."

애론은 젠의 당황한 모습에 웃음이 '푸하'하며 나왔다. 그리고 이어서 말했다.

"조금 장난을 친 것뿐이야. 젠. 내가 널 어떻게 잊겠어. 너 때문에 살아온 자그마한 인생에 널 기억 못하면 어떡하겠어."

생기가 없던 젠의 눈에 노을 지는 석양이 비추어져 주황빛으로 빛이 났다. 그리고 곧장 애론에게 달려갔다.

"보고 싶었어. 너 연락 한 번 없어서 내가 얼마나 서운했는 줄 알아?"

7년의 공백이란 시간이 무색할 정도로 어제 만난 듯이 친근하게 대해 주었다. 애론이 말했다.

"서프라이즈 선물 같고 좋네 뭘. 그리고 너한테 연락 안한 게 아니야. 못했던 거지."

젠이 말했다.

"왜 못했는데?"

애론이 웃으며 말했다.

"어느 누가 사랑하는 사람 앞에서 비참한 모습 보여주고 싶겠어. 사실 내가 좀 더 멋진 사람이 돼서 너랑 정식으로 만나고 싶었는데. 사실 지금도 내 꼴이 엉망일까 봐 걱정 되네."

말을 맺은 후 옷매무새를 정리하였다. 젠의 볼은 순식간에 노을처럼 달아올랐다. 이윽고 젠이 말했다. 쑥스러운지 살짝 화를 내며 말했다.

"사랑하는 사이는 무슨. 아무튼 내 번호 기억나? 0199-468..."

말을 끝맺기도 전에 애론이 싱긋 웃으며 말했다.

"0199-468-9783. 내가 너 기억 한다고 했지? 사실이니까 나 너무 미워하지 마."

곧 집합 시간이 다되어 애론은 급히 모이는 장소로 가는 중이었다. 뒤에서 젠의 목소리가 들렸다.

"내가 너 어떻게 미워해? 내가 너 얼마나 좋아했는데! 너 꼭 나중에 연락해야 해!"

애론은 몸을 뒤로 젖히고 엄지와 약지만 편 채 얼굴에 갖다 대었다. 연락하라는 제스처였다.

"응. 나도 너 좋아하니까 사랑싸움은 그만하자고. 연락해."

그러고는 바로 달려가서 열에 맞추어 이동했다. 예건이 애론을 보자 말했다.

"야, 너 푸욱 쉬었냐? 아까 보니까 여자애랑 말하고 있던데."

애론이 웃으며 말했다.

"응. 어릴 때부터 만나던 친구. 사실 내가 좋아하고 있어서 친구라고 보긴 어렵지."

예건이 웃으며 말했다.

"짝사랑 힘들긴 하지. 그래도 너 정도 얼굴이면 잘될 듯. 잘해 봐라."

애론은 밝은 갈색의 눈동자에 말랐지만 근육이 살짝 붙은 몸, 큰 키를 가지고 있었다. 그렇지만 애론은 자신의 외모에 대해 생각해 본 적이 없어 예건을 이상하게만 바라보았다.

"걔가 너무 아까운 거 같아서 다가가기 어렵다. 그냥 옆에서 바라보고만 있어도 걔가 너무 좋아."

5. 자유를 찾아

그렇게 시위가 끝나고도 그들의 생활은 평소와 다름없었다. 모두가 훈련을 받고 밥을 먹고 교육을 받으며 매일을 똑같이 보내고 있었다. 하지만 애론에게는 약간의 추가된 것이 있었다. 매일 젠과 조금씩 연락하며 그동안의 근황, 좋아하는 것들에서부터 인생같이 무거운 주제도 꺼내고 있었다. 젠은 7년의 시간 동안 그토록 사랑하던 아버지를 정부 때문에 잃었으며, 외신 기자가 되어 우리나라의 상황을 알리기 위해 노력하고 있었다. 또한 애론은 젠을 만난 후에 꾸준히 연락을 이어가고 있었는데 매일 새로운 정보들을 들을 수 있어서 좋았다. 어느 날 젠이 말했다.

"애론, 이런 말하기 조심스러운데 이 소식 들었어?"

"응, 무슨 소식?"

젠은 조용히 속삭였다.

"여기 옛날에 네가 살던 곳인데, 너희 아버지 돌아가셨다고..."

애론은 아무 말이 없었다. 자신의 아버지가 죽다니. 화기애애하던 분위기는 순식간에 싸늘하게 식었다. 평생 골초로 살다가 담배 때문에 죽을 것 같던 아빠가 음주 운전을 하던 차에 치여 죽었다고 하였다. 어이없을 정도로 허무하게 죽어버렸다. 솔직히 애론은 화가 나 있었다. 자신을 십여 년이 넘도록 줄기차게 괴롭힌 그는, 나에 대한 사과도 없이 그렇게 한 번에 가 버린 것에 분노하고, 서운했으며 행복했다. 사실 이런 감정은 애론 또한 처음으로 느껴본 것이었다. 애정보단 슬픔에 가깝고 슬픔보단 애정에 가까운 미묘한 감정이었다. 애론은 엿이라도 먹이기 위해 그의 장례식에 찾아가기로 하였다. 휴가를 내고 하루 동안 장례식장에 갔다. 모아 놓은 돈도 없어서 장례랄 것도 없었다. 그저 살던 집 탁자 위에 유골함만 올려져 있을 뿐이었다. 영정 사진에서 아버지는 환하게 웃고 있었다. 어색함이 묻어나지만 치아가 다 보이도록 활짝 웃고 있는 아버지의 모습은 처음 보는 것 같았다. 조용히 집안을 둘러보던 중, 누군가 문을 끼익 열고 들어왔다. 여관방 아저씨였다. 이윽고 그는 말을 하였다.

"네가 그 애론 맞지? 그래. 현수가 많이 걱정했던 건 알고?"

현수는 그의 아버지의 이름이었다. 애론은 아저씨의 말에 분노하며 답했다.

"저희 아버지가 그럴 사람으로 보여요? 아마도 제가 떠난 후에는 속으론 엄청 행복해 했겠죠. 먹일 입 하나 줄었는데."

여관방 아저씨는 품속에서 쪽지 하나를 꺼내주었다. 생김새로 보아 유언장인 듯하였다. 마치 죽을 줄 알고 적은 듯이. 유언장은 이렇게 시작하였다.

'사랑하고도 증오했던 나의 아들아, 내가 지금 당장 죽지는 않을

것 같다만, 요즘 기침도 심해졌고 나이도 있고 하니 언제 죽을지 몰라 이렇게나마 글이라도 쓴다.'

거짓말. 나이가 뭐가 많다고 죽을 걱정을 해? 애론은 계속 글을 읽어 갔다.

'아마도 네가 이 글을 볼 때는 내가 죽은 다음이겠구나. 애론, 너는 나를 엄청나게 싫어하고 증오스러울 것이다. 그렇지만 나를 너무 미워하지 말았으면 좋겠다.'

그저 병신 같은 말일 뿐이었다. 내 인생의 고통은 다 아버지였으면서. 애론의 몸 곳곳에 남은 자잘한 멍부터 등에 나 있는 화상 자국까지 모두 아버지가 만든 것이었다.

'사실 우리 집 이렇게 된 거, 도박 때문 아니었다. 병원에서 너 낳고 바로 해외 도피하려 했는데 잡힌 거다. 우리 집 풍비박산 났다고 별 지랄을 다한 거 같아서 미안하다. 다 내 잘못이지. 내가 이렇게 다 잘못한 게 맞다. 요즘 이렇게 지랄 맞게 살아와서 그런지 몸도 만이 아프다. 아마도 신이 벌 내리신 거 같다. 이렇게 가진 것 없는 아버지한테서 태어나서 항상 불행하게 살아온 너에게 미안하다. 그나마 남은 돈은 네 앞으로 돌려놨다. 다음 생에는 네 자식으로 태어나, 네가 받은 고통의 수백 수천 배를 받는다 해도 달게 받을 수 있을 것 같구나. 진심으로 미안하다.'

기억력도 떨어진 건지 맞춤법은 몇 개씩 틀려 있는 엉망진창인 유언장이었지만 아버지 정현수의 마음은 잘 드러나 있었다. 애론의 눈에선 쉴 새 없이 눈물이 흘러나오고 있었다. 입소 전까지만 해도 죽일 듯이 때리고 방치했던 아버지였다. 애론 또한 유언장을 보고도 아버지에 대한 분이 풀리지 않았다. 그렇지만 슬픔을 느끼고 있었다. 좆같다. 역시 이래서 애증의 관계는 무서운 듯하였다. 어릴 때부터 보고 살아온 미운 정이 결국 나의 인생까지 스며드는구나라는 생각이 들었다.

아저씨는 주머니 속에서 통장을 꺼내 주었다. 통장에는 아버지의 자필로 '비밀번호는 네 생일이다.'라고 쓰여 있었다. 자신의 생일은 챙기지도 않았으면서 그토록 병신으로 취급하던 아들의 생일은 꼬박꼬박 챙겨주었다. 그 안에는 약 500만 원 상당의 돈이 모여 있었다. 언제 이렇게까지 모았는지는 알 턱이 없었지만 아마도 이 돈은 평생 쓸 수 없을 것 같았다. 돈 때문에 허덕이던 10여 년을 보상할 수 있는 돈은 아니었다. 그렇지만 그를 불행하게 만든 장본인 중 하나인 돈을 이렇게 쉽게 얻는 것을 보고 그는 허무하다 생각하였다.

그는 잠시 밖으로 나가 길가에 버려진 담배꽁초 하나를 주워들었다. 사실 이것도 아버지의 습관 중 하나였다. 이런 사소한 습관 하나하나가 배어든 게 구질구질했지만 어쩔 도리가 없었다. 원래 사람은 자신이 가장 싫어하는 사람의 행동을 따라가기 때문에. 그는 담배 끝 부분에 라이터를 갖다 대고 불을 피웠다. 끝 부분에서 붉은 불꽃 하나가 희미하게 일렁였다. 그리고 입에 갖다 대 담배의 연기를 후욱 들이마셨다. 연기는 그의 폐 깊숙이 스며들어갔다. 기관지를 통해 스며들어가 연기의 검은 자국은 폐에 깊게 새겨지는 듯하였다. 처음에는 매캐한 담배 냄새 때문에 거부감이 들었지만 몇 번 더 빨아들이자 좀 더 나아진 것 같았다. 아, 사람들이 이래서 담배에 중독되는구나 생각하였다. 그는 마지막으로 몇 번 더 빨아 마시더니 발로 비벼 담뱃불을 껐다. 창틀에는 시커먼 담뱃재가 먼지와 함께 뒤섞여 꽤나 두껍게 쌓였다. 이것은 분명 아버지가 핀 담배의 흔적이겠지. 한 대를 피고 나니 속은 그나마 편해진 느낌이었다. 아마 아버지도 좆같은 기분이 풀리는 느낌이어서 담배를 계속 피웠을 것이다.

젠은 기분 전환이라도 할 겸 애론을 식당으로 데려갔다. 서로 마주 보며 대화를 나누고 있었다. 애론은 마음이 조금 진정된 후에 유언장을 다시 살펴보았다. 아무래도 잡혀서 재산이 다 몰수됐다는 부분이 마음에 걸린다. 아무리 정부가 독재 정치를 하고 있다지만 이 정도로까지 심각하게 한다고? 솔직히 분노에 차올랐다. 그들 때문에 우리가 얼마나 고생하였는데. 애론은 정부를 싹 다 물갈이해야 한다고 생각하였다. 우리에게 필요한 것은 자유였다. 나를 위해, 젠을 위해, 그리고 아버지를 위해. 모든 것은 이제부터 시작이었다. 애론은 할 수 있는 작은 일부터 시작하려 했다. 이것이 졸개 일병 하나가 할 수 있는 몸부림이었으니까.

그는 다시 입소하였다. 동기들은 모두 그대로였고 숙소 또한 똑같이 초라했다.

애론이 말했다.

"우리 이제 바꾸어야 할 때가 온 것 같다."

세현이 되물었다.

"뭘 바꿔?"

"이 썩어 빠진 세상을 바꿔야지."

숙소 위의 빨간 불빛에서 삐--- 소리가 귀를 먹먹히 울렸다.

"37번 애론 정 훈련병, 반역죄. 사살 필요. 사살 필요."

갑작스럽게 나온 목소리가 방 안을 가득 메웠다.

후기

안녕하세요. 이 소설을 쓴 홍예원이라고 합니다. 저는 소설도, 후기도 다 처음 써 보는 것이라 익숙지 않지만 이렇게 한 자 한 자 써 봅니다. 처음으로 제가 이렇게 소설을 써 봤는데 이렇게 책으로까지 나올 수 있다고 해 주셔서 정말로 기뻤던 것 같았습니다. 제 보잘 것 없는 글이 다른 이의 눈에는 다른 관점으로 보일 수 있다는 것이 정말 좋았어요. 글이라는 것이 누가 보느냐에 따라 새롭게 재해석되거나, 또다른 내용을 펼칠 수 있다는 모습이 흥미로웠습니다. 그래서인지 책으로 저의 글을 내어 많은 사람들이 볼 수 있다는 것이 기대되기도 하고 떨리기도 하네요.

이 책의 내용은 어둡고 음울함이 생각보다 많이 묻어나지만, 그런 상황에서도 담담히 이겨내려고 하는 주인공의 심리를 인상적으로 표현하고 싶었습니다. 그러나 미흡했던 탓에 제가 원하는 대로 완성을 하진 못했습니다. 하지만 소중한 경험이라 생각하고, 제가 계속 나아갈 미래를 향한 디딤돌로 사용하려 합니다. 다시 한 번 더 제 글을 읽어주셔서 감사드립니다.

***이 글은 주인공이 소원을 빌어 간 꿈에서 만나게 되는 친구들과의 학교생활, 그리고 주인공이 꿈꾸는 소소한 일상을 담았습니다. 소설을 쓴다고 해서 현실에서의 일을 과장하거나 부풀린 부분도 있는데 그냥 소설이다...라고 생각하고 읽어 주셨으면 좋겠습니다. 열심히 쓴 작품이니 주인공의 꿈속 이야기부터 엔딩까지 재미있게 읽어 주셨으면 합니다.

꿈에서 만난 세계

김서윤

1. 소원

나는 불과 몇 개월 전까지만 해도 평범하게 학교를 다니던 아이였다. 나와 엄마, 아빠로 이루어진 우리 가족은 관계가 돈독했다. 하지만 남부럽지 않게 학교를 다니던 것도, 여름방학을 하기 전까지였을 뿐이었다. 여름방학은 나에게 가장 최악의 기억이었다.

고등학교 여름방학이 시작된 뒤, 우리 집안에는 파국이 찾아왔다. 매일 싸우는 엄마와 아빠. 이 집에서 평범함이 있었던 것은 예전 이야기가 되어버렸다. 매일 두 사람이 싸우는 것을 보는 것만으로 난 힘들었다. 그러던 엄마와 아빠는 결국 이혼하셨다.

그 사실은 두 사람이 싸우고 있는 것을 보며 힘들어하던 나에게 더욱 큰 슬픔을 가져다 주었다. 모든 것이 차라리 꿈이었다면 어땠을까 하는 생각도 무수히 많이 해 보았다. 하지만 지나간 일을 되돌릴 수는 없었다.

그리고 아무도 나를 키우기를 원하지 않았다. 이대로 버려지나 했지만 엄마와 대화를 나눈 아빠에게서 나를 키우기로 했다는 말을 듣게 되고 희망을 품었다. 하지만 나는 채 한 달도 채 되지 않아 그게 헛된 희망이라는 걸 깨달았다.

나를 키우던 부모님은 내게 늘 따뜻했기에 설마 내게 그렇게 차갑게 대하겠냐는 아둔한 생각 때문에 상처는 두 배가 되어 돌아온 것 같다. 이혼 후 아빠와 엄마는 내게 무관심했다. 예전의 따뜻함은 찾아볼 수 없었다. 집에 돌아와서 흔히 물어보는 뭐하고 왔느냐는 간단한 안부 인사조차 전혀 주고받지 않았다. 내가 밖에서 뭘 하고 오든, 어디를 갔다 왔든, 아무것에도 관심을 가지지 않았다. 개학하면 그래도 괜찮을까 기대를 품었던 나는 절망하고 말았다.

바로 나에 대한 좋지 않은 소문이 퍼졌기 때문이었다. 내가 남자나 친구를 의도적으로 관리한다는 그런 소문들은 걷잡을 수 없이 퍼져나갔다. 소문을 믿는 사람 대부분이 그러하듯 증인도 증거도 아무것도 없으면서 그저 제 친구의 말이랍시고 무조건 믿는 애들이었다. 문제는 그런 애들이 널려 있어 제대로 된 말 한번 해 보지 못했다는 것이었다.

나는 소문을 되돌리기는커녕 오히려 점점 더 이미지가 바닥을 쳤다. 괴롭힘을 당하고 따돌림을 당하고. 처음에는 많이 슬퍼하고, 마음고생도 많이 했다. 어느 날은 아빠에게 털어놓기도 했다. 하지만 나를 위로하거나 감싸주는 말은 들을 수 없었다.

"그냥 좀 참아라. 장난이라고 생각하고."

"……."

그 이후로 나는 한 번도 그 일과 관련된 이야기를 입 밖에 꺼내지 않았다. 기대한 내가 바보였지. 옛날 행복했던 그때로 다시 돌아가고 싶었다. 그런 생각이 자꾸만 들었다.

나는 밤에 몰래 집을 빠져나왔다. 그곳에 더 있으면 숨이 막힐 것 같았다. 정처 없이 걷다 보니 내 앞에 한 폐교가 나타났다. 제멋대로 자란 덩굴과 잡초들, 그리고 오래된 느낌의 폐교를 본 나는 그곳으로 들어가 보았다. 별 이유가 있어서 들어간 건 아니었다. 그냥, 순전히 호기심으로 들어간 것이었다.

극도의 스트레스를 받은 직후 상태라 그날따라 유독 충동적이었던 것 같다. 터벅터벅 학교 안을 둘러보며 점점 더 위층으로 올라가던 나는 옥상에 다다랐다. 옥상 문은 잠겨 있지 않았고, 난 그대로 문을 열고 들어갔다.

밤하늘에 수놓인 반짝거리는 별들이 보였다. 이곳은 좀 동떨어진 곳이라 별이 더 잘 보이는 듯 했다. 나는 밤하늘에 시선을 고정한 채 옥상의 난간 쪽으로 발걸음을 옮겼다. 그 때였다. 밤하늘에 별똥별이 떨어지기 시작했다.

"……!"

이런 걸 보게 될 줄은 몰랐기에 나는 놀라움을 담은 눈으로 하늘을 바라보았다. 별들을 멍하니 바라보던 나는 입을 열었다.

"다 싫어. 없어져 버렸으면 좋겠어."

중얼거리듯 혼잣말로 작게 말했다. 나를 힘들게 만드는 것들이 없어졌으면 하고 바란 것이었다.

"나를 사랑해 주고 아껴 주는 사람이 있었으면 좋겠다. 내가 소중히 여길 만한 사람이 있었으면 좋겠다."

"저기."

순간 몸이 굳었다. 나 이외의 다른 사람이 이런 우중충한 폐교에 아무도 없다고 생각을 해서 그런지 당황스러웠다. 나는 소리가 들려오는 등 뒤쪽을 조심스레 응시했다.

"누구?"

뒤를 돌아본 내 앞에는 나 정도의 키를 가진 남자가 서 있었다. 묘하게 창백해 보이는 인상이었다. 하지만 반면에 서글서글한 인상과 여유로움도 담은 목소리를 가진 사람이었다.

"이런 늦은 밤에 동떨어진 폐교엔 무슨 일로?"

의아하다는 듯 고개를 갸웃거리며 남자는 내게 물었다. 나는 당황해서 반문했다.

"그쪽이야말로 무슨 일로 이런 곳에?"

"난 여기 원래부터 있었고, 그쪽은. 야밤에 폐교에 갑자기 찾아오고 싶었을 리는 없을 것 같은데. 담력 체험 같은 거라도 하고 있는 중인 건가?"

"그냥 답답해서 막 걷다가 우연히."

"무슨 고민이라도?"

"개인적인 거라, 그쪽이 신경 쓸 필요는 없어요."

사람이 있었다니! 수상하긴 했지만 그런 걸로 따지자면 나도 할 말이 없었고, 깊게 파고들기 귀찮았다. 지금은 그냥 조용히 있고 싶었다.

"사람이 있는 줄은 몰랐네요. 그럼 전 집으로 가야 해서 이만."

나는 자리를 피하려 했다. 혼자 있고 싶어서, 무엇보다 낯선 사람과 야심한 밤에 오래 이야기를 나누고 싶지도 않았고 말이다. 슬슬 돌아가는 게 좋을 시간이기도 하고. 그래서 대강 인사 정도는 하고 뒤돌아 걸어가고 있었다.

"잠깐만."

뒤에서 탁 하고 붙잡는 손길이 느껴졌다. 갑자기 초면에 왜 이러나 싶어 의아해진 나는 뒤돌아서서 질문했다.

"무슨 할 말이라도?"

"그쪽, 아까 소원을 빌었지?"

갑자기 이게 무슨 소리람? 가려는 사람을 붙잡고 하는 이야기가 갑자기 소원이라니.

"예? 갑자기 그게 무슨 소리예요?"

"말 그대로, 아까 소원 빌었잖아?"

"무슨 소리에요? 저는 소원을 빈 적이 없어요."

중얼거리듯 작게 말한 것은 있지만 그것은 소원은 아니었다. 그리고 워낙 작게 말한 것이라 저 사람은 모를 것이다. 아는 것이 더 이상하고. 있어도 저 사람이 신도 아니고 소원 같은 걸 들어줄 수 있는 것도 아닐 테고, 말하고 싶지도 않았기에 대충 없다고 둘러댔다. 그리고 갑자기 이게 뭐야?

"아까 중얼거렸잖아? 다 없어져 버렸으면 좋겠고, 너를 사랑해주는 사람이 있었으면 좋겠다며?"

"그걸 그쪽이 어떻게 알아요? 분명히 작게 말했는데."

계속 같은 말만 반복하자 약간 짜증이 난 나는 그냥 대놓고 말했다.

"난 네가 바라는 그걸 들어줄 수 있어."

"말도 안 돼요."

"왜 말이 안 돼?"

왜 저렇게 당당하지? 뭔가 이상한 사람이라는 느낌이 들었다. 갸우뚱 하며 나의 말에 반문한 남자는 갑자기 웃었다. 그 때였다. 나와 남자 주위로 꽃잎 크기의 밝은 빛이 떠다니기 시작한 것은. 마치 마법 같았다.

"이게 무슨?"

"말했잖아, 소원 같은 걸 들어줄 수 있다고."

"이게 소원이랑 도대체 무슨 관련인데요?"

"소원을 이뤄 주는 불빛이지."

"저한테 이러는 이유가 뭐에요?"

진심으로 궁금했다.

"나는 여태껏 이곳에 온 모든 사람들에게 그렇게 제안했으니까. 아 물론 폐교 탐방 같은 걸로 온 사람 빼고. 가령 뭐 죽고 싶다거나, 너무 힘들어서 혼자 있고 싶다는 생각을 가진 사람 말이야. 그런 사람들에게 제안했었지."

"어떻게 믿죠?"

"빛들이 일정하게 떠다닐 수 있게 하는 게 보통 사람이 할 수 있는 일인 것 같아?"

반박할 말이 없었다. 이건 정말 빛이 떠다니는, 일반 사람이라면 하지 못했을 일이니까. 나는 말했다.

"무엇이든 들어줄 수 있는 건가요?"

"그래. 기회는 지금 한 번뿐이야."

"예... 들어 줘요."

"그래, 네 소원은 아까 들었으니까."

솔직히 나는 원래 뭘 보여줘도 잘 안 믿는데, 당장 내 눈앞의 현실의 일이 이렇게 불행하게 다가오니 그냥 뭐든 간절해졌던 것 같기도 하고. 뭐, 사실 어이가 없어서 어디 한 번 해보라는 의미로 말한 것도 섞여 있었던 것 같다. 솔직히 제정신이 아니었다.

"그럼 소원을 들어줄게. 다만, 그 사람을 만나는 배경은 언제가 되어도 상관이 없는 거지?"

"네."

"그런데, 와중에 미안한 소리지만 나는 네가 소원으로 빈 부분까지만 이뤄줄 수 있어서, 소원으로 빌었을 때의 일이 어떤 게 벌어질지 몰라. 소원 외의 사건이나 일이 발생할 경우에는 나한테 어떤 말을 해도 이뤄 줄 수가 없어."

"그래요."

생각 외로 상세하게 물어보기에 놀랐다. 무슨 일이 있기라도 할까? 있어 봤자 무슨 소용이야? 나는 그저 가볍게 답할 뿐이었다. 내가 대답한 그 순간, 짧게 빛이 내 몸을 휘감고는 흩날려 사라졌다.

"당장 오늘부터 시작될 거야, 그 소원."

"이 늦은 밤에요?"

"아마 가면 알게 될 거야."

"예?"

"너는 한 꿈을 꾸게 될 거야. 그 꿈은 또 다른 현실이고. 그리고 매일 하나의 꿈만을 꾸게 될 거야."

알 수 없는 말을 남긴 남자는 잘 가라며 손을 흔들었다.

그 순간 눈부시게 빛이 비치더니 시야가 흐려지며 눈이 감겼다. 눈이 뜨였을 때 보이는 풍경은... 내 방이었다.

'순간이동 같은 건가? 되게 신기하네.'

어안이 벙벙했다. 하지만 제대로 생각하기도 전에 머리가 지끈 아파왔다.

'아, 뭐지?'

더 이상 생각할 겨를도 없이 눈이 감기기 시작했다. 앞이 흐릿해지고, 중심을 잡을 수가 없어 침대 위로 풀썩 쓰러졌다. 멀어져 가는 의식 속에서 시야가 흐려지던 것이 내 마지막 기억이었다.

2. 꿈속의 학교

나는 눈을 떴다. 눈을 뜨자마자 눈이 저절로 찡그려질 정도로 밝은 햇살이 나와 주변을 비추고 있었다.

"음?"

여기는 도대체 어디인가 싶었다. 익숙하지 않은 풍경과 커다란 건물이 눈앞에 펼쳐졌다. 내가 왜 여기 있는 거지? 꿈인가, 이거? 그러다가 문득 뇌리에 스친 생각이 있었다.

'설마 소원을 오늘부터 들어준다는 게 이건가?'

아마 그게 제일 가능성 있지 않을까 싶었다.

나는 내 차림새를 한 번 살펴보았다.

'이게 뭐야, 도대체?'

내 잠옷, 아니 물론 잠옷을 입고 햇빛 쨍쨍한 곳에 서 있지는 않겠지. 어찌 되었든 내 옷이 아닌 웬 교복이 입혀져 있었다. 심지어 이것은.

'우리 학교 교복도 아닌데 이거?'

웬 이상한 교복 같은 것을 입고 있었다. 나는 어깨의 묵직한 느낌에 가방이 있다는 것도 인지하고 재빨리 가방을 벗어 보았다.

'이거 내 가방도 아니잖아!'

뭐지, 진짜? 나는 재빨리 가방을 뒤져 보았다. 여러 곳을 뒤지니 거울 같은 것이 있었다. 나는 재빨리 내 얼굴을 확인했다.

'다 처음 보는 건데 얼굴은 똑같네? 이게 뭐야?'

내 얼굴을 손으로 대충 더듬으니 너무나 생생한 촉감이 전해졌다. 어안이 벙벙했다. 이게 꿈이라는 생각도 안 들 정도로 촉감이 생생한데...? 잠깐, 설마 시간도 다른 건 아니겠지? 일단 날짜, 날짜를 확인해 보자.

나는 재빨리 휴대폰을 찾았다. 가방을 뒤지니 휴대폰이 나왔다. 난 휴대폰의 날짜를 확인했다.

– 4월 4일 월요일

뭐? 오늘은 분명 9월 1일이었다. 그런데 4월 4일? 이상했다.

지금 얼굴 외에 같은 점이 하나도 없는 것 같은데. 불길한 예감을 애써 떨쳐보려 노력한 나는 다시 한 번 날짜를 확인했다.

– 2016년 4월 4일 월요일

말도 안 된다. 지금은 2016년 9월 1일. 자그마치 5개월 전의 날짜였다. 이게 뭐야? 몇 번이고 눈을 비비면서 보았지만 여전히 내 앞에 보이는 날짜는 4월 4일. 왜, 왜 5개월이나 지난 날짜가 화면에 뜨지? 설마 내가 주변 환경에 싫증을 내서 모조리 바꾸어 준 건가? 혼란스러운 나는 목소리도 내 보았다.

"아, 아. 뭐지? 왜 똑같은 것 같지?"

말도 안 돼. 지금 이게 무슨 상황이지? 내가 헛것을 보는 건가?

나는 주위를 찬찬히 둘러보기 시작했다. 내 앞에는 학교 정문이 있었다. 학교를 초등학교 6년과 중학교 3년을 다녀 9년을 다닌 내게는 너무나도 익숙한 풍경이었다.

다른 곳들도 찬찬히 살폈다. 이곳은 흰색과 여러 색들이 섞인 좀 깔끔한 스타일의 큰 두 개의 건물로 이루어져 있었고, 운동장 형태의 공간이 있었다. 학교 정문으로 보이는 공간과 운동장 같은 공간으로 보아 이곳은 학교인 것 같았다. 하지만 날씨는 해가 저 높이 뜨여 있고 더운 것을 보니 아무래도 대낮인 것 같았다. 설마, 지각인가? 아니, 지금 중요한 건 그게 아니지.

소원과 관련된 거긴 한데 아는 것이 없었다. 꿈속의 '나'이든, 내가 아니든 나는 이곳의 내 몸에 대해서는 아는 것이 없었다. 그런데, 그 순간 뒤에서 차의 경적 소리가 울렸다. 순간 난 깜짝 놀라 뒤를 돌아보았다. 검은색의 승용차였다. 누구지?

"혜연아, 아직도 안 들어가고 있으면 어떡하니?"

차창으로 모습을 내보인 것은 온화한 인상을 가진 한 여인이었다. 나를 부르는 것 같은 이름은 내 이름과 똑같았다. 뭐지? 하여튼 걱정? 염려? 그런 것을 담긴 목소리로 나에게 말을 걸고 있는, 마치 엄마 같은 푸근함을 가진 사람.

"혜연아?"

잠깐 멍 때리고 있던 사이, 여인은 내게 말을 걸었다. 여전히 걱정이 담긴 목소리로. 나는 이 사람을 몰랐기에 어안이 벙벙한 상태로 물을 수밖에 없었다.

"누구세요?"

"혜연아? 그게 무슨 소리니?"

"……."

"엄마잖니?"

일단 아는 척이라도 해야 할 것 같았다. 반응을 보니 충격을 받은, 들을 수 없는 말을 들은 것처럼 놀란 듯했으니. 어쨌든 내가 여기 빙의되었다거나 갑자기 들어와 버렸다고 해도, 여긴 나를 꿈속의, 아니, 이곳의 민혜연으로 생각하고 있을 테니까. 그럼 나는 누군가의 몸에 들어온 건가. 소원으로?

"아 아니에요. 잠시 다른 사람으로 착각했었나 봐요."

"으음? 존대? 안하던 짓을 하는구나."

"아, 아냐. 그냥 잠깐 당황했을 뿐이야, 엄마."

나는 그 말을 듣고는 급하게 호칭과 어투를 정리했다.

"흠 그래? 알겠어. 그런데 어디 가야 하는지는 기억하고 있지?"

"아하하."

"그러게 내가 잘 들어두라 했잖아. 오늘 전학 왔으니 아마 1학년 교무실 쪽 가면 전학 관련해서 말씀해 주실 거야. 이 학교 1학년 층은 2층이라고 하더라. 아, 물론 여기서 보이는 곳의 오른쪽인 '동관'에 있다고 하더라. 혹시나 해서 학교 홍보용 팸플릿에 있는 구조 지도를 주긴 했는데. 여하튼 가지고 있지? 자세한 건 선생님이 설명해 주실 거야. 조심히 다녀오렴."

"깜빡 하고 있었네, 아하하 고마워. 조심히 다녀올게. 잘 가,

엄마.”

의아한 표정으로 나를 흘깃 보던 ‘엄마’라는 사람은 나를 두고 차를 다시 타고 가버렸다.

‘일단 여기 들어가야 하겠지?’

결국 나는 학교 안으로 발걸음을 내딛었다. 천천히 걸어 들어가니 내 앞에는 크게 개방된 신발장으로 가는 길, 옆에는 운동장이 보였고 전체적으로 탁 트인 곳이었다. 일단 나는 큰 계단처럼 보이는 곳에 올라갔다. 두 건물은 4층 정도로 보이는 곳에 통로로 이어져 있어 완전 분리는 아닌 것 같았다. 천천히 올라가 벽면에 적힌 숫자, 즉 층을 알려주는 숫자가 2가 되었을 때, 나는 멈춰 섰다.

“후우.”

잠깐 한숨을 쉰 나는 1학년 교무실을 찾아갔다. 복도가 조용한 것을 보니 다들 수업 시간인 모양이었다. 1반, 2반, 3반... 여러 교실 쪽들을 둘러보니, ‘1학년 교무실’ 이라는 팻말이 있는 곳을 찾았다.

‘내가 진짜 왜 이러고 있는 거냐?’

그래도 뭔가 이 일을 해야 할 것만 같은 강한 느낌이 들었다. 어쨌든 나는 약간 이상한 그 기분을 떨쳐 버리고는 교무실 문을 똑똑 두드렸다. 들어와도 좋다는 한 선생님의 목소리가 들리고, 나는 조심스레 들어갔다. 들어가자마자 내게 말을 거는 사람이 있었다.

“못 보던 얼굴인데... 아, 혹시 이번에 전학 온다던 혜연이?”

“네, 제가 민혜연이에요.”

“아, 반가워 혜연아. 나는 이번 학년 동안 너를 담임하게 될 1학년 10반 담임 윤정이라고 해. 내 담당 과목은 수학이야."

"네."

"음, 반장한테 지금쯤 오라고 말을 해 뒀는데. 실은 내가 다음 시간 수업이 있어서 말이지. 널 직접 안내해 주지를 못해서, 반장에게 부탁해 두었어. 반장 이름은 윤재현이고 남자애야."

"네."

"아, 마침 왔네."

문 쪽의 작게 뚫린 창문을 보던 선생님은 '반장'이라는 아이가 왔다고 말했다. 곧이어 노크 소리가 들리더니 들어와도 되겠느냐는 질문이 들려왔다. 선생님의 허락이 떨어지자 문이 열리며 반장이라는 아이가 등장했다.

"선생님, 이번에 온 전학생이 누구 아, 옆에 있었네요."

"그래. 이름은 민혜연이야. 번호는 27번이 될 거고. 지금이 쉬는 시간이니까, 교실 가서 애들한테 소개 좀 해 줘. 자세한 말들은 종례 때 할게."

"네, 알겠습니다."

선생님은 웃으시고는 자리를 떠나 버리셨다. 얼떨결에 둘이 남아 어색한 분위기가 지속되고 있었다. 그때 남자애는 나에게 말을 걸어왔다.

"음... 선생님께 들었을 테지만, 나는 윤재현이라고 해. 1학년 10반 반장을 맡고 있어. 앞으로 잘 부탁해."

"응. 난 민혜연이라고 해. 나도 앞으로 잘 부탁해."

"그래. 일단 교실로 갈까? 학교 관련해서 궁금한 거 있으면 나한테 물어봐 줘."

"응."

교무실 문 쪽에서 대화를 나누던 터라 짧게 남은 선생님들께 인사하고는 나와 남자애는 걸어갔다. 교무실이 교실들 반대편 쪽에 있어서 약간 돌아가야 하기는 했다. 걸어가던 중 나는 남자애를 힐끗 보았다.

'모범생처럼 생겼네.'

"음? 혹시 나한테 무슨 할 말이라도 있어?"

"아니."

내가 잠깐 쳐다보고 있으니 무언가 할 말이 있다고 생각한 걸까. 하지만 나는 그저 주위를 둘러보다가 힐끗 본 것일 뿐이라서 아니라고 금세 부정했다. 그리고 금세 교실 앞에 다다랐다. 아까의 고요한 분위기와는 다르게 교실 안은 시끌벅적했다. 교실 문을 열고 들어간 반장을 내게 들어오라며 손짓했고, 나는 그 손짓을 따라 교실 안으로 조심스레 들어갔다. 모든 이목이 내게 쏠렸다.

교실로 조심스레 들어가니 시끌벅적한 분위기가 가라앉고 모두들 나를 보았다. 교탁 쪽으로 간 반장의 오라는 손짓에 그쪽으로 쭈뼛쭈뼛 다가갔다. 반장은 간단하게 내가 오늘 전학 온 아이라고 말을 해 주었다. 그러면서 내게 아이들에게 자기소개를 하면 된다고 말해 주었다.

"음, 안녕. 나는 전학 온 민혜연이라고 해. 앞으로 잘 지내보자."

3. 학교생활

꿈속의 이곳이나 나에 대해 아는 것은 전혀 없었기에 어디에서 전학 왔는지조차 설명하지 못했다. 어쨌든 나는 자기소개를 했고, 그 자기소개를 들은 아이들은 여전히 조용하기만 했다. 은근 민망해져 있는데, 박수 소리가 들렸다.

'음?'

짝짝짝 하는 박수 소리가 이어 들리고 "우와!"하고 말하는 아이도 있었다. 방금까지 조용해서 그런지 환영하지 않는 줄 알았는데. 박수 소리가 멎을 때 쯤, 반장은 내게 들어가라고 해 주었다. 제일 뒤에 있는 자리에 앉으니 종이 쳤다. 우리 학교 종소리와는 달라서 약간 어색했던 것 같다. 칠판 옆에는 시간표가 적혀 있었다. 지금이 몇 교시인지는 잘 모르겠고, 다음 선생님이 들어오신 것 같았다. 나는 대강 수업을 들었다. 내가 아는 점심시간이 많이 가까워진 것을 보면 내가 늦게 온 편인 것 같았다. 하긴 해가 그렇게 떠 있었는데 이른 아침일 리도 없었고. 어쨌건 수업을 듣다 보니 어느새 점심시간이었다. 내 자리에 누군가가 갑자기 훅 다가왔다. 뭐지 하면서 슬쩍 옆을 보니 웬 여자애가 나를 내려다보고 있었다.

"저기, 너 이번에 전학 온 혜연이라는 아이지?"

"아 맞아."

"혹시 밥 먹으러 나랑 같이 가지 않을래? 학교 구조나 이런 거 가르쳐 줄게!"

나는 가만히 눈을 깜빡였다. 친절한 아이인 것 같은데 호의가 익숙하지 않았다. 늘 호의를 베푸는 사람은 없었으니. 나는 그 제안을 수락하기로 했다. 근데 얜 누구지?

"응, 좋아. 그런데 너는 누구야?"

"아, 맞다. 자기소개를 안 했네. 미안, 당황스러웠겠다. 나는 한채아라고 해."

"응."

"아, 이제 슬슬 줄 서서 내려가자. 앞 반 애들 내려갔나 봐."

"응."

한채아라고 하는 그 아이는 어느새 내 손을 가볍게 잡아 이끌어 함께 줄을 섰다. 물론 같이 가기로 했지만 얼떨결에 이끌린 나는 익숙하지 않은 풍경에 주위를 휙휙 정신없이 둘러보며 갔다. 손길에 이끌려 도착한 급식소에서 밥을 배식 받고, 또 앉아서 먹기 시작했다. 그 여자애는 내 옆에 와서 앉았다. 딱히 번호순으로 앉는 것도 아니었기에 상관은 없었다. 밥을 먹는데 계속 옆에서 말을 걸어왔다.

"저기, 있잖아. 혹시 괜찮으면 날 채아라고 불러 줘. 나도 너 혜연이라고 불러도 돼?"

"응, 괜찮아."

거절하면 이상하게 보일까 싶어 괜찮다고 말했다. 내 대답을 듣자마자 그 애는 표정이 밝아지더니 눈을 빛내며 내게 이것저것 묻기 시작했다.

"그럼 혜연아, 너는 혹시 우리 학교에 어떻게 오게 된 거야?"

솔직히 나는 잘 몰랐지만 대충 에둘러 대답했다.

"으음 그냥. 별 이유는 없고."

나도 모르는데 어떻게 대답해?

"그럼 이전에 다니던 학교는 어디야?"

"……."

몰라. 난 이 몸에서 살아보는 게 오늘이 처음이라. 솔직하게 말할까 1초 정도 고민했지만 아무리 봐도 나를 이상한 애 취급을 할 것 같아서 그냥 솔직함을 포기했다.

"아, 말하기 싫으면 안 해도 돼."

약간 걱정스런 표정을 짓고 있는 것을 보니 알아서 잘 오해해 주고 있는 모양이었다. 그럼 딱히 말을 따로 붙일 필요는 없었다. 그렇게 가만히 앉아 밥을 먹고 자리에서 일어나 배식판을 정리한 뒤, 채아와 함께 교실로 돌아갔다. 교실로 돌아오니 아이들이 유독 신나 보였다. 뭐지? 하고 의문을 품었지만 그 의문은 금세 사라졌다.

종이 울렸다. 그와 함께 아까 교무실에서 마주쳤던, 나의 담임이 되실 선생님, 윤정아 선생님께서 들어오셨다. 시끌벅적한 아이들을 교탁 몇 번 두드리는 것으로 대강 저지하신 선생님은 안내할 말들을 읊어주시기 시작하셨다. 대강 듣고 있다가 안내가 끝나자 아이들은 한 둘씩 짐을 챙기기 시작했다. 그러자 선생님께선 말하셨다.

"오늘 우리 반에 전학생이 왔어요. 이미 반장한테 쉬는 시간에 들었겠지만. 이름은 민혜연, 화연고등학교에서 전학 왔다고 하니, 앞으로 다들 친하게 지내기 바랍니다. 박수."

짝짝짝 하는 박수 소리가 다시 한 번 들렸다. 그리고 이곳의 나는 화연고등학교에서 전학을 왔다는 것을 새로 알게 되었다. 곧이어 나가도 좋다는 선생님의 허락이 떨어지자 아이들은 우르르 몰려 나갔다. 순식간에 교실에는 나와 채아, 그리고 반장만이 남게 되었다. 선생님은 내게 가까이 다가와 물으셨다.

"혜연아, 여기. 학교 교칙 관련 안내물, 그리고 우리 반 시간표란다."

선생님은 그렇게 말씀하시면서 나에게 책자 같은 것을 하나 쥐어 주셨다. '학교 교칙'이라고만 쓰여 있는 평범한 책자, 그리고 '1학년 10반 시간표'라고 쓰여 있는 한 종이였다.

"아, 네. 감사합니다."

나는 그렇게 말하며 적응이 안 돼서 그런지 조금 어색하게 보이는 웃음을 짓고는 책자와 시간표를 받아 들고 감사하다는 인사를 하고 하교하려 했다. 하지만 선생님의 말씀이 나를 붙잡았다.

"혜연아, 혹시 불편하다거나 그런 일 있으면 말하렴."

"네, 이만 가볼게요. 오늘 감사했습니다."

약간 웃고는 나가 보았다. 채아 그 애는 나를 밖에서 기다리고 있었다. 나에게 따뜻하게 대해주는 첫 친구. 이런 표정이나 태도를 나에게 보여준 친구들이 여태껏 없어서 은근 빨리 마음을 연 건가 싶기도 했다. 나는 진심으로 대해 주던 아이가 없어서 약간 냉담하게 보일 수는 있지만, 그렇다고 얼어버릴 것처럼 차가운 아이도 아니다. 난 다가온다면 은근 마음을 쉽게 열어주는 스타일이었기에. 사실 제일 큰 문제는 다가오는 애가 없었던 것이었을 뿐이었고. 이름에서 성을 떼고 부르는 것은 은근 익숙하면서도 익숙하지 않았다. 가끔씩 어색할 때도 있긴 하지만. '한채아'보다는 '채아'라고 부르는 편이 낫지 않을까. 내가 상념에 빠져 있는 사이, 나와 채아는 어느새 정문 앞까지 도착했다. 채아는 내게 잘 가라고 인사해 주고는 걸어갔다.

'근데 나, 집이 어딘지 모르는데.'

다시 그 엄마라는 사람이 찾아와 줄 때까지 기다려야 하는 건가? 아니면 진짜 노숙이라도 해야 하나?를 각각 3초간 생각해 보았지만 답이 없었다. 일단 어디라도 걸어가 보는 게 좋을 것 같은데. 그렇게 생각한 순간, 아침에 들었던 차량의 경적 소리가 또다시 울리고, 아이들의 웅성거리는 소리가 들려왔다. 차창을 내려 얼굴을 보인 것은 아침에 보았던, 이곳의 엄마였다. 멍하니 바라보고 있자, '엄마'는 나에게 말했다.

"혜연아, 뭐 하는 거니? 어서 타지 않고."

"아."

퍼뜩 정신이 들었다. 첫날이라 길을 잘 모를테니 온 것일까? 타야 할 것만 같은 기분에 재빨리 차에 올라탔다. 그와 함께 차가 출발했다. 나는 안전벨트를 매고 가방을 무릎에 내려놓고는 가만히 있었다. 그러자 엄마라는 사람, 아니 그냥 엄마라고 부르는 편이 낫겠다. 현실의 엄마보다 따뜻하고 나은 것 같은데, 뭐 어때. 어쨌든 엄마는 나에게 말을 걸었다.

"오늘 전학 오고 첫 등교였는데 어땠어, 괜찮았어?"

"응, 당연하지."

가볍게 답하긴 했지만, 솔직히 마음이 좀 무거운 상태였다. 이 몸의 원래 주인이 아무리 나와 공통점이 있다고 한들, 이 아이는 내가 아니었다. 난 이 아이에 대해 아무것도 모르는데, 그 딸인 척 이 가족에 속해 있어도 되는 걸까, 원래는 이 애의 친구가 되었을지도 모르는 채아를 내가 친구로 삼아도 되는 것일까? 뒤늦은 생각이라고 할지도 모르지만, 마냥 정신없고 상황 파악도 안 되던 아까의 상황에 비해서는 차분해진 지금 생각이 제대로 들었다.

"……."

적막이 내려앉은 차에서 밖만 보며 있다 보니 어느새 집으로 보이는 곳에 도착했다. 그곳은 주택이었는데, 재벌 2세가 사는 것처럼 화려하고 예뻤다. 저기서 살면 어떤 기분일까라는 생각을 하며 집 외관을 보았다. 일단 나는 엄마를 뒤따라 집으로 들어가 보았다. 밖의 모습에 걸맞게 안의 모습 역시 화려하고 예뻤다. 화려한 샹들리에, 고급스런 소파, 멋진 식탁, 화려한 가구들, 그리고 수많은 방과 2층으로 연결되어 있는 아름다운 집의 내부.

'진짜 멋지다.'

그런 생각을 하며 집안을 대충 흘깃 보던 나는 엄마 따라 방으로 들어가게 되었다. 방 안을 천천히 둘러보았다. 산뜻한 색깔의 원목 가구들과 다른 가구들이 깔끔하면서도 묘하게 따뜻한 느낌을 자아내고 있었다.

'뭐지?'

하지만 이 방을 본 나는 이상한 느낌에 휩싸였다.

'다른 곳을 볼 때와는 다르게, 왠지 익숙한 느낌이 드는 이유는 뭘까?'

이상하게도 집안의 다른 내부 공간들에서는 전혀 느끼지 못했던 묘한 익숙함이 느껴졌다.

'그냥 기분 탓이겠지. 내가 여기 와본 적이 언제 있다고.'

그 이질적인 느낌에 의문이 들던 것도 잠시, 나는 그저 기분 탓이라 치부하며 별 생각 없이 관심을 접었다. 그러다 나는 책상으로 시선을 옮겨 책상 쪽을 둘러보고, 다가가 서랍도 약간씩 열어 보았다. 적어도 이곳에 대해선 어느 정도는 알고 있어야 할 것 같아서. 그러다 서랍 쪽의 선반 위에 있는 한 액자 같은 것을 발견했다. 엽서보다 조금 클 것 같은 크기의 액자 안에는 사진 한 장이 있었다. 이곳의 엄마와 똑같이 생긴 여자와 아빠와 똑같이 생긴 한 남자, 그리고 나와 비슷하게 생긴 아이가 있었다. 가족사진인 것 같았다. 내 방에 있는 가족 사진과 비슷한 것 같은... 그런 느낌이 들었다. 사진 안의 가족들은 정말 행복하게 웃고 있었다. 예전의 나도 그랬겠지. 그런데 이제 어떻게 해야 하나. 아무것도 모르는 상황에서 뭘 어떻게 한단 말인가. 이게 그 소원을 이루어 주는 건지도 모르겠다. 이전 환경은 싫지만, 그래도 너무 새로운 환경이라 아직 아무것도 몰라서 그런지 앞날이 캄캄했다.

'소원... 이룰 수 있을까?'

소원을 다시 한 번 떠올려 보기 시작했다. 하지만 아직 조금밖에 떠올리지 못했음에도 불구하고 두통이 일었다. '그저 순간적인 거겠지.'하고는 다시 떠올려 보았다. 하지만 어림도 없다는 듯이, 이번에는 두통이 더욱 심하게 찾아왔다. 처음에 미미했던 두통은 점점 더 커졌다. 소원에 대해 떠올릴수록 더욱 심해졌다. 결국 생각하는 것을 그만두고는 지끈거리는 머리를 부여잡고 침대에 풀썩 누웠다. 침대에 가만히 누워 있자니 잠이 솔솔 몰려왔다. 눈이 스르륵 감겼다. 눈꺼풀이 무거웠다. 지금이 잘 때나는 생각을 하며 눈을 뜨려 했을 때 희미하게나마 문이 열리는 소리가 들렸고, 왠지 모르게 주변에 은은한 향 같은 것들이 감도는 것만 같은 착각이 일었다. 그러면서 나는 잠에 빠져들었다. 얼마인지 모를 시간이 지난 후, 나는 희미하게나마 눈을 떴다. 몇 시지? 어두컴컴해서 아무것도 보이지 않는 방에서 근처를 더듬으며 휴대폰을 찾았다. 휴대폰을 찾은 난 휴대폰을 켜 보았다.

'나도 참 태평하게 잠에 빠지기나 하고.'

이 생각을 하며 휴대폰을 집어든 나는 화면을 켜 보았다.

"어?"

불빛으로 대충 주변만 보려던 나는 휴대폰에 적혀 있는 날짜에 놀람을 감추지 못했다. 왜냐하면, 휴대폰의 날짜가 7월 1일이었기에.

— 2016년 7월 1일

시간은 5시 45분이었다. 밖이 어두컴컴한 것을 보니 아직 새벽인 것 같았다. 그곳에서의 날짜는 4월 4일이어서 하루가 넘어가도 7월이 되는 일은 없을 테니까, 그렇다는 건.

'돌아왔어.'

마냥 돌아온 게 반갑지만은 않았지만 뭐가 뭔지 아직도 그 꿈에 대해서는 모르겠다. 소원을 들어주는 것 자체는 고맙겠지만 아무것도 모르는 곳에 툭 던져주면 어떡한단 말인가.

'아무래도, 소원을 빌었던 그곳에 다시 찾아가 봐야겠어.'

무슨 상황인지는 물어봐야겠다.

4. 현실

나는 침대에서 일어나며 나는 벽의 낡은 시계를 쳐다보며 중얼거렸다.

"나도 그런 가족들과 친구들이 있었다면 얼마나 좋았을까? 아니다, 그건 내게 사치겠지."

그저 스쳐 지나가듯 짧은 꿈이었을 뿐이다. 비록 꿈이었지만 행복함을 품었다. 하지만 깨어나니 내게 다가오는 것은 여태까지 내 곁에 있었던 불행과 현실감뿐이었다. 당장 오늘도 학교를 나가야 한다고 생각하니 전혀 기분이 좋지 않았다. 수많은 조롱과 놀림, 그리고 뒷소문의 주연이 될 것을 생각하니. 그리고 집으로 돌아와서조차도 맘 편히 있지 못할 것을 생각하니 절로 마음이 무거워졌다. 참 답답했다.

'차라리 꿈에 나온 가족들과 친구들이 있었더라면 행복했겠지.'

그 사실은 나의 생각을 더욱더 비교적으로 만들었다.

"어휴."

난 그냥 한숨만을 내쉬었다.

'이래봤자 내 인생이 바뀌는 것도 아니고.'

체념하듯 한숨을 쉰 나는 방 벽으로 다가가 방의 불을 켰다. 방의 불빛이 환하게 빛났다. 나는 가만히 책상으로 가 앉았다. 그리고 늘 그랬듯이 책을 폈다.

더 이상 꿈에 얽매여 있을 수는 없었다. 이젠 현실로 돌아와야 할 시간이었다. 일단 내 앞에 놓여있는 상황부터 봐야겠지. 당장 이번 달 말이 기말고사니까. 남들은 성적이 다가 아니라고 말하지만, 그런 말들은 내게 의미 없는 말이었다. 여기서 벗어나서 사는 방법은 공부하는 것밖에 없다. 나는 상념을 떨쳐 내려 책을 보았다.

'아, 진짜 내가 왜 이러지?'

단 한 번도 이렇게까지 책의 글자가 눈에 들어오지 않았던 날은 없었다. 진짜 오늘따라 왜 이러지? 나는 결국 아무것도 못하고 책상에서 일어나 학교 갈 준비를 했다.

대강 준비를 하고 책가방을 다시 보고 하다 보니 어느덧 시간이 훌쩍 지나 있었다. 내가 이른 시간에 일어나서 등교를 본격적으로 하는 시간인 8시까지는 아직 1시간이나 남은 7시였지만, 나는 이 집안에 더 이상 머물러 있는 것이 싫었다. 숨이 턱턱 막히는 것 같았다. 물론 학교에 있을 때도 그랬다. 책가방을 대충 둘러메고 하복을 입은 상태 그대로 밖에 나갔다.

'생각보다 공기가 차기는 하네.'

딱히 춥다는 생각은 들지 않았다. 정처 없이 떠돌 듯 걷는 지금이 마음이 더 편한 것 같기도 했다. 여기저기 다니며 다시 학교 쪽으로 왔을 때쯤에는 교문이 열릴 시간이 다 되었다. 교문이 열리고, 미리 기다리고 있던 여러 애들도 등교를 했다. 나 역시도 학교에 들어가 대강 반에 들어가 가방을 걸고, 늘 그랬던 것처럼 가만히 있었다. 가만히 앉아 턱을 괴고는 텅 빈 눈동자로 허공이나 응시하고 있으려니, 하나둘씩 반에 아이들이 들어오기 시작했다. 오늘도 나를 흘깃흘깃 쳐다보는 저 시선이 싫었다. 차라리 경멸을 드러내든가 아예 피해 다니든가. 차라리 대놓고 티를 내는 애들은 대처하기도 쉽고 선명히 악의가 보이니 나도 걔를 똑같이 싫어하면 속이라도 그나마 편한데, 신기한 구경거리를 보듯 나를 보는 시선들은 힐끔거리는 거다 보니 대놓고 그런 것도 아니니까 뭐라고 하기도 어렵고 기분도 더더욱 나쁘다.

'아, 짜증 나. 내가 뭘 잘못했는데!'

나는 점점 더 몰려오는 시선에 그냥 고개를 파묻고 엎드린 채로 눈을 감았다. 늘 그랬듯이. 차라리 소리가 안 들리도록 잠이라도 자는 게 나았다. 그렇게 눈을 감은 지 얼마나 지났을까, 내 잠을 깨우려는 듯 나를 흔드는 손길이 느껴졌다. 밀치듯 투박하고 거칠게 흔들어대며 깨우는 것을 보니 그 여자애들인 것 같았다. 그 여자애들은 나를 우리 반에서 가장 주도적으로 괴롭히는 세 명이었다. 뭐만 하면 시비를 걸어대고 본인 앞에서 그 사람에 대한 험담이나 욕, 비웃음을 아무렇지도 않게 하는 애들이었다. 그런 애들은 사실 어딜 가나 한 명쯤은 있기야 하다지만, 이 애들은 도를 넘어도 심하게 넘었다 싶을 정도로 심한 애들이었다. 나에게 직접적으로 다가와 이렇게 대할 사람은 걔네밖에 없다. 모두가 날 따돌리긴 했지만 대부분이 그저 피하고 방관했기에 나에게 직접적인 행동을 한 애들은 별로 없어서 모두 기억이 난다.

'후, 됐다. 그냥 일어나서 대강 쫓아내기라도 하자.'

난 그냥 눈을 떴다. 내 예상은 한 치도 빗나가지 않고 적중했다. 그 세 여자애들이었다.

"야, 쟤 일어났다."

"4교시 동안 쳐자더니."

"아무리 흔들어도 일어나지를 않아서 나는 쟤 죽은 줄 알았어."

"풉, 근데 그럴 만 하더라. 누가 그렇게 자니?"

이젠 이렇게 대하는 것도 익숙해질 지경이었다.

"쟤는 뭐 저렇게 태평해?"

"야, 사람이 말을 하면 들어야지?"

그 애는 내 머리를 확 잡아당겨 자신들 쪽을 보게 했다.

"너 왕따 당한 이유가 친구들 어장 치고 다녀서라며?"

"그게 다가 아니래. 꼬리도 치고 다닌다더라."

"와 어떻게 이렇게 뻔뻔하게 다니지? 진심."

"나 같으면 죽을 생각했지, 그러고 다니지는 않을 것 같은데."

"나라면 죽었을 듯, 그냥."

비웃음이 새어나올 것만 같았다. 자기들이 뭘 안다고. 뭐가 웃긴지 여자애들은 지들끼리 깔깔대며 웃었다. 내가 차갑게 바라보자 무리 중 한 여자애는 내 시선을 보더니 가소롭다는 듯 웃으며 말했다.

"야, 얘 봐봐. 눈 죽일 듯이 뜨고 있네."

"웃겨, 지가 뭘 할 수 있다고."

나는 가만히 고개를 다시 돌렸다. 애초에 내 앞에서 내 소문과 나에 대해 깎아 내리는 말을 하는 것이 목표였던 것인지 여자애들은 내 고개를 다시 잡아채 돌리지는 않았다. 하지만 내 옆에서 나를 깎아내리는 말들을 계속 하고 있었다.

"……."

나는 아무 말도 하지 않았다. 늘 그랬던 것처럼 늘 들어왔던 말들인지라 별 타격이 느껴지지 않을 정도였다.

난 여자애들이 시비를 걸어온 이후에도 그냥 계속 엎드려 잠만 잤다. 더 깨어 있어봤자 좋은 꼴은 아니라는 것을 그 누구보다도 잘 알았기 때문에.

"하암."

작게 하품을 하며 일어서 시계를 보니 어느덧 학교를 마칠 시간이 다 되어 있었다. 지루한 표정을 하며 빨리 마쳤으면 좋겠다는 생각을 하고 종례가 끝나자 그 누구보다 빠르게 교실을 나갔다.

"……."

아무 생각 없이 기계처럼 걸음을 옮기다 보니 어느새 집 앞이었다. 나는 작게 심호흡을 하고 집에 들어갔다.

"휴."

다행이라고 해야 할지, 집 안에는 아무도 없었다. 나는 그냥 방으로 들어가 책상 앞에 앉았다. 책을 펴고, 내 방에는 곧 간간히 들려오는 학습지 책 넘기는 소리가 다였다.

"……."

오늘 해야 할 오늘 치 공부를 어느새 끝낸 나는 창밖을 바라보았다. 어느새 노을이 지고 있었다. 남은 시간 동안 원래 같으면 공부를 더 하려고 했을 테지만.

"소원을 빌었던 그곳에 다시 한 번 가 보자."

나는 자리에서 벌떡 일어나 옷을 대충 청바지와 흰색 티셔츠를 걸쳐 입고는 휴대폰 하나만 들고는 밖으로 발걸음을 옮겼다. 끊임없이 걸으며 체감상 한 시간은 지난 것 같을 때, 내 앞에 그 폐교가 나타났다. 아무래도 아파트나 학교 단지와는 좀 동떨어진 곳이다 보니 많이 걸어야 나왔다. 제멋대로 뻗어나가 자란 덩굴, 몇 년째 관리를 하지 않은 것인지 삐쭉삐쭉 뻗어나가 무성히 자라고 있는 잡초들. 당연하지만 지난번과 달라진 점은 별로 없었다. 나는 학교 내부로 들어갔다. 해가 지던 순간들도 딱히 길지는 않았던지라 현재는 어두웠다. 어두컴컴한 복도에서 학교의 깨진 창문 사이로 들어오는 달빛만으로 계단들을 찾아 올라나갔다.

'처음에 왔을 때는 도대체 어떻게 길을 찾은 거지?'

그땐 막 헤매다가 찾았던 것 같은데. 그 생각을 하던 나는 옥상으로 가는 계단을 발견했다. 터벅터벅 올라가 문을 여니 마치 뭐에 홀린 듯이 소원을 빌었던 것이 생각났다. 지금 생각해 보니 그때 내가 왜 폐교에 들어갔는지 모르겠다. 그때의 행동은 모두 충동적이었던 것 같다. 나는 옥상 안으로 들어갔다. 전과 다를 것 없는, 별이 예쁘게 수놓아진 밤하늘이 보였다. 하지만 그때처럼 빤히 바라볼 정도로 예쁘게 느껴지지 않았다. 별똥별이 떨어지지도 않았다. 가만히 옥상 난간에 다가갔다. 하지만 그 순간, 휴대폰 벨소리가 울렸다.

'아, 누구지?'

화면을 보니, 아빠에게서 걸려온 전화였다. 나는 머뭇거리다가 그 전화를 받았다.

"지금 시간이 몇 신데, 어딜 간 거냐?"

"잠깐 근처에 나왔어요."

"쓸데없이 돌아다니지 말고 그냥 집에 오기나 해라."

"……."

"빨리 들어와라."

화가 조금 난 것 같은 그 목소리를 들은 난 안 들어가면 안 된다는 것을 직감했다. 저렇게 화 나 있을 때에는 말을 안 들으면 난리가 나니까. 아쉽지만 이만 돌아가야 할 것 같았다. 나는 밤하늘을 힐끗 한 번 더 쳐다본 뒤에 뒤를 돌아서 계단을 내려가기 시작했다. 아까처럼 내려온 나는 폐교를 빠져 나왔다. 다시 발걸음을 옮겼다. 뛰기도 하고 걷기도 하며 집 앞에 도착했다. 작게 심호흡을 한 나는 문을 열었다.

"도대체 집 근처 어디에 있다가 20분이 넘어서 들어오는 거냐?"

"……."

"들어가라."

나는 그냥 방으로 들어갔다. 시간을 대충 본 나는 다시 나가서 대강 씻고는 다시 방에 들어왔다. 난 머리도 말리지 않은 채 침대에 풀썩 드러누웠다. 그리고 눈을 감았다. 왠지 일찍 잠들고 싶었다.

5. 전학 후 둘째 날

그렇게 나는 단잠에 빠져들었다. 하지만 잠든 직후 내 눈앞에 보이는 것은 온통 어둠으로 둘러싸인 검은 공간이었다. 뭐지? 의문을 가진 순간, 목이 졸리는 것 같은 압박감을 받았다.

"허억!"

덕분에 비명과 함께 깨어났다. 방 안이 적당히 밝은 것을 보니 아무래도 좀 많이 잠든 모양이다. 방 안을 보니, 내 방과는 달랐다.

"아, 설마."

또 이 꿈속에 들어온 모양이었다.

"하아아."

나는 심호흡 겸 한숨을 늘어놓았다.

"혜연아, 학교 갈 시간 다 되가는데 아직도 자고 있으면 어떡해?"

밖에서 들리는 엄마의 염려 섞인 목소리에 정신이 들었다. 내가 약간 멍 때리던 사이 엄마는 내 방에 들어왔다.

"자, 빨리 준비해야지. 전학 둘째 날에 지각할 수는 없잖아."

결국 엄마의 손에 이끌려 학교 갈 준비를 마치게 된 나는 집을 나섰다.

"오늘은 걸어가 보렴."

어제는 그냥 첫날이라 태워 줬던 모양이었다. 지리가 익숙하지 않기도 해서 그런 거였을까. 어쨌든 안 된다고 하기에는 근처를 조금 둘러보기라도 해야 할 것 같아서 결국 그냥 밖으로 나왔다.

"학교 길을 잘 모르겠으면 그냥 저쪽 앞의 사거리에서 왼쪽으로 걸어가서……."

혹시라도 내가 길을 모를까 봐 설명해 준 엄마를 떠올린 나는 설명에서 들었던 말대로 걷기 시작했다. 횡단보도쯤에 왔을 때였다. 빨간 신호등 불이었기에 초록색으로 변할 때까지 나는 얌전히 기다리고 있었다. 내 옆에서 장난을 치는 남자애 무리들이 있었는데 그 중 두 명이 장난을 치다 나와 부딪혔다. 나는 그쪽을 제대로 돌아보았다. 언뜻 본 교복이 나와 비슷한 것으로 보아 우리 학교인 것 같은데, 장난을 친 남자애 중 나와 부딪힌 남자애와 눈이 마주쳤다. 그 애는 나를 보자마자 말했다.

"아, 뭐야?"

내가 부딪힌 남자애를 빤히 바라보고 있자 그 남자애는 나를 보며 말했다.

"뭘 봐."

뭘 보냐길래 난 그냥 고개를 원래대로 돌렸다. 고등학생이나 돼서 꼭 그렇게 말해야겠냐?

"야, 근데 너."

나는 못 들은 척했다. 무시하듯 하는 그 행동에 화가 난 것인지 그 남자애는 짜증난다는 말투로 내게 말했다.

"야, 사람이 말을 하면!"

'아니, 네가 뭘 보냐며?'

"야, 그냥 적당히 해. 이제 신호도 바뀌었는데."

남자애의 말에 반박하려 고개를 돌리니, 어떤 다른 남자애가 그 남자애를 말리는 대화가 들려왔다. 낮은 목소리였다.

"야, 그래도!"

"어차피 장난치다 부딪힌 것도 너였잖아."

"……."

내 행동도 딱히 잘한 것은 아니었다. 하지만 자기가 먼저 잘못한 것인 걸 아는지 모르는지 시비 걸듯이 삐딱하게 말해 오는 애와는 딱히 무슨 말도 하고 싶지 않았다. 신호가 바뀐 것을 확인한 나는 그냥 걸어갔다. 몇 분 더 걸으니 학교가 나왔다. 교문이 열리며 들어가 반에 도착한 나는 나처럼 일찍 도착한 우리 반 애가 한 명 있었다는 것을 알았다. 갑자기 옆에서 슥 들어와서 좀 놀랐었다. 첫날에 워낙 어색하기도 했고 내가 채아 외에는 아무도 몰라서 그런지 우리 사이엔 어색한 기류가 맴돌았다.

"안녕."

그 애는 남자애였는데, 나에게 먼저 말을 걸어왔다.

"응, 안녕."

나도 자그맣게 인사를 했다. 그런데 이 남자애의 목소리, 어디서 들어본 것 같았다. 남자애는 갑자기 말을 내게 걸어왔다.

"아, 너 아까 횡단보도에서 내 친구하고 부딪혔던 애 맞지?"

"응, 맞아. 너 혹시 아까 그 남자애 말렸던 애야?"

"맞아."

그러고는 내게 대뜸 사과를 했다.

"미안. 아까는 내 친구가 오해를 했었나 봐. 내가 대신해서 사과할게."

사실, 약간 무뚝뚝한 인상에다가, 나보다 좀 더 큰 키, 그리고 낮은 목소리까지 가진 애여서 조금 차가운 분위기일 줄 알았는데 아니었다. 일단 그건 됐고, 대신 사과를 하다니. 약간 어이없음을 담은 말들이 튀어 나갔다.

"네가 왜 사과해? 네 말처럼 네 친구가 오해를 한 거라면 네 친구가 사과해야지. 네가 대신 사과할 필요는 없어. 넌 잘 제지해서 싸움이 나게는 안 만들어줬잖아. 그럼 된 거지."

"그럼 내 친구를."

"아, 네 친구가 사과 안 해도 돼. 내 말은 그냥 네가 사과할 필요 없다고. 그 애한테 사과 받고 싶다는 말이 아니라. 그리고 큰일도 아니었으니 됐어."

딱 잘라 말하자 남자애는 말했다.

"그래."

우린 각자 자리에 가서 앉았다. 곧이어 여러 아이들이 들어왔고, 갑자기 내 자리로 모여들었다.

'뭐지? 혹시 나한테 뭐라고 하려고 그러는 건 아니겠지?'

약간 불안함을 담은 속내를 감춘 나는 최대한 당황한 티를 내지 않으려 부단히 노력했다. 애들은 내게 말했다.

"있잖아, 너 혜연이 맞지?"

"아, 응."

"있잖아, 너 뭐 좋아해?"

응? 예상치 못한 질문에 나는 잠시 당황했다. 좋아하는 것을 묻는 질문이 있을지는 차마 몰랐다. 순간 약간 부끄러웠다. 무조건 해코지를 할 것 같다는 생각을 한 것이.

"음, 나는 딱히 좋아하는 건 없어."

딱히 좋아하는 것에 대한 생각은 없었기 때문에 멋쩍게 웃으며 답했다.

"음, 그렇구나. 그럼 혹시 전에 살던 곳은 어땠어?"

"아, 그게, 잘 기억이 안 나. 특별한 추억은 딱히 없었던 것 같아."

나는 대충 둘러댔다. 그 애들은 흠 하고 작게 헛기침을 하더니 자기들끼리 '혜연이는 이런 거 좋아할 것 같은데', '저런 거 좋아할 것 같은데' 같은 말들을 나누며 내게서 멀어져 갔다. 작게 웃음이 새어 나왔다. 분명 익숙지 않은 상황이었지만 밖의 생활보다는 낫고, 또 여기 애들은 하나같이 두루 모여 한데 지내는 듯했다. 또 은근 순수한 것 같기도 했고.

'진짜 이런 친구들만 있었다면 참 좋았겠지?'

시기하기보다는 함께 지내는 걸 택할 것만 같은 밝은 아이들이 있는 이곳이 훨씬 낫게 느껴졌다. 여기는 왠지 모르게 편했다. 그런 생각을 하고 있을 때, 갑자기 교실 문이 벌컥 열렸다.

"아이고."

채아였다. 아마 뛰어온 것 같았다.

"다행히 지각은 아니구나. 축하한다."

반장이 웃으며 말을 건넸다. 채아 역시 웃으며 응수했다.

'채아의 저 웃음은 웃는 게 아닌 것 같은데.'

웃는다기보다는 한 대 치고 싶어하는 그런 표정이었다. '저걸 확 그냥' 하는 그런 표정? 어쨌든 채아는 자리에 앉았다. 나는 소심하게 인사를 건네 보았다. 사실 난 속으로는 별별 생각을 다 하지만 말을 잘 하지는 못하는 성격이다. 그래서 따돌림의 표적이 된 것일지도 모르겠다.

"안녕."

"응, 안녕!"

채아는 내게 밝게 웃으며 답해 주었다. 어느새 종이 쳤고, 선생님이 들어오셔서 조례를 하셨다. 약간 시시콜콜한 이야기 몇 개 도 하고 공지도 하고 전체적으로 반 분위기가 훈훈했다. 난 항상 수업시간마다 엎드려 자기만 했는데, 이곳에서는 엎드려 자든 안 자든 눈치 주는 사람은 없을 것 같다는 생각에 최근 중에서는 처음으로 허리를 꼿꼿이 피고 수업에 집중했다. 어느덧 1교시가 끝난 것을 알리는 종이 울리고, 모두가 삼삼오오 모여 이야기를 했다. 몇몇 여자애들은 나에게 다가와서 이렇게 물었다.

"혜연아, 넌 이상형이 뭐야?"

"좋아하는 음식은 뭐야? 떡볶이? 고기? 국수?"

나는 성실히 대답해 주었다. 신나게 떠들던 한 여자애는 무언가 생각났다는 듯 말했다.

"아, 그러고 보니 혜연아. 혹시 너 우리 학교 여름 축제 알아?"

"음? 아니, 못 들어봤는데. 그건 뭐야?"

"음, 그건, 여름을 맞이해서 학교에서 체육 대회랑 학교 축제 이 두 개를 통합해서 매년 여름마다 학년별로 열리는 축제야. 실은 6월쯤이라 여름이라 하긴 그렇지만, 그냥 여름 축제로 불러. 반마다 부스도 있고. 음, 여하튼 되게 크고 멋진 축제야!"

"부스 같은 것도 있다고? 거의 대학교 급이네."

"우리 학교는 축제 같은 면에서도 좀 특이해. 사실 원래는 이렇게까지 안 컸는데, 몇 년 전부터 조금씩 바뀌었대. 애들한테도 지원 팍팍 해주고 하다 보니까 이렇게까지 커졌다고 하더라."

그랬구나, 몰랐다. 아, 나는 전학 왔으니 모르는 게 어찌 보면 당연한 말이겠지.

"아, 그 축제 시작일이 두 달 정도 뒤일 걸."

"어?"

"그 여름 축제가 두 달 뒤 시작이야."

"우리 반도 부스 준비하는 거야, 그럼?"

"당연하지! 아마 한 달 뒤 쯤 부터 회의할 걸! 그리고 체육대회도 통합이니까 계주 선수 같은 것들도 정해야지!"

눈을 초롱초롱 빛내며 말하는 것으로 보아 엄청 기대하고 있는 모양이었다. 그 말이 끝나자 종이 울렸다. 이야기 하고 있는 동안 쉬는 시간이 끝난 모양이었다.

"엇, 종 울린다."

여자애는 재빨리 자리로 돌아갔다. 채아는 언제 잠들었는지 담요까지 가져온 상태로 편안하게 자고 있었다. 그 모습을 보니 약간 웃음이 새어 나왔다. 그리고 나는 정면을 응시하면서 다시 수업을 듣기 시작했다.

"……."

조용히 하고 계속 듣고 있다 보니 어느새 시간이 훌쩍 지나갔다. 아이들은 쉬는 시간에는 그 누구보다도 활기찼지만 수업 시간에는 그렇지 못한 모양이었다. 아이들은 죄다 따분한 표정을 짓거나 아예 자기도 했다. 물론, 대부분은 선생님들께서 깨우셔서 일어나긴 하지만. 내 옆의 채아도 선생님이 깨우셔서 깨어난 뒤 비몽사몽 하고 있었다. 어느덧 점심시간을 알리는 종소리가 울리고, 우리는 서로 수다를 떨며 점심을 먹고 왔다.

"그러고 보니, 중간고사가 별로 안 남았네."

교실의 내 옆자리에서, 채아가 달력을 보며 중얼거렸다.

"그러고 보니까, 이 학교는 중간고사 며칠이야?"

"아, 우리 중간고사는 4월 28일, 29일로 잡혔어."

"음, 알았어. 고마워."

"아냐, 뭘."

지금이 4월 초반이니까, 진짜 길게 봐야 2주 조금 넘게 남은 거였다.

'근데 여기의 내가 공부를 잘하는지 못하는지는 잘 모르겠다.'

"아, 그리고 지금 수행평가 남았는데."

"아, 수행평가."

"지금 치는 과목은 이 세 과목이야. 나머지는 대부분 쳤어. 그리고 이건 선생님이 이렇게 하라고 하셨고, 우리 진도 여기까지 나가서 아마 여기까지 하는 건 다 칠거야."

"벌써 대부분을 다 쳤어?"

"축제랑 여러 일정들, 공휴일이 5월에 너무 많아서 수행평가는 힘들고, 6월까지 가기에는 좀 기니까 그런 거였겠지. 뭐 차라리 빨리 하고 끝내 버리는 게 나을지도 모르겠다."

채아는 하나하나 다 손으로 짚어주며 내게 친절히 설명해 주었다. 덕분에 수행평가나 시험, 진도가 어디까지 나갔는지 알게 되었다.

"고마워. 하마터면 큰일 날 뻔했다."

이걸 잊고 있다니, 하마터면 그냥 넘어가서 뭐 하는지도 잘 모를 뻔했다.

"아냐."

채아는 손사래를 치며 웃고는 책을 펴고 공부하기 시작했다. 나 역시도 마찬가지였다. 그러다 문득 채아는 내게 말을 걸었다.

"혜연아, 오늘이 금요일이잖아."

"그렇지."

"혹시 너 주말에 시간 있어?"

"응, 나야 주말에는 시간 많지."

그러자 채아는 잘됐다는 듯 나의 손을 잡더니 내게 말했다.

"아, 그러면 혹시 나랑 주말에 같이 공부하지 않을래? 이제 시험이 별로 안 남기도 했고."

나로서는 전혀 나쁠 것 없는 제안이었다. 나는 승낙의 말을 꺼냈다.

"응. 같이 공부하자."

"그럼 토요일 날에 스터디 카페에서 볼래? 큰 사거리 있는, 카페 있는 건물에 있는 거기 말이야."

"응, 나야 상관없어."

내 말을 들은 채아는 잠시 고민하는 듯 생각하다가 내게 말을 건넸다.

"그럼 몇 시에 만날까?"

"한 10시 쯤 어때?"

"오, 좋다."

"그럼 그렇게 토요일에 보자."

"응!"

채아가 해맑게 대답했다.

'뭐, 이렇게 갑작스럽게 약속을 잡게 될 줄은 나도 몰랐지만. 이왕 만나기로 한 거 해 봐야겠지.'

그렇게 생각하고 수업을 듣다 보니 어느덧 하교 시간이었다. 종례가 끝난 뒤, 채아는 내게 말을 걸어왔다.

"혜연아, 혹시 전화번호 줄 수 있어?"

"응. 네 전화번호도 좀 주라."

나는 휴대폰을 열어 내 번호를 확인한 뒤 채아에게 말해 주었다. 내가 쓰던 번호와 이곳의 번호가 달라서였다.

"잘 가, 내일 봐."

우리는 전화번호를 교환한 뒤 잘 가라는 인사를 하고 각자 가야 할 곳으로 갔다. 나는 집으로 터벅터벅 걸어갔다. 친구랑 약속을 잡아 보는 건 너무 오랜만이라 묘한 느낌이 들었다.

"다녀왔습니다."

짧게 인사를 하고 집에 들어서자, 언제나처럼 나를 맞아 주는 엄마가 보였다.

"다녀왔니?"

가볍게 답하고 웃으며 방으로 들어섰다. 나는 방에서 지금 학년이나 진도에 맞는 걸로 보이는 학습지를 몇 개 챙기고 여러 학용품들 까지 챙겨 놓았다.

'좋아, 준비 끝.'

그렇게 나는 씻고 밥을 대충 먹은 뒤 내일 아침에 일어나는 것을 대비해 조금 더 일찍 잠에 들었다.

6. 평화로운 나날들

따르릉, 따르릉.

알람이 울리고, 눈이 뜨였다. 밖에서는 옅게 빛이 들어오고 있었다. 나는 대충 일어나 준비를 했다. 준비를 다 마친 채 시계를 보니 아직 만나기로 한 시간의 30분 전이었다. 하지만 천천히 걸으면서 가고 싶어서 조금 이르지만 나는 밖으로 나갔다. 따뜻한 공기와 내리쬐는 햇빛이 있는 거리를 천천히 걸었다. 어느새, 주말이라 사람이 더욱 붐비는 사거리 쪽에 도착했다. 길거리에는 웃고 떠드는 연인들, 밥을 먹으러 나온 것으로 보이는 화목한 가족, 친구와 놀러 나온 듯 무리지어 다니는 아이들 등 여러 사람들이 돌아다니고 있었다. 나는 어느새 그 사이에 끼여 이리저리 둘러보고 있었다. 건물을 찾으려 다른 쪽으로 발걸음을 옮기려 한 순간, 누군가가 갑작스레 확 하고 나에게 팔짱을 꼈다. 뒤에서 잡은 거라 내 몸도 약간 휘청거렸다. 난 내게 팔짱을 낀 사람을 확인했다.

"채아?"

"안녕, 하하."

"일찍 나왔네?"

"너도. 걷는데 네가 보여서 왔어."

채아는 웃으며 말했다.

"이왕 일찍 만난 거 그냥 지금 들어갈까?"

"나야 괜찮지."

그렇게 우리는 조금 일찍 스터디 카페에 들어서게 되었다. 당일권을 끊고 자리에 들어선 우리는 주섬주섬 공부할 것들을 꺼내 들었다. 채아는 내 맞은편에 앉았다. 나는 공부할 것들을 꺼내 들었다. 학습지 책을 찬찬히 넘겨보았다.

'음?'

풀었던 흔적이 끝없이 이어졌다. 나는 책을 재빨리 넘겨보았고, 뭔가 다 풀었을 것 같다는 내 예상은 맞았다. 내가 펼쳐본 과목은 수학이었는데, 딴 과목은 다를 수도 있지 않을까 싶어 다른 과목 역시 보았다.

전 과목 중 마치지 못한 것이 거의 없었다. 원래 현실의 나도 나가지 못했던 진도를 나간 부분도 있었다.

게다가 문제를 꼼꼼히 훑어보니 대부분 정확하게 푼 문제였다. 매겨져있는 부분은 빗금이 그어진 곳이 거의 없었고, 동그라미가 수없이 많았다. 주변환경이나 이곳에 대해서 아는게 없어서 이게 뭐지 싶었다.

일단 안 풀어진 부분만이라도 풀어야 할 것 같아 펜을 꺼내 들었다. 다행히 앞 쪽이라 내가 아는 부분이었다. 근데 딴 데 다 채워놓고 왜 여기만 비워져 있는 걸까? 채아는 자신의 것을 하다가 내 것을 잠깐 보고는 놀라워했다. 그러면서 속삭이듯 내게 말을 건넸다.

“너, 벌써 여기 진도까지 나간 거야? 저번에 나한테 물어볼 때에 심각한 표정으로 공부에 대해 말하니까 공부에 대해 고민거리라도 있나 싶었는데, 아니었구나.”

“아, 하하. 내가 그렇게까지 진지한 표정을 지었었나?”

약간 민망해하면서 웃음을 지었다. 대화를 나눈 것도 잠시, 우리는 공부를 이어갔다. 일단 나는 비워져 있던 앞쪽은 다 풀었다. 미리 챙겨 뒀던 공책에 내가 아직 알지 못하지만 여기서는 되어 있던 여러 부분들을 필기하며 공부했다. 그러던 중, 채아가 갑자기 내게 말을 걸어왔다.

“저, 혜연아.”

“응?”

최대한 목소리를 낮추어 서로 소곤소곤 대화했다.

“나 이거 모르겠는데, 혹시 도와줄 수 있을까?”

내가 알고 있었던 것이었기 때문에 흔쾌히 수락했다.

“당연하지. 자, 여기 봐. 여기서는.”

손으로 짚어 주며 차근차근 설명하니 어느 정도 이해한 눈치였다.

“아, 그렇구나. 고마워, 이해했어.”

채아는 내게 웃으며 고맙다고 했다. 왠지 모르게 뿌듯한 마음이 들었다. 그래서 나도 옅은 웃음이 나왔다. 그 이후에도 몇 번 더 질문하는 채아에게 대답도 해 주고, 개인적으로 공부도 했다. 그러다 보니 어느새 공부를 끝마쳤다. 옅게 하품을 하며 앞을 보니 채아 역시 공부를 끝마쳤는지 책을 주섬주섬 챙기고 있었다. 그 모습에 나도 책을 간단히 챙기고 나갈 준비를 해 두었다.

"어, 혜연이 너도 다 했네. 이제 우리 나갈까?"

"그래."

그렇게 우리는 스터디 카페를 나왔다. 채아는 내게 말을 걸었다.

"우리 점심도 못 먹고 이 시간까지 공부했으니까, 같이 밥이라도 먹을래?"

"그래."

왠지 기분이 좋아진 것 같기도 했다.

한 달 후. 나와 채아는 더욱 더 친해졌다. 같이 매점도 가고, 하루 종일은 아니지만 연락을 주고받기도 했다. 항상 그 애랑 함께 있으면 행복한 느낌이 들어서 절로 기분이 좋아졌다. 최근에 같이 있던 사람 중에선 유일하게 나를 챙기고 아껴 준 모습을 보여준 아이라 그런지 더욱 그랬다.

"아마 오늘 체육대회 역할 정할 걸?"

내 앞에는 저번에 축제에 대해 말해주었던 그 여자애가 있었다. 그 여자애랑도 어느 정도 친해졌다. 다가오는 아이보단 나를 물어뜯는 아이들이 더 많았던지라 모두가 친절한 이곳은 아직은 조금 적응이 안 되는 느낌이었다. 가끔씩 어떻게 해야 하는지 감이 잘 안 잡힐 때도 많고.

아까 오늘 축제에 대한 회의를 할 것이라던 여자애의 말처럼 반장은 교탁에 서서 축제에 대해서 어느 정도 설명한 뒤에 부스에 대한 의견을 차근차근 모았다.

"있잖아, 이 스타일은."

"이런 건 어때?"

여러 의견들이 줄줄이 나오고, 열띤 토론들이 오갔다.

"음, 그러면 부스는 카페처럼 하고. 이제 계주하고 2인 3각이랑 줄다리기 할 사람 정해야 할 것 같은데. 안하는 사람들은 부스 준비하고. 체육대회 다음에 부스랑 여름 축제니까."

회의는 일사천리로 진행되었다.

"그럼, 먼저 계주 뛸 사람?"

몇몇 아이들이 손을 번쩍 들었다.

"음, 인원이. 딱 맞네. 그럼 계주는 이 사람들로 정하고."

종이에 몇몇 사람들을 체크한 반장은 또다시 말을 이었다.

"그럼 줄다리기 할 사람?"

이번에도 어느 정도의 아이들이 손을 들었다.

"오, 이번에도 인원이 딱 맞네."

또 종이에 체크를 한 반장은 남은 사람들을 향해 말했다.

"다음은 2인 3각. 할 사람?"

놀랍게도 2인 3각을 지원하는 사람은 아무도 없었다.

"아까는 다들 손을 잘만 들더니, 왜 이것만 아무도 없어?"

"뽑기 돌리기 전에 할 사람은 그냥 손 들어."

나는 부스에 남아 일을 하고 싶은지라 제발 2인 3각은 안하고 싶었다.

"어쩔 수 없지. 그냥 남아 있는 사람 뽑기 돌린다?"

반장은 그렇게 말하고는 컴퓨터로 2인 3각을 할 사람들을 뽑았다. 결과는... 이런, 내가 걸려버렸다. 망할!

"그럼 짝도 뽑기로 뽑을게."

결국 짝도 뽑기로 뽑았는데, 내 짝으로 나온 애는 이지훈이라는 애였다.

'아직 반 애들 이름 다 못 외워서 걔가 누군지 모르는데.'

"2인 3각하는 애들 다 나와서 짝이랑 서 봐."

반장에 말에 나는 앞으로 나갔다. 다른 2인 3각을 뛰는 애들도 함께.

"아, 혜연아. 저기가 이지훈."

나는 반장이 가리켜 중 곳에 가서 어느 남자애 옆에 섰다. 그러다 문득 남자애의 얼굴을 봤는데,

'그때 그 횡단보도 때 그 애잖아.'

이런 우연을 봤나...

'이름이 이지훈이었구나.'

그 남자애, 이지훈 역시 나를 보고 약간 놀란 듯했다.

"음, 이 정도면 밸런스 어느 정도는 맞을 것 같은데."

그러면서 반장은 이렇게 말했다.

"2인 3각하는 애들은 점심에 운동장 나가서 연습하고, 나머지 애

들도 그렇게 해. 다들 들어가 보고."

타이밍이 기가 막히게 또 종소리가 울렸다. 자리에 돌아와 앉은 나는 조금 멍 때리면서 시간을 보냈다. 그러다 시간이 어느 정도 흘렀다.

'하필 걸려도 2인 3각이.'

절로 한숨을 내쉬었다. 어느덧 하교 시간이 되었고, 아이들은 하나둘씩 집으로 향했다. 나 역시 집으로 곧바로 향했다. 집에 도착한 나는 원래 세계로 돌아갈 수 있도록 잠을 청하면서 이 꿈을 계속 꾸는 거라면 과연 내 소원을 들어줄 수 있을까 하는 생각을 하면서 꾸역꾸역 잠에 들기 위해 노력하면서 잠에 빠졌다.

다음 날 아침, 나는 눈을 번쩍 떴다. 창밖으로 햇살이 나를 비추고 있었다. 방 안은 바뀌지 않았다. 그대로의 모습이었다. 아니, 도대체 어떻게 그대로일 수가 있는 거지? 꿈을 꾸면 원래대로 돌아오는 거 아냐? 하루에 하나만 꾼다고 했잖아, 분명. 멘붕이 온 상태로 이리저리 배회했다. 당연히 돌아갈 수 있을 거라 생각했는데 그게 아니라니. 그럼 난 어떻게 되는 거지, 이 꿈 속에서?

"혜연아, 학교 준비해야 될 때까지 안 일어나면 어떡해."

걱정스럽다는 듯 나에게 엄마가 말을 걸어왔다.

"혜연아?"

한쪽 눈썹을 치켜세우고는 나에게 이상하다는 듯이 물었다.

"혜연아, 왜 그래?"

"아니, 이건 그냥 악몽을 좀 꿔서."

나는 당황해 대충 둘러댔다.

"음, 그래? 알겠어."

"아, 학교 갈 준비하고 나갈게."

나는 재빨리 준비해서 밖으로 나갔다. 오늘은 어제처럼 할 자신이 없었다. 진짜 이 꿈에서 못 깨어나면 어떡하지. 아무리 행복하다 해도, 즐겁다 해도 꿈에서 깨어나지 못하는 거면 갇히는 거잖아. 그런 걸 바라는 건 아니었다. 하루에 하나만 꾼다는 건 아까 진즉에 원래대로 돌아왔어야 했으나 지금 나는 돌아오지 못한 상태니까. 약간 두려움 같은 것도 솟아났다. 그렇게 사라지길 바랐는데, 막상 사라지니 불안해하는 내가 뭔가 한심하게 느껴졌다. 일단 학교 앞까지 걸어오긴 했는데, 도대체 무슨 생각으로 걸어온 건지 모르겠다. 나는 일단 반에 들어왔다.

"후우."

한숨을 내쉬었다. 불안감이 치밀어 올랐지만 오늘을 버티면 원래대로 돌아올 수도 있을 것이라는 희망을 가지고 나는 일단 자리에 앉았다. 애들이 하나둘씩 들어오고 조례를 할 때까지도 주변의 소리는 귀에 전혀 들어오지 않았다. 그것은 수업 시간 역시 마찬가지였다. 선생님들이, 아이들이 무슨 말을 하는지 잘 모르겠다. 버텨보기로 했던 것이 무색하게도 나는 꽤 불안했다. 꿈밖의 세계가 싫기야 하지만, 그렇다고 나 자신이 죽거나 꿈에서 빠져나가지 못해 내 몸이 어떻게 되었는지조차 모르는 것을 바란 것이 아니었다. 내가 거기서 어떻게 살았는데. 진짜 불안하게 시간을 보내다 보니 어느새 점심시간이 되어 있었다.

'꿈이라지만 시간 진짜 빨리 지나가는 느낌이다.'

그런 느낌을 받은 나는 급식실에 가 밥을 먹었지만 밥맛이 없었다. 결국 음식을 많이 남기고 돌아와 버린 나는 2인 3각 운동장 연습을 하자고 할 때까지 가만히 누워 있었다.

"애들아, 2인 3각 팀은 여기로 모여라!"

아이들이 모였고, 그 아이들 중에는 나도 있었다.

"각자 짝이랑 서!"

아이들이 분주하게 모였고, 나는 내 짝인 이지훈, 그 아이와 함께 섰다.

"여기 끈 있으니까 각자 알아서 가져가!"

나와 그 남자애 이지훈은 끈을 가져가 연습하기 시작했다.

"너 어디 아파? 안색이 안 좋아 보이는데."

내 상태가 눈에 띄게 안 좋나? 나는 황급히 말을 부정했다.

"아냐, 나 팔팔해."

"그래?"

고개를 살짝 갸웃거린 그 애는 나와 그 애 둘의 발 사이를 끈으로 묶고는 연습을 시작하자고 했다.

"너 시작 부분이 약간 나랑 안 맞는 것 같아."

그 애는 진지하게 연습에 임했다.

"그래? 그럼 이렇게 맞춰 보자."

내가 오른쪽에서 뛰어보기도 하고, 왼쪽에서 뛰어보기도 하고,

시작할 때의 합을 맞추어 보기도 했다. 달릴 때의 속도 역시도 아직은 어디까지 가능한지 뛰어보고, 이렇게도 저렇게도 뛰어보고 하다 보니 왠지 모를 불안감이나 이런 것보다는 다른 자잘한 것들이 떠올랐다.

"이제 슬슬 점심시간도 끝나 가는데 한번만 더 연습해 보고 들어가자."

"응."

나는 그 애와 함께 한번 연습을 더 했다. 연습하다 보니 걔가 툭툭 장난도 쳤다. 그래서 한결 편해진 나는 연습을 무사히 끝마칠 수 있었다. 하지만 약간의 사고는 있었다.

"끼야악!"

연습하던 중 신발 끈이 풀린 내가 신발 끈에 걸려 무게중심을 잡지 못하고 괴상한 비명 소리를 내며 넘어질 뻔했던 것이었다. 다행히 옆에 있는 봉 같은 것을 잡아서 그런지 진짜로 넘어지진 않았다.

"야, 괜찮아?"

"아, 응."

"음... 다칠 뻔 하기도 했고, 연습은 이만하면 된 것 같아. 들어가서 쉬어."

남자애는 내게 웃어 보이며 말했다. 나는 알겠다고, 고맙다고 대답한 뒤에 옆에서 기다리던 채아와 함께 교실로 갔다.

"음?"

그런데, 발목이 약간 저릿했다. 걷기 힘든 정도는 아니었다.

'삐끗했나 보네.'

약간 다친 것이라 생각하고 나는 별로 대수롭지 않게 넘어갔다. 문제는 점심시간이 끝난 후의 다음 시간에 발생했다.

'뭐지.'

저릿한 정도였던 발목의 통증이 조금 더 심해지고 있었다.

'아, 씨. 약간 삐끗한 줄 알았는데. 이거 제대로 삐끗한 걸 수도 있겠다.'

이럴 줄 알았으면 그냥 보건실 갈 걸 그랬다. 뒤늦은 후회를 한 나는 선생님께 말씀드리고 보건실에 갔다 왔다.

"조금 삐끗한 것 같구나. 일단…"

보건 선생님 말씀까지 듣고 교실에 돌아오니, 어느새 7교시가 다 되어 있었다. 괜찮으냐고 물으시는 선생님께 괜찮다고 답한 뒤 자리에 앉아 수업을 들었다. 사실 좀 저릿하기는 했지만 지금은 좀 괜찮았다. 통증을 참고 수업을 들었다. 수업이 끝나고 가방을 재빨리 챙겨놓았다. 하교할 시간, 채아에게 인사하고 가려던 날 누군가가 붙잡았다.

"저기."

이지훈이었다.

"아까 발 삔 건 괜찮은 거야?"

걱정스런 목소리로 묻는 그 애에게 나는 말했다.

"응, 괜찮아."

"아까 안색이 안 좋은 채로 교실을 나가서…"

그 애는 말끝을 흐렸다. 나는 장난스럽게 덧붙였다.

"그래서 걱정했니?"

"응. 그래서 걱정했어."

"아하하, 그래? 걱정해 줘서 고맙다."

농담 식으로 던진 말이었는데 설마 저렇게 받을 줄은 몰랐다. 농담이 먹히지 않자 멋쩍게 웃은 나는 잘 가라고 인사해 주고는 교실을 나가 집으로 걸었다. 집이 가까워지니 어느새 꿈에 대한 생각이 들며 다시금 마음이 무거워졌다.

'진짜 못 돌아가는 걸까?'

그건 아니겠지? 나는 집으로 들어갔다.

"왔니?"

집으로 오니 나를 반겨주는 엄마가 있었다.

"응, 다녀왔어."

입꼬리를 끌어 올려 웃고는 방으로 들어갔다. 그리고 침대에 누워서 잠을 청했다. 잠이 오든 오지 않든 개의치 않고 일단 눈을 감고 잠에 들기 위해 노력했다. 그 결과, 나는 잠에 빠져들 수 있었다.

— 원래대로 돌아오지 않기를 바라는 것 같길래 그렇게 해 줬는데. 설마 불안해 할 줄은 몰랐네.

"누구세요?"

꿈속에서는 한 목소리가 들렸다. 나는 아무 움직임도 할 수 없었지만, 희미하게나마 목소리를 낼 수 있었다.

— 음. 네 소원과 관련된 사람이야.

"그 남자? 목소리가 뭔가 다른데…"

– 글쎄, 이 말 해주려고 왔어.

"?"

– 난 네 소원을 바탕으로 네가 꿈꾸는 '너'와 '네 가족'을 만든 거야. 그러다 보니까 가족사진이나 옛날이야기가 나올 수는 있는데, 깊게 생각하진 마. 애초에 그 세계에서 '민혜연'은 존재하지 않던 존재였고, 너 때문에 사람들이 생긴 거야, 알아두라고. 사실상 또다른 현실이니까. 환경도 네 현실과 거의 반대로 채웠고, 싹 다 바꿨어. 뭐, 혼란스러울 순 있겠네.

7. 체육대회

얼마나 지났는지 모른다. 나는 잠에서 깨어났다. 잠에서 깨어났다는 사실을 인지하자마자 나는 주변을 둘러보았다. 햇살이 밝게 비치는 방 안의 가구와 물건들은 꿈속의 나의 것이 아니었다. 즉, 돌아왔다는 말이었다.

"휴."

나쁘기보다는 내게는 오히려 좋은 꿈이었다. 하지만 아무것도 모른 채 돌아가는 방법이라고 생각했던 방법이 먹히지 않고, 돌아오지 못한 꿈에 있는 것은 마냥 좋지만은 않았다. 마치 꿈에 갇힌 것만 같은 느낌이었으니까. 비록 중간에 꿈 속 주변 사람들로 조금 잊혀졌다고는 하지만, 그래도 불안한 마음이 들었던 것은 어쩔 수 없었다. 그리고 그 목소리, 뭐였을까? 아마 그 남자겠지.

'그래도 돌아오긴 했네. 같은 방법이었는데 왜 아까는 안 됐을까? 꿈에서 그 목소리가 뭔갈 바꿔준 건가?'

의문이 들었지만 지금 내가 알 수 있는 방법은 없다고 봐야 할 것 같았다.

'아, 폐교!'

지난번에 가 보려다가 못 가 봤었지. 어쩌면 그곳에 해답이 있을지도.

'일단 밤에 가 봐야겠어.'

별똥별을 보고 빈 것이었으니까. 나는 시간을 보았다.

'1시?'

얼마나 잔 것인지 오후 1시였다. 아직 뭘 하지도 않은 것 같은데.

'집에 잘 돌아오려면 넉넉잡아 7시에 가는 게 좋겠지?'

계산을 끝마친 나는 밥을 먹어 허기를 채우고는 간단하게 시간을 보냈다. 공부나 숙제 같은 것들을 하면서. 어느새 시계를 보니 시간이 6시 정도가 되었다. 나는 간단하게 밥을 먹고 옷을 갈아입고 준비를 마친 뒤 나갔다. 7시가 다 되었기에 폐교로 갔다. 걸어서 가다 보니 좀 멀긴 했지만. 폐교에 도착한 나는 또 걸어 올라갔다. 옥상에 다다라 하늘을 보니 오늘은 별이 뜨지 않은 날이었다. 오늘도 허탕이라 한숨을 내쉬었다.

오늘 꾼 꿈 속. 등교하는데 축제가 내일이어서 그런지 현수막이 걸려 있는 것이 보였다. 난 그것을 잠깐 쳐다본 뒤 등교했다. 내가 일찍 오는 편인데도 다들 축제 때문에 더 빨리 왔는지 졸지에 늦게 온 사람이 되어 버렸다.

'다들 신났구나.'

열정적으로 서로를 꾸며 주는 모습에 절로 웃음이 났다. 그때, 누군가 나에게 인사했다.

"어, 안녕 혜연아."

채아였다.

"응, 안녕."

"아, 맞다. 우리 반티 있는데, 너희 2인 3각 때 그거 입고 뛰는 거 어때?"

"나야, 뭐 괜찮지 당연히."

"야, 이지훈! 너도 괜찮아?"

음? 그 애도 이 교실에 있었다고? 못 본 것 같은데. 채아는 내 뒤쪽을 향해 말하고 있었다. 뒤를 돌아보니, 방금 막 등교해 들어오고 있던 그 아이와 마주쳤다.

"어, 안녕."

"안녕."

간단히 인사를 끝낸 뒤 우리도 아이들 속에서 함께 의견을 내고, 교실을 어떻게 꾸밀지 말했다. 참 즐겁게 웃으며 참여했던 것 같다. 오늘 연습이 마지막이었다. 사실 연습을 크게 할 필요가 없다고 말들을 한다. 왜 그런지 물어보니, 학년이나 반끼리 겨룬다는 의미보다는 축제 분위기와 융합되어 과도한 승부욕은 별로 가지지 않게 되었고, 이기든 지든 웃으며 넘어갈 수 있게 되었다고 한다. 승부보다는 참가에 의미를 두는 경향이 강해진 것 같아 보였다. 어느덧 찾아온 우리의 축제 전 마지막 연습 시간. 이왕 하는 거 잘 하는 게 낫잖아 하는 마음으로 연습했다. 그래도 이제 어느 정도는 잘 달릴 수 있게 되었다.

"그래도 이 정도면 잘하는 것 같지?"

"그래, 아마 이 정도면 평균은 할 것 같네."

뿌듯한 마음도 들었다.

"그럼 이제 들어갈까?"

"그래, 그러는 게 좋겠다."

교실로 들어간 우리는 대충 카페 분위기를 내는 꾸미기 작업을 도와주고 때로는 '이게 나을 것 같다.'처럼 피드백을 해 주기도 하였다.

"우리 페이스 페인팅도 할 것 같아."

"오, 재미있겠다."

그렇게 교실을 아기자기한 카페처럼 꾸몄다.

"음, 이게 제일 나은 것 같네."

어느 정도 꾸미니 푸근한 갈색과 녹색이 적당히 섞인 편안한 분위기가 났다.

"오늘 하교하고 대충 꾸미고 내일 아침에 마무리 해야겠다."

채아는 그러면서 내게 말했다.

"혜연아, 미안한데 마치고 이거 대강 꾸미는 거 도와줄 수 있어? 생각보다 할 게 많아서 미리 꾸며 놔야 할 것 같아."

"음, 알았어."

딱히 안 될 것도 없었기 때문에 알겠다고 대답했다.

"고마워."

채아는 배시시 웃으며 그렇게 말했다. 나도 따라 웃어 주었다. 그렇게 수업을 듣고 하교 시간이 되자 나도 일손을 거들기 시작했다.

"아, 이건 이리로 좀 옮겨줘."

"저건 저기로."

바쁘게 움직인 우리는 어느덧 꾸미는 것을 끝마쳤다. 나는 좀 늦게 집으로 돌아갔다.

"하암."

꿈속에서 피곤한 내가 곯아떨어지자 현실의 내가 눈을 떴다. 나른한 일요일. 오후가 다 돼서야 눈을 뜬 나는 미소 지었다.

'뭘 이렇게 재밌게 해 본 적이 너무 오랜만인 것 같네.'

비록 꿈속의 친구들이었지만, 나는 그 애들과 있으면 하루하루가 즐거웠다. 별 취급도 제대로 받지 못하는 지금보다는 말이다.

'그런 애들이 현실의 내 친구였다면 정말 좋았겠다.'

현실에서의 나는 따분한 하루를 보내기 시작했다. 공부하고, 밥때가 되면 밥을 먹고. 하지만 저녁때가 되어 꿈을 꿀 때면, 그 아이들과 행복한 시간을 보낼 수가 있었다. 현실에서는 우울했던 친구관계였다. 현실에서 느낄 수 없는 따뜻한 감정을 꿈에서 느낄 줄은 몰랐다. 소원을 빌었던 것이 이루어질 수 있었다는 것도 정말로 몰랐다. 내게 직접적으로 전해지는 위로를 받는 느낌도.

어느덧 잘 시간이 되자 나는 잠에 빠져 들었다. 자려고 할 때마다 잠이 오는 것으로 보아 나는 정말로 잠이 많은 사람인 것 같다. 최근 들어 더 그런 것 같다. 생각을 하는 동안 감겼던 눈이 서서히 뜨였다. 역시나 꿈속이었다.

"아, 맞다."

여기도 하루가 지났을 테니 아마 오늘은 축제날일 것이다. 문득 어제 함께 꾸미던 아이들이 생각났다.

"모두가 웃고 떠들 수 있는 카페를 만들자!"

"우리 반이 매출 1위가 되게 하자!"

"안 되면 어떡해?"

"일단 해 봐야지."

결연한 표정을 지으며 매출 1위를 꿈꾸는 아이.

"야, 네 얼굴에 꾸밀 때 쓰는 동그란 스티커 달라붙음."

"엥? 진짜?"

"진짜지, 그럼 가짜겠냐? 어떻게 꾸몄길래 가만히 있던 스티커가 얼굴에 달라붙냐, 진짜."

재료가 얼굴에 달라붙을 정도로 열심히 꾸민 아이.

"얘들아, 여기 간식. 먹고 좀만 더 하자."

"오, 유재림!"

"땡큐, 재림이!"

"오, 감사."

"아, 고마워. 근데 매점 방과 후에는 닫지 않아? 어디서 가져온 거야?"

"아까 점심시간에 사둔 거야."

아이들의 감식을 챙겨 주는 아이까지. 옆에서 들은 말로는 이 아이는 부반장, 유재림이라고 하는 아이란다. 나는 어제를 대강 떠올리고는 벽면에 자리 잡은 시계를 쳐다보았다.

"이러고 있을 때가 아니었네!"

빨리 준비해야 할 시간이었다. 난 재빨리 세수하고 머리 감고 준비를 마쳤다.

"다녀오겠습니다!"

재빨리 인사를 한 뒤 집을 나가 학교로 갔다.

"내일 축제날이니까 좀 일찍 와 줘. 체육 하는 애들도 합은 한 번 더 맞춰 보고 가야 될 것 같으니까."

종례 시간 직전 반장이 했던 말이 떠올라 서둘러 발걸음을 옮겼다.

교실에 이미 많은 아이들이 있었다. 하나같이 들떠 있는 모습이었다.

"얘들아, 잠깐 주목!"

조례 시간이 20분 가까이 남은 지금, 선생님이 갑자기 들어오셨다. 주목하라고 얘들에게 말씀하신 뒤 말을 덧붙이셨다.

"오늘은 축제날이라서 수업은 없어. 대신 안전사고에 유의하면서 부스 운영과 대회 준비해야 한다. 알겠지?"

"넵."

"그리고 수업 없다고 해서 함부로 뛰어놀고 부주의한 행동해도 된다는 건 아니니 항상 유의하고."

마지막에는 짐짓 엄한 표정을 지으시며 말씀하셨다. 교실에서 한 아이의 질문이 들려왔다.

"선생님, 그럼 저희 벌고 남은 돈으로 치킨 시켜 먹어도 돼요? 학교에서?"

"그건 알아서 해라."

"와아아!"

아이들의 환호성이 들려왔다.

"일단 1교시 시간부터 바로 준비할 수 있도록 좀 일찍 조례했으니 재밌게 보내. 아직 안 온 애들한테는 이 말 전해주고."

선생님은 그렇게 말하고는 교실을 나가셨다. 뒤이어 교탁에 팔을 자연스레 얹은 반장은 모두에게 말했다.

"일단 9시 30분부터 시작이니까, 남은 준비하고, 달리기하고 뛰는 애들은 몸 풀어 둬. 줄다리기나 2인 3각은 크게 뛰지는 않는 거니까 살살 연습해도 괜찮을 것 같고, 계주하는 애들은 대강 준비해 놓고 있으면 될 것 같아."

"그래, 그럼 지금부터 그렇게 하자."

이 말을 끝으로 아이들은 각자 모여 할 일을 했다. 나도 이지훈과 함께 연습을 했다. 연습을 어느 정도 하다 보니 어느덧 여름 축제의 체육대회 시작 시간이 되었다. 다들 내려가 준비를 했다.

운동장은 잘 세팅되어 있었다. 학교 운동장은 넓은 편이 아니어서 일단 이어달리기를 하고 2인 3각을 한 뒤 줄다리기를 하는 순서로 진행한다고 한다.

"부담 너무 갖지는 말고, 그냥 할 수 있는 데까지만 해."

여러 아이들이 그렇게 말해 주었다. 덕분에 부담을 덜었다. 그리고 첫 번째 경기, 이어달리기가 시작되었다. 여러 아이들이 자신의 반 아이들을 응원했다. 부스 준비가 끝나 나온 몇몇 아이들, 다음 운동 주자들까지 다양하게.

"와아아!"

아이들의 함성 소리도 간간히 들렸다. 우리 팀은 2등을 했다.

"다음은 2인 3각이니까 우리가 나가야겠네."

2인 3각은 각 반에서 2명씩 총 6명이 나가고, 경기를 3개로 분류해 각 반의 2명씩 한 경기에 들어가 시합을 하고 1등을 가려낸다. 그래서 최종적으로 이긴 반은 3개의 반이 된다. 뭐 대충 이런 룰이다.

나와 이지훈, 둘은 앞으로 나가 대강 서서 발을 묶고 출발 신호를 기다렸다. 그 뒤, 출발 신호가 울려 퍼지고 함께 뛰었다. 왠지는 모르겠지만 구름에 떠있는 것 같은 몽실몽실한 편안함이 느껴졌다. 저 뒤에서 응원해 주는 우리 반 아이들과, 재미있게 연습했던 것이 떠올라 느껴진 감정이었다.

"재네 엄청 빠르다."

나는 우리를 저만치 앞질러 가고 있는 한 반의 아이들을 가리키며 내 옆의 남자애 이지훈에게 말했다.

그 애 역시 그렇게 생각했는지, 공감하는 말이 들려왔다.

"그러게."

우리는 그 이후로 속도를 조금 더 내 달리기 시작했다. 갑작스럽게 속도를 올린 것임에도 우리 둘의 합은 꽤나 잘 맞았다. 생각보다 운동장이 길기도 해서 좀 더 시간이 많이 걸리게 되었다.

'운동장이 생각보다 많이 넓구나.'

속도를 조금 올린 것이 작용했는지 우리는 생각보다 빨리 도착점에 들어갈 수 있었다. 우리의 순위는 3위. 아쉽게도 우리가 속도를 올리기 전 한 팀이 우리를 제쳐 갔던 모양이었다. 길면서도 왠지 짧게 느껴지던 순간이었다.

"애들아, 수고했어."

우리가 들어올 때쯤에는 다른 애들도 경기를 마친 상태였다. 우린 아이들이 줄다리기를 하는 것을 보았다. 아이들이 재미있게 웃으며 하는 모습을 보니 덩달아 웃음이 나왔다. 이 분위기에 녹아들어 나도 이런 사람이 된 것만 같았다.

줄다리기는 빨리 끝났다. 홀수 반이 청팀, 짝수 반이 백팀으로 나누어져 경기를 했다. 누가 이길지 보는 것도 재미있었고 딱히 졌다 해서 책망의 시선이 오가지 않는 분위기도 마음에 들었다.

부스를 열 시간이라 운동장에 있던 체육대회를 하던 아이들은 구경하고 몇몇은 일손을 도우려 재빨리 반으로 갔다.

"와, 대박!"

"진짜 잘 꾸며 놨네."

아이들은 카페의 내부 모습을 보자 놀라움을 표했다. 선반처럼 생긴 것부터 메뉴판, 계산대 같은 것까지 세심하게 잘 꾸며 놓았기 때문이었다. 아침에 도와줄 때보다 훨씬 포근한 분위기를 자아냈다.

"오, 얘들아! 왔어?"

아이들은 돌아온 우리를 발견하고는 하나둘씩 말을 걸기 시작했다. 채아는 내게 말을 걸어왔다.

"어때? 힘들었어?"

"아니, 별로. 힘들지는 않았던 것 같아. 근데 계주 뛰는 애들은 좀 힘들었겠더라."

채아는 고개를 끄덕였다.

"그렇긴 하지, 뭐 어쨌든 모두 수고했어! 부스는 우리가 할 테니까 너희는 다른 부스 구경하고 오든가 해."

"응."

"아, 이지훈."

나에게 말을 건넨 채아는 이지훈, 그 남자애를 보고는 다시 나에게 말했다.

"너희 둘, 기왕에 구경하는 거 같이 가는 거 어때?"

"응?"

우리는 당황스러운 목소리로 동시에 대답했다. 연습을 하면서 쌓은 친밀도가 없는 것은 아니었지만 아직은 어색한 기류가 있긴 했다. 남자애는 나를 흘긋 쳐다본 뒤 조심스레 말했다.

"나랑 같이 구경 가 볼래?"

"아, 응, 그래."

8. 축제

약간 어색함이 있기는 해도 혼자보다는 나을 것 같다는 생각이 들어 같이 둘러보기로 했다.

"자, 같이 가기로 한 거면 애들 몰리기 전에 빨리 가."

채아는 웃으며 우리에게 그렇게 말했다. 인사를 하고 나온 우리는 지나가다 어느 반을 보게 되었다. 게임도 있고 인형들도 있고 오락실 분위기로 꾸며놓은 느낌에 내가 말했다.

"이 반은 오락실 분위기로 꾸며 놨네."

"들어가 볼까?"

"응, 가 보자."

"사격 게임 같은 것도 있다."

"어, 근데 저기 봐, 캐릭터 열쇠 고리도 팔아. 너무 귀엽다."

"하나 사 줄까?"

"응? 아냐, 괜찮아."

갑작스레 내게 사준다는 말에 약간 당황한 나는 약간 웃음을 지으며 손을 휘휘 내저었다. 아직 친하지도 않은데 사 준다니, 약간 부담스럽기도 했다.

"아, 그래? 그럼 뭐, 알았어."

그 말을 듣자 뒷머리를 좀 뻘쭘하게 긁으며 멋쩍은 표정을 지어 보인 그 애는 이내 다른 곳으로 시선을 돌렸다. 그러다 무언가 발견한 듯이 손가락으로 반의 한 구석을 가리키며 나에게 말을 걸어왔다.

"저거 한 번 해 볼래?"

손가락 끝에 자리한 것은 사격 게임이었다.

"나 한 번도 해 본 적 없는데."

한 번도 해보지 않았던 터라 고민을 담아 약간 중얼거리자 그 애는 내게 말했다.

"혹시 안 해 본 거라면, 같이 해 보자. 나도 이런 거 한 번도 안 해 봤거든."

그 말을 듣고 교실 구석에 자리한 사격 게임 미니 부스를 보고 약간 하고 싶은 마음이 든 나는 좀 더 고민하다가 답했다.

"그래, 같이 해보자."

그렇게 부스에 다가간 우리는 옆에 있던 한 여자애를 발견했다.

"음, 안녕?"

우릴 발견하자마자 반갑게 웃으며 친절한 미소를 지어보이는 여자애였다. 이마의 반쪽 정도를 가리도록 넘긴 앞머리, 친절하게 보이는 눈꼬리와 부드러운 목소리, 검은 머리와 눈을 가진 여자애였다.

"사격 하려고?"

"응."

그렇게 답하자 그 여자애는 친절한 미소를 지으며 우리에게 설명해 주었다.

"저 다트에 맞히도록 쏘면 돼. 13점이 만점이야. 상품은 점수에 따라 달라. 저 옆에 인형들에 붙어있는 종이 확인하면 몇 등에 무슨 상품인지 알 수 있어. 던지는 건 네 개만 준다."

그렇게 말하고 여자애는 웃으며 내게 화살같이 생긴 던지는 것을 건네주었다. 받아든 나는 짧게 대답했다.

"응, 알았어."

설명을 들은 나는 작은 화살같이 생긴 던지는 것을 던져 보았다.

"음."

내가 던진 것이 가볍게 다트 판을 빗겨 나가고, 다음 것을 던졌다.

"오!"

점수 하나를 내게 되어 약간 기분이 좋아졌다. 남은 것들을 마저 던지기 시작했다. 하지만 결과는 처참했다.

"내가 이 정도로 못할 줄은 정말 몰랐는데."

두 번째로 던진 것에서 한 번 점수를 냈을 뿐 그 이후로는 한 발도 맞는 법이 없었다.

'이거 같은 극 자석끼리 달아 놓은 수준 아니냐고.'

이상하다. 분명 똑바로 던졌던 것 같았는데, 뭐가 이리 어렵냐고. 그러던 내 옆에서 웃음소리가 들려왔다.

"풉!"

"야, 비웃는 거냐?"

왠지 서러워서 빡친 상태로 남자애를 바라보았다.

"아니, 그냥 약간 웃겨서. 별 의도는 없었어, 진짜야."

나는 고개를 절레절레 내저은 뒤 그 애보고 와서 던져보라고 손짓했다. 그러자 그 애가 다트 앞에 섰다. 나는 옆에서 지켜보았다. 하나둘 던지는 모습을 보다 보니 어느덧 모든 것을 던진 모양이었다.

"음?"

무심코 다트 판을 바라본 나는 당황했다.

'아니, 하나도 안 맞았잖아.'

그렇다. 모든 것이 빗겨 나갔다. 나는 남자애 쪽으로 다시 시선을 돌렸다.

"……."

남자애는 할 말을 잃은 듯한 표정이었다. 정면의 다트 판을 응시하다 내 쪽으로 시선을 돌렸다. 멋쩍은 웃음을 지어 보이며

"야, 이거 어렵다."

"큽, 크흡."

나도 모르게 웃음이 새어 나왔다. 최대한 참긴 했지만. 그럼에도 소리가 들리는 것은 어쩔 수 없었다.

"아, 미안. 비웃으려는 의도는 아니었어."

내가 웃어 보이며 말을 건네자 남자애는 내 얼굴을 가만히 응시

하다 같이 웃고는 말했다.

"다른 데 가 보자."

나는 가만히 고개를 끄덕였다. 이번 부스는 사격 게임과 열쇠고리 판매 외의 특별한 것은 없었다. 교실에서 나오니 복도가 북적거렸다. 사람이 많은 탓이었다.

"음? 저기 재밌겠다."

남자애가 손끝으로 어느 반을 가리키고 있었다. 입구부터 풍선과 아기자기한 여러 소품들로 꾸며져 있는 반이었다.

"오, 한 번 가 보자."

나는 남자애와 함께 그 반으로 들어갔다. 반으로 들어가자마자 갑자기 누군가가 쏙 하고 다가와 내 머리에 무언가를 씌워 주었다.

"음, 이게 뭐야?"

순간 당황스러워 머리 위에 씌워진 것을 더듬으니 어떤 애가 거울로 내 얼굴을 비추어 주었다.

"이, 이게 뭔?"

나는 당황할 수밖에 없었다. 토끼 귀 머리띠가 꽂혀져 있었기 때문이었다.

"여기는 놀이공원처럼 꾸며 놓은 곳이야. 그래서 머리띠를 씌웠어."

'진심으로 꾸며 놨구나.'하고 생각한 나는 문득 옆을 돌아보았다. 내 옆에 이지훈, 그 애는 공룡 모양의 머리띠를 썼다.

남자애는 거울 속의 제 모습을 확인하더니 경악하며 다급히 머리띠를 벗어내려 했지만, 부스 아이들의 저지로 어쩔 수 없이 쓴 상태가 되었다. 표정이 뭔가 맘에 안 드는 표정이었다.

"나 많이 어색해?"

나를 보며 그 애가 말을 해왔다. 난 그냥 적당히 말했다.

"아니, 막 엄청 어색하지는 않아."

말끝을 흐리며 말하니 남자애는 그렇구나 하고 중얼거렸다. 어쨌건 부스 안쪽으로 들어가니 아기자기하게 꾸며져 있었다.

'진짜 여기 애들은 꾸미는 데에 정성을 들였구나.'

놀이공원 느낌이긴 한데, 꾸민 분위기만 그렇지 사실 음료나 간식 같은 것들이 있어서 작은 카페 느낌이 나기도 하는 반을 둘러보면서 잠깐 그런 생각이 들었다.

"이거 먹을래?"

잠깐 둘러보는 사이 남자애가 뭔가를 사 왔나 보다. 뒤에서 내 앞으로 무언가를 훅 들이밀었다.

"어? 솜사탕?"

그 애가 내민 건 다름 아닌 솜사탕이었다. 분홍빛, 달콤하게 생긴.

"응. 저쪽에 있던데?"

"너는 안 먹…?"

너는 안 먹냐고 말하려던 나는 남자애의 또 다른 손에 쥐어져 있는 다른 솜사탕을 발견했다.

"내 것도 샀지. 이건 너 주려고."

"아 고마워. 잘 먹을게."

나는 고맙다고 웃고는 솜사탕을 받아들어 한 입 베어 물었다. 달콤함이 입 안에 가득 퍼졌다. 달콤함에 미소가 지어졌다.

"여기 근데 솜사탕이랑 다른 음료 외에는 볼 게 없어."

남자애의 말에 나는 잠깐 생각하다 말했다.

"그럼 나갈까, 이제?"

"그래."

"근데, 이 토끼 머리띠는 어떡하지?"

머리에 걸려 있는 머리띠를 만지작거리며 말하니 부스에 있던 한 아이가 말했다.

"그냥 그건 입구 옆에 책상 하나 있는데, 그 위에 바구니 있으니까 거기 넣어놓고 가면 돼."

설명을 따라 움직인 우리는 교실을 빠져 나와 또 다른 곳을 보기 시작했다.

"저 반은 되게 인기가 많은 것 같아."

한 반을 가리키며 내가 말하자 그 애는 곧 인정한다는 듯 작게 고개를 끄덕였다.

"이번엔 우리 저길 가 보자."

내가 손으로 가리킨 곳을 가보자는 말이었다. 하지만 그 반에 들어가기도 전에, 갑자기 어지러워졌다. 점점 시야가 흐릿해지기 시작했다. 내 옆에서 이상한 듯 말을 걸어오는 그 남자애의 목소리가 들렸지만, 나는 대답할 정도로 정신이 오래 깨어있지 못했다. 내가 눈을 뜬 곳은 온통 흑백의 공간이었다. 목소리를 내 보려고 했으나 목소리가 나오지 않았다.

'이게 무슨 상황이지?'

머리가 깨질 듯이 아파오며 눈이 뜨였다. 눈을 뜨니 너무나도 익숙하면서도 항상 묘하게 낯설던 나의 방이 눈에 들어왔다.

'여태까지 돌아온 방법이랑 너무 다른데?'

이상함을 느끼긴 했지만 별다른 방법이 없었다. 내가 지금 당장 무언가를 할 수 있는 상황이 아니다 보니. 그때의 나는 몰랐다. 이것이 이상함을 알리는 징조란 것을.

9. 갑작스런 이별

나는 일과를 보낸 뒤 잠에 들었다. 머리가 깨질 듯이 아파오며 또 다시 눈이 뜨였다. 그 꿈이었다.

"일어났다! 너, 괜찮은 거야?"

"뭐야, 무슨 상황이야?"

내 앞에는 깨어난 나를 보고 놀란 이지훈과 채아가 있었다.

"너 쓰러졌었다며! 이지훈이 너 옆에 있어서 바로 보건실 데리고 왔다던데. 일단 쉬어, 혜연아."

잠시 멍 때리던 나는 곧바로 상황 파악을 하기 시작했다.

'그러고 보니 지난 번에 꿈에서 깨어날 때 쓰러졌었지?'

"내가 너 쓰러졌단 소리 듣고 얼마나 놀랐는지 알아? 무슨 일이라도 있었던 건지 엄청 걱정했어!"

채아는 내게 다가오며 그렇게 말했다. 마치 혼내는 듯한 어조였지만 그만큼 나를 진심으로 걱정해주는 것 같아 미안함과 기쁨이 뒤섞인 복잡하고도 미묘한 감정이 들었다.

"미안."

약간 멋쩍게 웃으며 사과의 말을 건네자, 채아는 어쩔 수 없다는 듯이 한숨을 쉬고선 말했다.

“하여튼 넌 너무 순진해. 네가 잘못한 것도 아닌데 왜 사과해?”

“아프잖아. 일부러 쓰러진 것도 아니고. 쉬게 둬.”

채아를 만류하는 목소리가 들렸다. 이지훈이었다.

“아, 그러고 보니 네가 나 데리고 왔다고 했지? 고마워.”

“아냐. 그보다 뭐 아픈 곳이라도 있었던 거야? 갑자기 쓰러져서 솔직히 좀 놀랐어.”

“아냐, 아냐. 난 아무 지병도 없는데. 사실 나도 잘 모르겠어. 왜 쓰러졌는지.”

분명 아픈 것도 없었는데 왜 쓰러진 것인지 모르겠다. 나는 그 이후 보건 선생님에게 괜찮으니 가보겠다고 말씀드린 뒤 교실로 돌아갔다.

“혜연이 왔다!”

“괜찮아? 쓰러졌었다며!”

“아픈 데 있었어? 말했으면 체육대회 안 뛰게 하는 건데!”

교실 문을 열고 아이들은 내 얼굴을 보자마자 걱정담긴 말들을 쏟아냈다. 난 농담조로 손을 휘저으며 말했다.

“왜 이렇게 걱정해? 난 괜찮아.”

“친구가 쓰러졌다는데, 걱정하는 게 당연하지! 그리고 친구 아니어도 걱정했을 거라고.”

내 말에 내 두 볼을 감싸 누르며 말하는 채아의 말에 나는 할 말을 잃었다. 이 애들은 진짜 순수하게 나를 걱정해 주는구나.

"미안, 걱정하지 말란 뜻이었어."

"이제 축제도 끝났으니까 집 가서 푹 쉬어. 수고했어."

"뭐? 벌써?"

"너 거의 2~3시간 동안 그러고 있었어."

"뭐? 진짜?"

"그래서 내가 그렇게 걱정했지! 어쨌든, 빨리 집 가서 쉬어. 넌 지금 휴식이 우선이야. 아마 어머님께도 연락 갔을 테니까 오늘은 푹 쉬어."

걱정을 이렇게까지 친구들에게 받아본 것도 오랜만이라 그런지 어색했지만, 그래도 나를 챙겨주고 걱정해주는 애들 사이에 있으니 힘이 났다.

"혜연아, 오늘 쓰러졌었다고 하던데 괜찮니?"

선생님께서 급하게 오셔서 내 상태를 살피셨다. 그러고는 조금 더 일찍 하교할 수 있도록 해 주셨다. 정문에 가니 엄마가 나를 기다리고 계셨다.

"괜찮니?"

많이 놀라셨던 모양이었다. 차 안에서도 나를 계속 걱정해 주셨다. 침대에 누워 쉬고 있는 듯한 편안함과 안정감, 그리고 나를 걱정해 주시는 것에서 느껴지는 '따뜻함'이라는 감정들이 나를 감쌌다. 그렇게 나는 병원에 갔다가 의사 선생님의 괜찮다는 처방을 듣고 나서야 집에 갈 수 있었다.

"자, 빨리 씻고 자."

나는 씻고 엄마 손에 이끌려 일찍 잠에 들게 되었다.

– 이제 너에게 소중한 사람이 생긴 거지?

갑자기 꿈속에서 이상한 목소리가 들려왔다. 저번의 그 꿈과 같은.

"뭐야? 누구야?"

꿈속은 온통 사방이 어두컴컴했다. 내 모습만이 뚜렷이 보이는, 참 이상한 곳이었다.

– 나잖아, 그때 네가 폐교에서 만났던.

"아, 그 이상한... 아니, 그 분이예요?"

– 그래, 나야.

"깜빡 목소리를 잊고 있었네요. 저번에 꿈에서도 그쪽이었죠?"

– 맞아. 이제 대충 안 것 같으니 말할게.

"뭘요?"

–나는 네 소원에 국한된 것만 이루어 줄 수 있다고 했지?

"그렇죠. 아마."

내 뇌리에는 불안한 예감이 스쳐 지나갔다.

– 아마 네가 생각하는 게 맞을 거야. 소중한 사람이 생겼으면 좋겠다는 네 소원은 이루어졌어. 이미 그 사람들은 너도 모르게 네 마음 속 깊이 들어와 있잖아.

반박할 수가 없었다.

– 빙빙 돌려서 말하는 건 싫어하니까 바로 말할게. 내가 이루어

줄 수 있는 소원은 끝났어. 목적을 이루었으니 이 꿈이 끝나는 건 이제 시간 문제야. 이곳은 흔히 말하는 평행세계 같은 곳이야. 난 그냥 사람들의 기억을 일시적으로 조작해 너라는 존재를 일시적으로 만든 거야. 그러니 내가 설정해 둔 기간이 끝나면 넌 그 기억과 세계 속에서 사라지는 거지.

머리를 한 대 얻어맞은 느낌이었다.

"아니, 이게 뭐에요? 너무 갑작스럽잖아요. 그래도, 나는 즐거웠는데."

– 미안하지만 나도 더는 어쩔 수 없어. 대신 너에게 한 달이라는 시간을 더 연장해 줄 수는 있어. 내가 설정한 시간이니까. 한 달. 그 이상으로 더 이상 기억을 조작할 수 있는 방법은 없어. 그 이후엔 사람들의 기억이 다 꼬일 테니까.

나에게는 무언가를 물어볼 정신 따위는 없었다.

"그래요, 그럼 시간을 더 주세요."

알겠다는 대답과 함께 깨어났다.

·

한 달 동안, 나는 여전히 꿈속에서 친구들과 어울렸다. 그 시간 동안 우리는 더 친해졌다.

"이제 벌써 기말이 다 되어 가는구나."

"알면 공부 좀 해라."

나와 채아는 더 말할 것도 없이 친해졌고, 이지훈과는 장난도 잘 칠 정도로 친한 친구가 되었다.

"매점 갈 사람?"

"나, 나!"

"오늘 급식 맛있을 것 같던데?"

"매점도 맛있잖아."

채아뿐만이 아니었다. 반의 다른 아이들과도 더 친해지게 되었다.

"한 달 전만 해도 어색했는데, 언제 이렇게 친해졌을까?"

"그러게. 약간 신기하다."

나랑 채아는 꺄르르 웃었다. 사실 알고 있었다. 이것도 언젠가 끝날 거라는 것을. 하지만 조금이라도 더 이 순간을 즐기고 싶었다. 사실 누군가는 내게 왜 그저 꿈에 그렇게 큰마음을 주냐고 할지도 모르고, 나를 이상한 사람으로 볼 지도 모른다. 하지만 이것이 실제로 만날 수 없는 것이라고 해도 실제로 이루어질 수 없는 일이라 해도, 모두 허상이었다 해도 나는 여기가 소중했다. 이곳에 나를 아껴준 이들이 있고, 엄마 아빠의 이혼 후 처음으로 웃고 떠들 수 있는 일들이 이곳에서 있었기에, 나는 이곳에서 더할 나위 없이 행복했다. 어느 날 내가 사는 세상이 이곳으로 바뀌어 있다면 얼마나 좋을까 라는 생각을 할 정도로.

"혜연아."

"응? 왜 채아야?"

"우리 나중에도 서로 기억하고 지내자. 잊지 말고. 친하게."

이 꿈, 아니 이곳에서 나가면 애들한테 잊혀질 테지만 장난스럽게 덧붙였다.

“야! 내가 널 잊을 일이 뭐가 있어?”

“그렇지?”

“당연한 소리를.”

미소가 빛났다.

그리고 나는 그날, 그 대화를 마지막으로 더 이상 그 꿈을 꾸지 않게 되었다.

꿈을 꾸고 몇 년이 지났다.

꿈을 꾸지 않게 된 몇 년 동안, 나의 삶도 조금씩 달라졌다. 일단 나는 그 아이들에게서 벗어나게 되었다.

“민혜연, 아무래도 전학을 가야 할 것 같다.”

“왜요, 갑자기?”

싫은 것은 아니었으나 갑자기 당황스러워서 반문이 튀어 나갔다.

“이번에 딴 지역으로 발령을 받아서. 그 지역은 좀 오래 있을 것 같기도 하고. 그리고 너, 그 애들이랑 같이 있고 싶지는 않을 것 같아서…”

“그 애들이라니. 아, 설마, 저를 따돌렸다고 아빠에게 말했지만 아빠가 참으라고 했던 그 아이들이요?”

나는 일부러 한껏 비꼬았다. 어른에게 할 말버릇은 아니라는 것 정도는 잘 알고 있다. 다만 날 외면한 사람에게 예의를 깍듯이 차릴 정도의 모범적인 아이는 아니다.

"너 말버릇이... 아니다. 그냥 그렇게 알고 있어라."

그렇게 다른 곳으로 전학한 뒤 더 이상 나에게 괴롭힘과 나쁜 소문은 없었다. 전학 간 학교에서는 나를 아껴주는 친구도 생겼다.

"안녕, 혜연아?"

"넌 어디서 왔어?"

하고 먼저 말을 걸어주던 친구들. 나는 가끔씩 그 꿈을 떠올려 본다. 가장 힘들었던 시기에, 그 아이들과의 경험과 추억은 특별한 것 같지 않으면서도 특별했다. 힘들 때면 가끔씩 그 꿈에서 나를 아껴주고, 다가와 주던 사람들을 떠올리고는 한다.

"안녕!"

언제나 밝게 웃으며 인사하던 채아.

"왔니?"

나를 따뜻하게 반겨주던 엄마.

"오, 왔어?"

밝고 반갑게 나를 맞아 주던 반 친구들.

"힘든 거 있으면 말하렴."

따뜻하시던 선생님까지.

나는 그들을 잊은 것이 아니었다. 오히려 추억했다.

'채아가 나타나 주면 좋겠다. 엄마도, 반 친구들도, 선생님도 모두.'

꼬옥 한 번이라도 꿈에 다시 한 번 나타나 주었으면 좋겠다. 물론 바람일 뿐이지만. 그리고 만약 어디에선가 살아가고 있다면, 행복했으면 한다. 또 다른 현실이라고 했으니.

후기

안녕하세요, '꿈에서 만난 세계'를 쓴 김서윤이라고 합니다. 이 소설은 '꿈속에서 현실보다 더한 행복을 누리고, 꿈속의 인물들에게 정을 붙인다면?' 이라는 상상력에 여러 설정들이 붙어 만들어진 소설입니다.

사실 전 국어를 굉장히 좋아해요. 그 중에서도 소설, 수필 등 제 경험, 상상, 생각 등을 펼쳐내는 글쓰기를 좋아한답니다. 그래서 예비작가반도 망설임 없이 선택했어요. 제가 좋아하는 것을 해서 그런지 즐겁고 행복하게 활동에 임할 수 있었다고 생각합니다.

음, 이제 작품 이야기를 좀 해 볼게요. 소설을 읽으면서 아마 제목의 의미가 잘 와닿지 못할 수 있었을 것 같기도 합니다. 제목 이야기를 하자면 주인공 혜연이에게 꿈에서 자신을 아껴주는, 현실의 사람들과 반대되는 꿈속의 사람들이 마치 '세상의 전부'같이 소중한 사람이 되었기 때문에 이런 제목을 붙였는데, 아마 소설을 읽으면서 제목의 의미를 쉽게 떠올릴 수 있을 정도로 '소중하다'라는 묘사를 많이 하지는 않았던 것 같네요.

다음으로는 인물들인데요. 이름들은 개인적으로 듣기 좋은 어감들로 골랐습니다. 사실 다른 뜻은 없어요. 여러 캐릭터들이 혜연이를 아껴주고, 함께 지내는 스토리라 그냥 일상과 약간의 판타지?(소원이라는 전제 때문에) 두 장르가 섞인 작품입니다. 실은 원래 '한채아'라는 이름은 초반 혜연이를 괴롭히던 애들 중 한 명에게 갈 이름이었는데, 좀 부적절한 행동을 하는 친구에게 어떤 이름을 붙여준다면, 동명이인인 사람이 이걸 읽는다면 불편해 할 것 같아 악역에겐 이름을 안 붙이기로 했을 때 혜연이 절친 캐릭터 이름이 비어서 '한채아'로 정한 거랍니다.

'이지훈'이라는 캐릭터를 추가한 것도 너무 동성 친구들만 있기보다는 이성 친구도 함께 두루두루 어울리면 좋겠다고 생각해서 넣었습니다. 꼭 채아 한 명이랑만 친구인 모습을 보여주는 것보단 아무래도 그게 낫다고 생각했거든요.

부모님에 대한 부정적인 묘사가 좀 나오는데, 꿈에서의 상황을 먼저 설정한 뒤 현실을 꿈에서의 반대 상황으로 설정한 것이다 보니 이렇게 된 것 같아요. 그냥 소설의 설정으로만 봐 주셨으면 합니다.

아, 그리고 모의고사 같은 부분은 스토리 진행에 집중하기 위해 뺐습니다. 소설이라고 생각하고 봐 주시면 편할 것 같아요.

제 소설을 어떻게 읽으셨는지 모르겠어요. 아무래도 사실상 첫 작품이다 보니 조금 미숙한 부분도 많았을 것 같네요. 미숙하지만 글을 쓰고, 완성할 수 있도록 해 주신 선생님과 모든 분들께 감사합니다. 긴 글 읽어주셔서 감사합니다.

***내가 이 글을 쓰는 이유는 하나뿐이다. 이 글을 보는 모두가 철학에 조금이나마 관심을 가지는 것.

철학은 생각보다 흥미롭다. 또한 철학을 알게 되면 세상을 보는 시각이 달라지게 된다. 그러므로 오늘 난 이 글을 쓴다.

난 이 글에 조금씩 심리학자인 '알프레드 아들러'의 사상과, 자유에 관한 나의 이야기를 쓸 것이다.

난 아직 어리다. 하지만 지금까지의 14년 인생을 살아온 나의 사상을 여기에 펼쳐보려 한다.

이 글이 재미가 없어도 괜찮다. 당신이 이 글을 읽고 철학이라는 것을 떠올린다면 나에게는 큰 기쁨이 될 것이다.

가변자유

이예린

프롤로그

자유는 항상 우리의 곁에

자유는 어디 있을까?

우리는 쉽게 자신이 자유롭다는 것을 알아차릴 수 없다. 하지만 사실 자유는 지금 이 순간에도 존재하고 있다. 당신이 이 글을 읽는 지금에도 당신은 자유를 누리고 있는 것이다. 물론 이 글을 쓰고 있는 나 또한 그런 것이겠고 말이다.

당신에게는 사랑하는 반려동물이 있는가? 만일, 반려동물을 키우고 있다면 그 아이에게 다가가 보자. 그 아이에게 인기척을 주었을 때 당신을 본다면 그 아이 또한 당신을 볼 수 있는 자유가 있는 것이다.

혹여 자유로워 보이지만 당신을 보지 않는다면, 그저 그 아이는 자신의 자유로움에 심취해 있다 생각하자. 비관적으로 생각한다면 더 귀찮아질 뿐이니까.

자유는 생각보다 간단하다. 오히려 깊게 파고들면 머리만 아플 뿐이다.

자유가 없는 것은 앞길이 없는 것과 같다. 자유롭게 나의 생각을 펼쳐내고, 생각하고, 적고. 이 과정에서 다름 아닌 나 자신이 성장하는 것이다.

자유는 어떻게 소유하는가

1. 시간의 분리수거

– 과거

길에서 넘어지거나 중요한 회의에서 말실수를 하는 경우들이 종종 있다. 그 상황을 겪고 난 뒤, 우리는 분명 창피함이 몰려올 것이다. 나는 그럴 때 내 알 바가 아니라 생각한다. 이미 과거일 뿐이고, 우리는 현재에만 집중하면 되는 것이기 때문이다.

과거란 이미 지난 시간을 뜻한다. 그 말인즉슨 지금은 내 알 바 아니라는 것 아닌가?

이 이야기는 트라우마에게도 적용된다. 지인과의 트라우마로 인간관계를 잘 형성하지 못한다는 사람, 또는 폭력으로 큰 상처와 두려움을 가진 사람 등등. 그들은 트라우마로 자신의 자유를 누리고 있지 못하는 것이다.

하지만, 이 상황은 생각해 보면 솔직히 억울하다. 난 왜 이러고 있는지, 굳이 이럴 필요가 있는지. 더 할 수 있는 게 많은데 말이다. 분명, 난 지금의 나인데 어째서 과거의 나와 지금의 나는 변한 게 없는 건지. '지금의 나'인데 말이다.

당신의 인생은 과거가 지금을 정하는 것이 아니다. '지금의 당신이 당신을 정하는 것'이다. 굳이 그 트라우마가 내 자유를 방해할 필요가 있는 걸까? 분명 무언가를 도전한다면 더 나은 하루가 당신을 기다릴 것이다.

또한, 지금의 당신은 당신의 과거 또한 정할 수 있다. 지금 당신이 생각하는 과거의 일, 그 일은 좋았던 일인가? 영원히 좋은 추억으로 남을 만큼 인상 깊었던 일인가? 귀찮기만 했던 학창 시절은 지나고 나선 그리운 시간으로 남아 있고, 무척이나 행복했던 연인과의 하루하루는 잊고 싶은 과거가 되어 있을 수 있다. 지금의 당신이 처해있는 상황이나 감정, 가치관에 따라 당신의 과거는 어떤 것으로도 변할 수 있는 것이다.

– 미래

이뿐만 아니라 우리에게는 과거와 현재 말고도 미래라는 시간이 남아있다.

"지금 너무 행복해 버리면 나중에 불행해질 것 같아."

지인이 나에게 한 말이다. 하지만 앞에서도 말했듯 우리에게는 현재만 존재한다. 상상하기 싫은 과거와 미래는 깔끔하게 버려버리자. 우리에게는 늘 좋은 미래가 있길 생각하는 것이다. 미래가 좋아야 현재가 좋은 법이니까 말이다.

반대로, 현재가 좋아야 미래도 좋아진다. 만일, 지금 당신이 용기 내어 다양한 것을 접한다면 미래에 당신은 멋진 한 존재로 자리 잡고 있을 것이다.

– 현재

우리에게 가장 중요한 시간, 바로 현재다. 과연 현재에도 분리수거를 할 수 있을까?

현재란, 과거와 미래보다 더 어려운 존재라 난 생각한다. 이런 중요한 현재에, 당신이 혹여 자유를 방해 받고 있다면 그리고 그 방해요소를 없앨 수도 없다면, 그냥 잠시만 쉬자. 남들의 일상을 조금 훔쳐봐도 좋다. 그러면서 저 사람은 왜 저럴까, 왜 저런 행동을 취하는 걸까, 저 사람의 심리는 지금 어떤 생태일까 생각해 보자. 생각보다 이것은 재밌기도 하고 흥미롭기도 하다.

아니면 잠시 눈을 감거나, 소리를 지르거나, 운동을 해도 좋다. 혹여 당신이 과거의 일로 고통 받고 있다면, 과거의 당신을 욕하지도, 과거의 시간을 후회하지도 말고, 지금 당신이 뭘 해야 하는지부터 생각하자. 그것이 당신이 미래의 당신에게 칭찬 받을 유일한 방법이다.

2. 상대와 나의 자유

– 자유의 선

내가 자유를 가지면 반대로 상대의 자유도 있는 법이다. 그럼에도 불구하고 자신의 자유만 생각한다고 상대방의 자유를 침범해도 되는 걸까? 당연히 아니다. 자유에도 도덕이 있는 법. 상대의 자유 또한 보호해야 한다. 그렇다고 너무 거리 두지는 말고, 상대의 선을 잘 확인하도록 하자.

만약 실수로 상대의 선을 밟아 버렸다면 잘못된 것을 인식하고 불편한 눈치가 보인다면 사과해야 한다.

반면 다른 사람이 나의 자유를 침범하면 어떻게 해야 할까? 상대는 자신의 자유에 심취해 있을지도 모른다. 그럴 때에는 내 감정을 솔직히 상대에게 불어넣는 것밖에 방법이 없다.

'네가 ~해서 난 ~했어. 그만해 줬으면 좋겠어.'

마치 초등교육같이 들린다.

내 심정을 말할 때에는 굳이 침착할 필요 없다. 오히려 상대에겐 장난처럼 들릴 지도 모른다. 조금은 흥분해도 괜찮다. 여기서 중요한 건 내 심정을 말하는 것이지 내 심정을 몸으로 표현하면 안 된다는 것. 너무 흥분해서도 안 되고 너무 침착해도 안 된다.

– 상대의 존중

상대의 자유를 침범하지 않으려면 존중이 필요하다. 만일 상대가 나에게 피해를 주었다면 무작정 불러일으키지는 말고 내가 그 아이라면 왜 이런 짓을 했을까 하며 상대의 주변 환경, 생각, 가치관까지 모든 것을 다 쓸어 모아 내 것으로 만들어보자. 한 마디로 공감하는 것이다.

나에게 피해를 준 사람을 공감하고 이해한다니 조금 아이러니하지만 이런 행동은 나중의 후회를 조금 덜 수 있을 것이다. 물론 이런 존중도 꼭 해야 할 필요는 없다. 예를 들어보자면, 범죄자가 왜 그런 짓을 했는지, 그들의 악질의 행동과 생각까지 존중할 필요는 없는 것이다.

당신은 공감을 받은 적이 있는가? 혹은 공감을 한 적이 있는가? 만일 이 질문에 '예'라고 답한다면 당신의 인간관계는 남들보다 나을 것이 틀림없다. 혹여 당신이 상대의 존중이란 것에 감을 잘 잡지 못하였다면 상대를 언제나 친구라고 생각해 보는 것도 좋은 방법이다. 지나가는 사람도, 초면의 사람도 말이다.

하지만 그 친구가 심한 악질의 행동을 저질렀다면? 이 이상은 당신이 잘 알듯하다. 혹은 존중이 필요 없을 때도 있다. 아들러는 이것을 '과제의 분리'라고 부른다. 이 세상 대부분 인간관계의 고민은 타인의 과제에 침범하고 침범 당했기에 발생된다.

이때, 과제란 무엇일까? 예를 들자면, 당신이 누군가의 부탁을 받았을 때, 결정하는 것은 당신의 과제이지 상대의 과제가 아니다.

또한 이 부탁을 거절한 채 실망한 모습을 보였을 때 그 감정은 상대의 과제이다. 당신이 상대의 과제에까지 신경 쓸 필요 없는 것이다. 이 분리는 가까운 사이 간에 더욱 중요하다. 믿는다는 행위 또한 과제의 분리이기 때문이다. '당신이 상대를 믿는 것'은 당신의 과제, '상대가 당신에게 신뢰를 얻는 것'은 상대의 과제이다. 반대로, 내가 상대의 과제에 침범하거나 혹은 침범을 당했다면, 그것은 분명 당신의 인생을 짓누를 것이다.

– 나의 존중

당신은 직접 존중을 해 본 적이 있는가? 아마 많이 없을 거라 생각된다. 아니면 존중이라고 해서 잘 모를 수도 있을 것이다. 나와 친구가 되는 것, 그것이 나의 존중이라 말할 수 있다.

사실, 나도 날 친구라고 생각하는 일은 자주 없다. 하지만 자주 없을 뿐, 꽤나 틈틈이 생각나는 편이다. 혼자 다독이고 혼자 위로하고 그로 인해 위로를 받는다. 때로는 혼자 이야기하고 생각하고 웃는다. 얼핏 보았을 땐 애정 결핍이나 이상한 사람으로 보일 수도 있다. 하지만 난 그렇게 생각하지 않는다. 오히려 자신을 잘 가꾸는 사람처럼 보일 것이다.

당신은 어떻게 생각할 것인가?

나와 친구가 되는 방법은 쉽다. 일반 친구를 만들듯 먼저 다가가면 된다. '난 이걸 좋아하는데, 다른 것도 좋아하지 않을까?' 하며 여러 분야에 도전하는 것 또한 나와 친해질 수 있는 방법이다.

날 위한 특정한 날을 만드는 것 또한 좋은 방법이다. 잘 생각해 보면, 우리는 우리를 생각하며 살아가는 날이 별로 없다. 고작 해보아야 우연으로 생각난 것과 생일 정도일까. 날 위해 나의 날을 만들어 보자. 그날에는 사고 싶은 것을 사주고, 포장도 하고, 편지도 써 보자. 마치 타인과 놀듯 재미있을 것이다.

이 행동을 자신의 생일에 하는 것도 좋다. 그저 그날들은 날 위한 날이니까 말이다. 하지만 난 이 행동을 적극 추천하지는 않는다. 자칫 이것에 깊게 빠지게 되면 주변의 지인들과 멀어질 확률이 적지 않기 때문이다.

주변 지인들이 적은 것, 혹은 없는 것. 경험상으로는 좋지 않았다. 상상 이상으로 외롭고 우울하다. 이 우울했던 일상에서 빠져나온 방법이 나와 친해지는 것이었지만, 당신들은 그때의 감정을 경험하지 않기를 바란다. 그래도 상관없다 하면 해도 좋다. 그것은 당신의 자유이니까. 난 당신의 과제에 침범하지 않을 것이다.

혹여 당신이 나와 같았던 외롭고 우울한 감정을 가지고 있다면 자신감을 가져라. 과거를 후회하는 것은 생각의 낭비일 뿐.

당신은 앞으로 어떻게 해야 하는지만 생각하면 된다.

자유 사용법

1. 다루기

– 열등감과 우월감

우리는 자주 열등감을 느끼곤 한다. 혹은 우월감도 느낄 것이다. 열등감은 보통 자신보다 뛰어난 사람 혹은 사람들을 보고 생겨난다. 그런 사람을 보며 우리는 자신을 깎아 내린다.

하지만 그 사람이 없다면 어떨까? 이 세상에 나와 비교할 사람이 단 한 명도 없다면? 당연히 느끼지 않겠지. 열등감은 모두에게 관련된 '객관적인 사실'이 아니다. 자신이, 자기 멋대로 생각한 '주관적인 해석'이다.

그럼 열등감은 왜 생기는지도 알아보자.

앞에서도 말했듯, 열등감은 자신보다 뛰어난 사람에게서 생긴다. 반면 우월감은 자신보다 낮은 사람에게서 생겨난다. 이 말인즉슨, 우리는 무엇보다도 성장하고 싶어짐을 말한다. 욕심인 것이다.

슬럼프로 예를 들자면, 슬럼프는 우리에게서 열등감으로 전해져 오는 경우가 많다. 하지만 사람들은, 슬럼프는 더 성장할 수 있는 시간을 의미한다고 말한다.

하지만 열등감으로 우리는 성장할 수 있을까? 오히려 열등감이 지속될수록 우리는 점점 낭떠러지에 가까워지는 것이 아닐까. 과연 열등감이란 것을 원하는 사람이 있을까.

반면에 우월감을 원하는 사람은 많을 것이다. 또한 우월감으로 성장하는 사람 또한 많을 것이라고 생각한다.

우월감과 열등감의 차이는 확실하다. 모든 것에서 말이다. 열등감은 남에게 우월감을 심어줄 수 있다. 한편 우월감은 남에게 열등감을 심어줄 수 있는 것이다. 우월감을 원하는 것, 이것은 자신이 최상위에 오르길 바라는 것이다. 반대로 말하자면 남들을 밟고 싶다는 것으로 해석될 수 있다. 사람은 누구나 이기적이다. 그러므로 충분히 그런 생각을 할 수 있다. 누구나 주변을 욕하고 누구나 자기 멋대로 행동한다.

나도 이기적이기에 나의 감정 또한 이기적이다. 원치도 않았던 열등과 우월을 자신에게 선물하는 우리는 역시나 이기적인 법이다. 하지만, 우린 이 인생을 고작 남들을 밟고 올라가며 우월을 느끼려 사는 게 아니다. 이기적인 우리는 타인과 경쟁해선 안 된다. 비로소 이기적인 우리는 우리의 길만 걸어야 하는 것이다.

우월과 열등은 주관적이지만, 그것의 원인은 언제나 타인이다. 우린 이기적이기에, 이기적으로 살아야 한다. 타인의 우월은 무시하고 말이다. 이기적인 우리는 자랑스럽다. 이기적인 우리는 자유롭다. 남들의 행동에 물들지 않는 우리다. 그런 우리는 언제나 우리인 것이다.

– 타인의 기대

당신은 누군가를 위해 살고 있는가? 자기 자신? 부모님? 혹은 당신의 배우자나 친구일 수도 있겠다. 혹은 당신이 좋아하는 그 타인의 행동을 기대하고 있진 않은가? 예를 들자면 칭찬 같은 것 말이다. 그냥 칭찬도 아니다. '타인이 나에게 해주는 말' 말이다.

우리는 항상 무언가를 기대하며 살아간다. 무언가를 기대하고 희망하며 그것이 마음대로 되지 않으면 상심하고 포기하게 된다. 하지만 당신은 타인의 기대를 채우려 사는 것이 아니다. 또한 당신도, 당신이 원하는 타인도 자신의 기대를 채우려 사는 것이 아니다.

질문 하나를 하겠다. 마음속으로 당신의 답을 생각해 주었으면 한다. 당신은 당신이 원하고 있는 그의 시선이 무서운가? 겁이 나는가? 혹은 긴장되는가?

꼭 타인에게 인정받을 필요는 없다. 타인의 기대에 날 포함시킬 필요 없다. 타인의 기억에 자신을 담으려 애쓰지 않아도 괜찮다. 타인의 시선에 겁먹지 말고 당신의 길을 걸어라. 타인의 과제에 개입하지도, 자신의 과제에 타인을 개입하지도 말아라. 한 몸으로 이기적인 우리가 되자.

– 타인의 원망

사람마다 꼭 원망하는 사람이 한 명 쯤은 있을 것이다. 물론 나도 있다. 하지만 난 이 원망스러운 마음을 지우기로 결심했다. 그런 마음 또는 생각을 가지고 있다면 분명 더 피해가 가는 사람은 그 누구도 아닌 '나'일 것이다.

내가 원망하는 타인은 지금까지도 잘 먹고 잘 산다. 아무런 이상 없이 말이다. 그저 내 마음속에서만 나쁜 사람이 될 뿐 그 이상도, 그 이하도 아니다. 그 타인의 주변에서는 분명 그 타인이 좋은 사람으로 남아있을 것이다. 그 타인을 좋아하는 사람들은 당신의 마음을 이해하지 못할 것이고, 당신 또한 그 사람들의 마음을 이해하지 못한다.

특정한 사람이 아니어도 이 감정은 어디에서나 존재한다. 모르고 남의 어깨를 치고 그대로 지나쳐 버렸다든지, 남의 발을 모르고 밟았다든지. 당신이 사과 없이 이 일들을 지나친다면 남에겐 당신이 '나쁜 사람'이라는 존재로 남을 것이다.

그런데 과연 원망스러운 이 마음을 또 다른 타인들에게 말해도 괜찮은 걸까?

사람들은 보통 자신의 하소연을 털어놓을 때, '나쁜 그 사람과, 불쌍한 나'를 관점으로 이야기를 한다. 이때의 이야기는 불쌍한 나를 어필하느냐, 나쁜 그 사람을 증오하느냐로 나뉜다.

과연 당신이 그런 이야기를 한다면 자신의 감정이 해소가 될까? 당연히 당신의 감정은, 어느 정도는 괜찮아질 것이다. 하지만 당신이 가지고 있는 본질의 문제는 해결될 것이라 생각하는가?

그 일은 해결되지 못한다. 아무리 들어주는 사람이 있을지언정, 당신이 큰 소리로 떠들어 봤자 타인은 흘려들을 것이다. 남을 원망하는 것은 아무런 가치도 없는 시간의 낭비일 뿐이다. 어차피 다 지난 일이고, 당신의 지인들 또한 당신의 과거를 보고 당신을 따르는 게 아닌 현재 당신의 모습을 보며 당신을 따르는 것일 것이기 때문이다.

타인은 눈앞에 있는 당신만 알면 충분하다. 과거의 당신이 어땠는지는 알 필요가 없는 것이다. 우리는 과거의 행동을 성찰하고 되새겨야 하는 사람이 아니다. 언제나 '지금 당신이 해야 하는 것'을 생각하라.

2. 벗

– 사랑

당신의 사랑은 지금 진행 중인가?

대부분 아니라고 답할 것이지만, 모두의 사랑은 항상, 어디서나 진행 중이다. 지금, 이 글을 읽고 있는 당신도 진행 중일 것이다.

사랑은 모든 관계 사이에서 발생된다. 교우 관계, 연인 관계 등등. 이 관계들은 의무적인 것이 아니기 때문에 이 관계를 맺는 것도, 그 관계가 깊어지는 것 또한 어렵다.

꼭 이런 관계가 모두에게 있어야 하는 것은 아니다. 당신의 선택에 따라서 형성될 수도, 그렇지 않을 수도 있다. 하지만 원하고 있지만 그렇지 않은 사람이 있을 수 있다. 혹은 가까워지고 싶은 사람이 있다든가.

그럴 땐 다가오길 기다리지 말고 무작정 다가가라. 혼자서 우물쭈물 있다가는 변하는 것 하나 없을 것이다. 아무리 어려워 보이는 관계일지라도 마주하는 것을 회피하고 뒤로 미뤄선 안 된다. 설령 끊어 내더라도 일단은 마주 보아야 한다. 가장 해선 안 될 상황, '이대로 멈춰 서 있는 것'이다. 분위기나 상황에 떠맡겨서도 안 된다. 먼저 손을 내밀 것.

때론 그 사람에게서 질투를 할 때도 있다. 아들러는 상대를 구속하는 것을 사랑으로 인정하지 않는다고 말했다. 상대가 행복하다면 똑같이 축복하는 것. 그것이 진정한 사랑이라고 말이다.

하지만 바람피우는 것을 포함하는 것은 아니다. 함께 있을 때 숨이 막히고 불편하다면, 그것이 연애는 가능할지 몰라도 사랑이라 할 수는 없다. 인간은 '어떠한 사람과 같이 있으면 자유롭게 행동할 수 있다.'는 것을 느낄 때 그것을 진정한 사랑이라 느낀다. 함께 사이좋게 살고 싶다면 서로를 대등한 인격체로 대하지 않으면 안 된다. 열등감도, 우월감도 느끼지 않고 평온한 상태. 그것이 진정한 사랑인 것이다.

– 믿음

사람들마다 자신이 가진 얼굴들이 있을 것이다. 보통 그런 것을 가면이라 부르는데, 대다수의 사람들은 그 가면을 '인간관계'를 위해서 사용한다.

타인이 가면을 벗은 자신을 보면 그 관계가 망가져 버릴까 봐, 타인과 멀어지는 것이 두려우니까 말이다. 하지만 과연 타인이 당신의 진실된 모습을 본다면, 정말 도망가 버릴까? 정말 당신과 멀어질까?

이런 관계는 믿음과도 관련이 있다. 분명, 타인이 당신을 신뢰한다면 당신의 진실된 모습을 보았을 때도 도망가고, 당신과 멀어지려 하지 않을 것이다.

만일 타인이 당신을 믿는다고 하더라도 당신이 가면을 벗기 어렵다면, 그것은 당신이 그 타인을 못 믿는 것이다. 자신이 타인을 믿는 것도 두려우면서 타인의 믿음을 구걸하고 있다니, 이 얼마나 애처롭고 지질한 일인가?

당신이 타인의 신뢰를 원한다면, 당신이 먼저 타인을 믿어라. 당신이 가면을 벋고 타인 앞에 섰을 때 혹여 타인이 도망간다면, 잡으라고는 하지 않겠다. 그리고 잡지 말라고도 하지 않겠다. 그것은 당신의 자유지만 당신을 믿지 않는 타인을 곁에 둔다 한들, 과연 당신은 행복할까? 다시 그 타인에게서 사랑을 느낄 수 있을까?

그래도 잡지 않으면 또 그건 그거대로 불편하고 아플 것이다. 하지만 이미 도망가고 있는 걸, 타인은 날 믿지 않았는 걸. 그리고 그때엔 당신도 이미 타인의 믿음을 버리지 않았을까. 이미 과거다.

과거는 돌이킬 수 없다. 과거는 없는 것이다. 너무 꽉 막힌 결말이라 생각해도. 이미 과거인 걸. 미련을 버리면 끝나는 그런 쉬운 결말이다.

– 목적

누구에게나 목적은 있을 것이다. 쉬운 예를 들어보자면 삶의 목적이라든가.

지금 당신의 목적은 무엇인가? 먼저 답해 보자면 지금 나의 목적은 이 글을 완성하는 것이다. 그렇다면 당신의 목적은?

없다고 답하는 이들도 있을 것이다. 하지만 정말 없을까? 당신이 '없다'를 답한 것, 이것이 당신의 목적 아니었을까.

사실 난 이런 질문을 나의 지인에게도 해 보았다. 평소 자신을 좋게 생각하지 않는 아이였는데, 그 아이는 '목적 따위 없다. 그냥 태어나서 내 삶을 사는 것뿐, 모든 것을 포기하며 살고 있다.'라고 말하였다.

당신은 이 아이의 답에 어떤 답변을 할 것인가? 난 그때 그 아이에게 '넌 포기하는 게 목적이 아니냐?'라고 말했고 굉장히 놀란 눈치를 보였다. 그리고 꽤나 고심하는 듯 보였다. 당신은 어떤 답변을 생각했는지 궁금해진다.

이처럼 목적은 어디에서나 존재한다. 하지만 이 목적은 실생활에서 사용될 수 있을까? 당연 많다. 물론 우리는 그것이 목적이라고 느끼지 못하지만 말이다. 시험을 앞둔 학생이 '집중하고 싶은데 집중이 안 된다.'고 말하는 것, 트라우마에 시달려 아무것도 하지 못하는 것, 어떤 것에 휘말려 우울한 기분이 드는 것.

과연 이들의 목적은 무엇일까? 이들의 목적은 쉽게 변할까? 사람들은 누구나 자신이 변하는 것을 두려워한다. 자신이 변하고 싶다고 다짐해도, 우린 우리의 '본래 모습'을 버리고 '다른 나'로 변하는 것을 두려워한다. 그렇기에 그들의 목적도 쉽게 변하지는 않을 것이다.

아직 감을 못 잡는 당신을 위해 나의 경험을 예로 하나 들려주겠다. 난 최근 나의 휴대전화를 고장 내었다. 일부러 그런 것도 아닌데 부모님께 꾸중을 듣고 있자니 조금 억울해지고 말수도 줄어들었다. 물론 기분도 상했고 말이다. 하지만, 그 자리에서 내가 그런 기분이 드는 것은 조금 자존심이 상했다. 난 '지금 나의 목적은 이런 기분을 품고 있는 것이 아니다.'라고 생각하였고 기분은 금세 나아졌다. 내가 뻔뻔하다고 느끼는 사람도 있을 것이다. 하지만 난 이기적인 걸.

물론 이렇게 목적을 생각하여 감정이 움직이는 것은 사람마다 다를 것이다. 혹은 나만 그럴 수도 있지만.

당신의 그 행동은 정말 당신의 목적인지 생각해 보아라. 그리고 진실한 목적을 찾아라.

절대 해선 안 될 상황, '이대로 멈춰 서 있는 것'이다.

후기

글을 쓰려고 다짐한 첫날에는 언젠간 완성이 되겠지 하며 텅 빈 뇌로 작업을 했었다. 내가 이 글을 쓴 이유는 내 또래에게 철학을 조금이나마 알리기 위함이었다. 이 글을 읽는 사람이 많지 않더라도 내 생각을 정리하지 못했던 나에게는 좋은 경험으로 남을 것 같다.

이 글은 아들러의 사상을 읽고 감동을 받은 후에 생각한 것을 기록한 것이다. 평소에 항상 마음속에 담아 두었던 생각들이었는데 이것을 글로 쓸 수 있었다는 사실이 정말 기쁘다. 앞으로도 난 계속 철학을 할 것이다. 지인들을 몇몇 꼬여 가며 말이다. 항상 '이기적인 나'로 철학을 하겠다.

부디 당신도 그랬으면.

***이 글은 나의 아토피에 대한 이야기와 그에 얽힌 사건, 그리고 그 사건을 해결하기 위한 방법을 적은 이야기이다.

나의 아토피

은성준

1. 나의 이야기

나는 아토피를 가지고 있는 학생이다. 그리고 나는 아토피에 대한 경험이 많다.

대부분 아토피는 유전이라는 말도 있지만 거의 다 노력을 안 해서 더욱 심해진다. 난 그래서 이 글에서 나와 같은 아토피를 가진 사람들에게 나의 경험과 위로를 전해 주고 싶었다.

일단 나는 옛날에는 모든 게 귀찮아서 아토피가 심해지든 말든 상관하지 않았다. 그래서 난 더욱 악화되었고 의사 선생님한테 혼나는 일도 자주 있었다. 그래도 아랑곳하지 않고 나의 몸에 관심을 주지 않았다.

초등학교를 갔다. 그러자 친구들이 나를 동물원 원숭이처럼 보았고 난 당황했다. 하지만 시간이 지날수록 친구들은 나를 이해해 주었다. 난 나의 아토피가 고통스럽게 변했을 때마다, 부모님 탓을 했다. 지금은 왜 그랬는지 모르겠다. 내가 조금만 노력하면 되는 건데 왜 관심을 주지 않았는지.

아토피가 악화될 때마다 아버지는 나에게 대학병원(큰 병원)에 가자고 하셨다. 난 처음엔 무서웠다. 왜냐하면 병원을 가는데 학교까지 조퇴해야 되는 거라니 얼마나 내가 심각하면 그렇게까지 할 필요가 있나 싶었다. 하지만 거울을 보니 정말 처참할 정도로 상처가 온몸에 수두룩했다. 난 나의 몸을 보고도 믿을 수가 없었다. 왜냐하면 나는 나의 몸을 한 번도 정성을 들여 본 적이 없었기 때문이었다. 난 충격을 받았고, 그제서야 내 몸에 있는 아토피의 고통을 느끼기 시작했다. 그것도 병원에서 말이다. 큰 병원 선생님도 이건 많이 심한 거라고 나에게 말씀하셨다.

아버지도 알고 있었겠지만 내가 너무 미안했다. 왜냐하면 이때 동안 부모님에게 날 이렇게 낳은 걸 원망했을 때가 있었기 때문이다. 내가 노력만 하면 괜찮아지는 건데 왜 그렇게 남 탓만 하면서 살았는지 내가 너무 실망스러웠다. 그래도 아버지는 날 포기하지 않고 계속 좋은 병원만 찾아서 가곤 하셨다.

나는 알레르기 검사도 받았다. 무수히 많은 알레르기가 있었다. 그 중에선 제일 눈에 띈 고양이, 강아지 털 알레르기가 있었다. 난 동물을 매우 좋아한다. 그래서 좀 슬펐다.

그리곤 다시 또 그 감정을 느꼈다. 내가 노력해야 되는데 왜 부모님이 날 위해서 더욱 더 노력하는 거지? 계속 이런 생각을 해도 나의 귀찮음은 고쳐지지 않았다.

그리곤 코로나가 잠잠해졌을 때 학교에 갔는데, 학교에서는 선생님이 날 많이 챙겨 주는 느낌이 들었다. 왜냐하면 코로나 때문에 마스크를 썼는데 땀을 흘리면 더욱 상처가 가렵고 더욱 짓이겨져 터졌기 때문이다. 당시에 날은 여름이라 살짝만 상처가 나도 마스크 때문에 상처가 커지고 진물과 고름이 생겨나서 너무 고통스러웠다. 그 때 선생님의 얼굴을 보니 날 되게 걱정하는 눈빛이었다. 그제서야 나는 선생님의 표정에 대하여 이해했고, 친구들의 말이 이해가 되었다. 그리곤 난 다시 생각했다. 왜 자꾸자꾸 나를 실망시키는 거야?

그 당시 난 6학년이었다. 내 몸을 챙길 나이였다. 하지만 난 유치원생같이 나의 몸은 생각하지도 않았다. 그제서야 난 아버지와 어머니를 힘들게 하면 안 된다고 생각했다. 난 참 철이 없었다.

코로나가 심해져서 학교를 안 가게 된 날부터 낫기 위해 열심히 노력을 하였다. 하지만 그렇게까지 오래 가지는 않았다. 근데 내 몸을 보니 따갑고 고통스럽지 않았다. 그렇다. 아토피는 짧은 시간만 노력해도 옛날 몸에 비해 몇 배는 고통이 준다. 놀라웠다. 부모님도 축하해 주셨다. 누나도 나에게 칭찬을 아끼지 않았다. 기분이 좋았다. 이제 그 누구를 보아도 창피한 감정을 안 느껴도 된다니. 이제서야 왜 이런 감정을 느끼는지 모르겠다. 조금만 노력해도 그 노력의 몇 배는 더 많이 낫는데. 이때까지 남들에게 뭐라고 한 것과 부모님 탓만 한 것이 너무 미안하였다.

친척과 여러 아는 분들은 나에게 더욱 많은 조언과 희망을 주었다. 이게 뭐라고 이렇게까지?라고 생각할 수도 있지만, 날 옛날부터 본 친구는 알 것이다. 내가 얼마나 많이 나았는지. 이때 나는 온 세상에 고마워했다.

그래도 아토피가 완전히 나은 게 아니라는 느낌이 든다. 왜냐하면 몸 쪽에 통증이 갑자기 심해지고 얼굴이 붓는 느낌이 드는 것이다. 이제 나아졌다고 생각되면 아토피는 더욱 심해진다. 그때 의사 선생님께서 한 말씀이 생각났다.

"나아졌다고 방심하지 마라."

잠시 아토피가 나아서 방심을 한 것이다. 아토피는 순식간에 심해지는데, 그래도 옛날보다 덜 심해지려면 약을 수시로 그리고 규칙적으로 발라야 된다. 어떨 때는 아토피를 막기 위해 주사도 맞아야 했다. 난 점점 아토피가 무서워졌다. 왜냐하면 나아도, 나아도 끝이 없는 거 같기 때문이다.

이때 의사 선생님이 조금만 더 있으면 몸에 좋은 성분이 많아져서 아토피가 약해질 거라고 말씀해 주셨다. 난 다시 희망이 생기는 거 같았다. 다시 또 노가다가 시작되었다. 약 바르고 약 먹고 병원 가서 치료 받고. 힘들지만 하면 할수록 아토피가 나아져서 많이 힘들지는 않았다. 오히려 뿌듯했다. 왜 이런 걸 하고 뿌듯한지도 모르겠다. 의사 선생님도 나에게 열심히 하고 있다고 하였다. 뭔가 너무 고마웠다. 원래 의사 선생님이면 당연히 환자를 돕는 일을 하긴 하지만, 처음에 왔을 때와 다르게 의사 선생님이 너무 고마워서 삼촌 같이 느껴졌다. 간호사 누나에게도 많이 고마웠다. 나를 배려하는 느낌이 자주 들었다. 선생님은 나에게 맞는 병원을 찾으라고 하셨는데 그 병원이 이 병원인 것 같은 느낌이 계속 든다.

이렇게 하여 나의 조그마한 이야기가 끝난다. 결론적으로 말하면 아토피는 자신과의 싸움이다. 이런 과정들로 나는 아토피에는 많은 다짐이 필요하고 많이 조심해야 하고 끈기가 있어야 함을 알게 되었다.

2. 아토피에 대한 충고

내가 알고 있는 한 아토피가 나아지는 법은 병원을 한 군데만 가는 거다. 여러 군데를 가면 치료하는 방법이 달라서 나의 몸이 더욱 더 받아들이기 힘들 것이기 때문이다.

다시 나의 이야기를 돌아가 본다. 병원만 계속 다녔다. 정해진 날에 가서 진찰 받고 나왔다. 그것을 계속 반복하며 살아가고 있을 때 갑자기 난 지쳐 버린 것이다. 그래서 병원도 안 가고 약도 안 먹었다. 나도 그때는 대단했다. 그렇게 많은 다짐을 해 놓고 다시 또 귀찮아하다니. 난 다시 몸이 간지러워졌다. 그래도 예전에 내가 많이 노력한 덕에 심해지진 않았다. 다행이라고 생각했다.

그래도 몸은 계속 심해졌다. 날씨나 계절이 바뀔 때 나의 아토피는 겁나 심해지기 때문이다. 하필 그때가 날씨가 풀리고 있던 참이라 나의 아토피는 계속 심해졌던 것이다. 난 억울해 할 수도 없었다. 왜냐하면 당연히 내가 노력을 안 했으니까. 얼굴이 많이 심해져서 세수하기도 싫었다. 그래서 병원에 모자를 쓰고 마스크를 쓰고 갔다. 마스크 때문에 얼굴이 따가워서 빨갛게 달아올랐다. 의사 선생님도 나의 몸이 만신창이인 것을 보고 깜짝 놀랐다. 마치 노력한 것이 물거품이 된 거 같은 표정이었다. 난 너무 죄송했다. 왜냐하면 내가 잘못했는데 의사 선생님께서 잘못한 것처럼 만든 것 같아서다. 그래서 이런 생각이 또 들었다. 아토피는 노력과 관심을 안 주면 계속 악화된다 것을. 난 이 사실을 까먹고 또 까먹었다. 그러다가 결국 아토피 2단계까지 간 것이다. 선생님의 얼굴은 사뭇 진지했다.

코로나 시국이어서 마스크도 쓰고 날씨도 이제 여름이어서 땀도 나고 난 나 자신 때문에 좋지 않은 생각도 해 보았다. 난 항상 이 타이밍을 기다린다. 왜냐하면 이때 노력을 하면 많이 괜찮아지고, 노력을 안 하면 며칠 가다가 다시 심해지기 때문이다. 아토피는 타이밍이 중요하다. 누구는 계절에 따라서 나아지는 사람이 있지만 나는 계절과 상관없이 모든 계절이 나에겐 적이다. 그러니 더욱더 조심해야 된다.

일주일 뒤에 학교에 갔다. 코로나가 조금 나아졌기 때문이었다. 나에겐 공부하는 것보다 더 큰 고민이 있다. 그건 바로 나의 얼굴을 본 내 친구들의 반응이다. 다시 학교에 가게 되었을 때 아토피가 많이 심해져 있었다. 그래서 계속 고민이 되었다. 세수하는 것도 싫었고 학교 가서 고통 받는 것도 싫었다. 난 왕따는 아니었다. 평범하게 친구도 있고, 평범하게 학교생활도 하였다. 하지만 사람들이 나를 보는 시선은 무서웠다. 나와 좀 익숙한 사이도 있었고 아닌 사이도 있어서 그런 거 같았다.

그러는 사이 졸업을 하게 되었다.

이제 난 겨울방학이 끝나고 나면 중학교를 간다. 이때는 별 생각이 없었다. 아토피도 많이 나았고 예전과 많이 달랐고 빨간 곳도 없었기 때문이다. 솔직히 집에만 있으니깐 아토피가 나아진 것 같았지만 꼭 그런 것은 아니다. 왜 그런지 나만 집에 있으니깐 환경에 적응한 거 같았다.

이제 내일이면 중학교에 들어간다. 너무 설렌다. 아토피가 많이 나아서 학교에 가는 것은 처음이다. 중학교에서 만난 친구들은 놀랐다. 내 친구들도 내가 아토피가 많이 없어진 얼굴을 처음 보기 때문이다.

아무 일 없이 학교생활을 하다가 결국에는 눈 주위에 아토피가 생겼다. 처음에는 진짜 싫었다. 왜냐하면 눈 주위는 세수할 때나 코로나 시국이라서 마스크를 쓰면 빨개지거나 상처가 더 심해지기 때문이다. 역시나 아침에 세수할 때는 많이 따가웠다. 따가움을 참으며 로션과 오일을 발랐다. 그리고 대망의 마. 스. 크. 쓰기! 나는 너무 겁이 났다. 마스크를 써서 따가운 것도 참기 힘들었고, 아토피가 있는 내 얼굴을 처음 보는 친구들에게 보여주기 싫었다. 하지만 내 생각과 다르게 친구들은 오히려 걱정해 주었다. 난 중학교는 진짜로 초등학교와 다르다는 것을 알게 되었다. 친구들에게 너무 고마웠다. 그리고 조금씩 나아지다가. 하... 역시... 다시 몸이 심해졌다.

이 글을 읽는 사람들은 아니 뭔 저런 걸 가지고 호들갑이야?라고 생각하는 사람이 꼭 있을 것이다. 그런 사람들에게 나의 아토피를 한번 경험해 보라고 말하고 싶다. 겉으로는 밝게 말하려고 하지만 몸은 많이 따갑다. 그것이 '나'이다.

아토피가 있는 사람에게는 이 말을 꼭 해 주고 싶다. 처음부터 아토피한테 관심을 줘야 한다고. 왜냐하면 처음부터 내가 관심을 안 줘서 아토피가 심해졌기 때문이다. 어느 정도냐면 등에 피가 난 곳은 딱지가 생겨서 자고 일어나면 침대나 이불, 나의 옷에는 피가 묻어 있다. 자면서도 나의 아토피는 계속 나에게 고통을 주어서이다. 내 몸이 이럴 때에 친구 집에서 자는 것이 좀 그랬다. 나의 아토피에서 나온 피가 친구 집 이불에 묻어 버려서이다. 그 친구한테는 많이 미안하다. 그리고 나의 어깨나 겨드랑이 부분은 쉽게 갈라져서 진물이 나고 그 상처에 바람이 지나가면 진짜 말할 수 없을 정도로 따갑다. 하지만 티 내고 다니지는 않는다. 왜냐하면 티 내고 다니면 다른 사람에게 피해가 될 거 같아서이다. 그래서 내 친구들에게 진심으로 고마운 마음을 가지고 있다. 아플 때는 괜찮아?라고 물어 주고 챙겨 주기 때문이다.

3. 학원에서 있었던 일

이제는 학원에 대한 이야기를 써 보겠다. 학원에 대한 이야기도 많다.

의사 선생님은 운동이나 땀나는 것은 너무 하지는 말라고 했다. 왜냐하면 몸에 열을 주면 더 간지럽고 따갑기 때문이다. 하지만 나는 나이다. 역시 지킬 리가 없다. 운동을 워낙 좋아하기 때문에 유도, 무에타이라고 몸을 많이 쓰는 운동을 좋아해서... 아픔을 느끼면서도 운동을 했던 거 같다.

아토피에 대해 여러 가지 얘기를 들을 때 난 많이 혼란스러워진다. 어른들에게 충고를 들으면 저마다 말씀이 다르기 때문이다. 누구는 '땀을 빼라.'라고 하고, 누구는 '땀을 빼지 말라.'고 하였다. 그래서 어른들이 말을 하면 좀 어지러워진다. 주위에서 약이나 로션을 추천해 주는데 어디서 본 거 같으면 이미 다 써 본 것들이다.

공부를 하는 학원에서는 아토피 때문에 집중이 잘 안 될 때가 많다. 집중이 잘 되다가 아토피 때문에 한 번에 집중력이 뚝 떨어진다. 그것 때문에 책을 읽을 때 많이 힘들다. 선생님이 신경 쓰지 말라고 해도 자꾸 손은 피가 나도록 긁고 있다. 선생님과 상담도 해 보고, 더 나은 방법을 찾기 위해 선생님께서도 도와 주셨다. 학원 선생님들이 너무 고맙다.

나의 학원 프린트물에는 피가 많이 묻어 있다. 지금은 덜하지만 예전에는 팔을 자주 긁어서 피가 나고, 아무 생각 없이 팔을 내려놓으면 프린트물이나 책상에 피가 묻을 때가 많았기 때문이다. 그럴 때마다 선생님이 많이 도와 주셨다. 이해도 해 주시고. 아토피 때문에 다른 사람까지 참 많이 고생하게 한다. 미안한 마음이 자주 든다. 다음 날, 그 다음 날이 되어도 그것은 변하지 않는다. 그래서 마음 속으로는

아토피: 우하하 너를 괴롭게 하겠어!

나: 아니, 더 이상은 차차차차차!!

아토피 : 악악아아악 당했다!

이렇게 아토피를 쓰러뜨릴 수 있으면 좋겠다. 하지만 그것이 진짜로 되었되면 이렇게 많이 후회하지 않았을 것이다. 진짜 아토피가 있으면 마음이 이랬다저랬다 한다.

내가 다니는 운동 학원에서 만난 삼촌도 나와 같은 아토피를 가지고 있는데 그 아저씨는 나보다 더욱 심했다고 하셨다. 삼촌 말씀으로는 옛날부터 스테로이드라고 하는 약 성분이 많이 들어간 약을 바르다가 이렇게 되었다고 하셨다. 난 믿고 싶지 않았다. 왜냐하면 나의 미래가 또 똑같은 일상이 되기 싫었기 때문이다.

그래서 다음 날 병원에 가서 물어보았는데 '꼭 그런 것은 아니다.'라고 하였다. 삼촌에게 말해 주었는데 삼촌은 겉으로는 웃으면서도

속으로는 욕을 하고 계시는 것 같았다. 왜냐하면 삼촌이 내가 말하고 난 다음에 "그거 다 X소리다."라고 말했기 때문이다. 삼촌은 많은 돈을 들여서 한약을 사서 먹는다고 한다. 지금은 어떻게 되었는지 모른다. 솔직히 말하면 삼촌의 말이 믿어질 때가 있다. 왜냐하면 같은 아토피를 가진 사람이 말해 주면 뭔가 일리가 있다고 느껴지기 때문이다. 정확한 것은 아니더라도 내가 아토피가 있으니까 아토피에 대한 주변의 얘기 하나하나가 다 들리는 거 같다. 아니 같은 게 아니라 거슬린다. 정말 어떻게 해야 되는지도 모르겠다.

진짜로 아토피가 심해지면 혼잣말도 많아진다. 갑자기 집에서

나: 성준아, 왜 긁어?

나: 모르겠어.

나: 진짜로?

이런 식으로 말한다. 한 번씩 내가 좀 이상한 애로 보이기도 한다. 근데 그거 빼고는 평범하다.

이렇게 평범하게 살다가 그 녀석이 와 버렸다. 바로 사.춘.기!

부모님께 사춘기 같은 거 안 온다고 했는데 자연스럽게 갑자기 자꾸 화가 난다. 그것 때문에 어머니랑 아토피에 대하여 잘 얘기하지 않았지만, 진짜로 아토피에 대한 얘기는 한 번도 안 한다. 자꾸자꾸 부모님이랑 멀어지는 거 같아서 아토피와 사춘기가 너무 싫다. 그래서 가족들이랑 말도 많이 안 하고, 말을 해도 전부 다 화로 바꾸어진다. 가족과 얘기도 안 하니 답답할 때도 많다. 진짜로 사춘기와 아토피는 같은 팀인 게 분명하다. 넘 짜증난다.

아토피랑 사춘기가 사람들이면 진짜로 너무 싸우고 싶다. 지더라도 죽을 때까지 싸우고 싶다. 그래서 어떻게든 죽이고 싶다. 어떨 때는 진짜로 심한 말도 많이 했다. 죽고 싶을 때도 있고. 가족에게도 나에 대해서 말하고 싶지만 내가 말하면 모든 게 짜증으로 돌아가서 나에 대한 것도 말 못하겠다.

중학생이 되고 난 다음에는 아토피가 조금 나아지긴 했다. 하지만 나았다고 해도 완전히 나은 것은 아니다. 조금만 신경을 안 써도 인중이나, 입술이 다 찢어진다. 그 고통은 과일을 먹을 때 확실히 나타난다. 오렌지나 즙이 나오는 과일이 가장 치명적이다. 입술이 잘 터지는 사람들은 알겠지만 난 그걸 진짜로 자주 느낀다. 그리고 나에게는 별 거 아니다. 진짜로 진짜로 심할 때는 나는 제일 좋아하는 과일을 안 먹는다. 과일 뿐만 아니라 다른 음식, 특히 뜨거운 음식 등이 나를 괴롭힌다. 난 그럴 때마다 그냥 입이 없으면 좋겠다는 생각이 들었다.

어른들이 하는 말이 "내 손주도 옛날에 이랬었는데."라고 하였다. 진짜로 예전에는 아이스크림 집에서 얼굴이 빨개져서 눈에는 피가 나고 있었는데 옆에 계신 할아버지가 "넌 맑은 공기가 있는 데로 가 봐라."라고 하였다. 이 말도 어른들이 나에게 자주 하는 말이었다.

3. 짧은 위로

어느 날, 학원에 보강이 있어서 선생님과 보강을 하고 있었다. 선생님이 갑자기 하시는 말씀.

"봐라. 니 집중만 하면 덜 간지럽잖아."

생각해 보니 진짜로 그런 거 같았다. 왜냐하면 내 손은 가만히 있었기 때문이다. 그리고 선생님이 이어서 하시는 말씀.

"넌 긴장을 하면 간지러워지는 거 같다."

학원이 끝나고 나서 친구랑 놀 때에도 한 곳에 집중만 하면 간지럽지 않다는 느낌이 확실히 들었다. 왜 이걸 이제 알았지?라는 생각도 들었고 내가 더 잘 알아야 하는 아토피를 선생님이 더 잘 알고 있는 거 같았다. 난 처음에는 당연한 거라고 생각했다. 왜냐하면 어른이니깐, 나보다 오래 살았으니까!라는 생각이 있었다. 하지만 지금은 알았다. 아무리 어른이어도 나보다 경험이 적으면 알지 못할 수도 있고, 꼭 어른이라고 해서 아토피에 대한 사실을 더 잘 알 수는 없을 것이라고 말이다. 아토피가 있으니 여러 가지 교훈을 얻기도 하는 것 같다. 이럴 때 아토피는 나름 좋은 면이 있긴 하지만, 그러나 여전히 내 몸이 더 중요하다.

계속 느끼는 거지만 내 친구들이 참 좋은 거 같다. 왜냐하면 나를 아픈 애로 생각하지 않고 평범한 친구로 알고 지내 준다. 오래된 친구는 나의 옛날 모습도 알고 있고 현재 모습도 안다. 그들은 옛날이나 지금이나 나를 평범한 애로 대해 주고, 따가우면 걱정도 해 준다. 친구는 정말 중요한 것 같다. 솔직히 나를 평범한 애로 대해 주는 것이 난 되게 행복하다. 친구들 전부에게 참 많이 고마운 마음이 든다.

다시 현재의 나의 시점으로 간다. 지금의 나는 옛날의 나보다는 많이 괜찮아진 편이다. 옛날에는 막 갈라지고 했다면 지금은 상처가 좀 큰 정도이다. 완전히 심할 때는 진물이 나서 하얀 색 옷을 못 입기도 한다. 그래도 옛날보다는 덜한 거라고 생각한다.

이렇게 쓰고 보니 내가 아토피와 보낸 시간이 참 많은 것 같다. 하지만 아까 말했듯이 완전히 나은 게 아니다. 진짜로 심할 때... 첫 번째는 진물이 나서 하얀 옷을 못 입는다. 두 번째는 그 진물이 사라지고 딱지의 형태로 변했을 때 팔이나 허리를 못 움직일 정도로 아프다. 지금도 이만큼 아픈데 옛날처럼 내 몸을 신경 쓰지 않았다면 더 많이 심했을 것이다. 지금이라도 정신을 차리고 이만큼이라도 나아서 다행인 것 같다. 난 지금의 나에게 만족한다. 옛날에는 얼마나 심했으면 별로 좋지 않은 생각도 했었다.

이 글을 쓰면서 사람들에게 나에 대하여 알려주고 싶었다. 내가 얼마나 많은 고통을 느꼈는지도 알려주고 싶었다.

글을 쓰면서 속이 좀 후련해진 것 같기도 하다. 내가 생각해도 현타가 온다. 진지하게 글 쓰는 것은 처음이어서이다. 지금 이 글을 쓰면서도 목이 따갑다. 상처가 나서 거기서도 진물이 나고, 더우면 시원한 바람도 쐬고 싶고 에어컨도 가까이서 바람을 맞고 싶은데 그렇게 하면 몸이랑 목이 너무 따갑다. 상처 하나하나에 바람이 들어가고 안 그래도 건조한 피부가 더 건조해진다. 그럴 때마다 나는 오만 가지 생각이 든다.

지금까지 아토피의 대한 생각을 했을 때는 전부 똑같은 생각을 했던 것 같다. 초등학교에 다닐 때부터 '나도 저런 피부를 가질 수 있을까?'라는 생각이다. 다른 사람을 볼 때에 늘 그런 생각을 했다.

하지만 지금은 그런 생각을 해도 난 나에 대한 가능성을 보았다. 그러니깐 나도 나에게 노력해야 되겠다고 생각했다. 원래부터 들어야 하는 마음이 이제서야 느껴진다. 나도 참 대단한 것 같다.

유치원 때 아토피가 있었다는 친구들이 많이 있었다. 하지만 지금은 보면 별 이상이 없는 것처럼 느껴졌다. 그 말이 어떨 때는 나를 놀리는 건가? 싶다가도 어떨 때는 나를 공감해 주는구나라는 생각이 든다. 친구는 의미 없이 한 말이었겠지만 나에게는 여러 가지 뜻으로 들린다. 진짜로.

아토피 때문에 참 여러 가지 생각을 하는 것 같다.

집에서는 부모님이 나 때문에 고생을 많이 하고 계시다. 내 이불을 턴다고. 또 내가 조금이라도 나을 수 있는 병원을 찾는다고 고생을 하시고. 내가 신경 써야 하는 것은 모두 다 부모님이 생각하시는 것 같다.

하지만 나는 사춘기가 와서 부모님이 나에게 하는 모든 말이 잔소리로 들렸다. 그래서 부모님께 짜증을 내고, 부모님이 나를 위해서 해 주신 말인데 난 맨날 흘려듣고 짜증내고. 누나가 뭐라고 해도 그것도 안 듣고.

처음에는 부모님께

"나 사춘기 안 올 거야!"

라고 말했지만 결국에는 이렇게 와 버리고 말았다. 맨날 후회를 하지만 달라지는 건 없을 것이다. 앞으로는 더 나을 수 있도록 노력할 것이다.

이렇게 나의 아토피와 함께 보낸 지난 시간들을 전부 써 보았다. 글을 쓰는 것이 아직은 서툴러서 글 순서가 이상한 것 같다. 그래도 나의 이야기를 하니 속이 후련하다.